波希米亚姑娘

——薇拉·凯瑟短篇小说选

［美］薇拉·凯瑟 著

曹明伦 译

中国盲文出版社

图书在版编目（CIP）数据

波西米亚姑娘：薇拉·凯瑟短篇小说选：大字版 /（美）薇拉·凯瑟著；曹明伦译 . —北京：中国盲文出版社，2021.12

ISBN 978-7-5224-0609-1

Ⅰ.①波… Ⅱ.①薇… ②曹… Ⅲ.①短篇小说—小说集—美国—现代 Ⅳ.① I712.45

中国版本图书馆 CIP 数据核字（2021）第 253531 号

波西米亚姑娘：薇拉·凯瑟短篇小说选

著　　者：［美］薇拉·凯瑟

译　　者：曹明伦

责任编辑：刘丽莹

出版发行：中国盲文出版社

社　　址：北京市西城区太平街甲 6 号

邮政编码：100050

印　　刷：北京凌奇印刷有限责任公司

经　　销：新华书店

开　　本：787×1092　1/16

字　　数：230 千字

印　　张：20.5

版　　次：2021 年 12 月第 1 版　2021 年 12 月第 1 次印刷

书　　号：ISBN 978-7-5224-0609-1 / I·69

定　　价：66.00 元

销售服务热线：（010）83190520

译者序

薇拉·凯瑟（Willa Cather, 1873—1947）是美国著名女作家。她出生在弗吉尼亚州的一个牧场上，九岁时随父母迁居西部的内布拉斯加州韦伯斯特县。凯瑟少年时曾立志成为一名医生，后来兴趣转向文学，1895大学毕业后先后当过记者、编辑和中学教师，1912年后从事专业创作。

童年所熟悉的广袤西部和拓荒者的生活是凯瑟文学创作的源泉。凯瑟走的是一条忠于生活、忠于艺术的道路。她认为小说"必须从喧腾闪亮的现实之流中筛选出永恒的艺术材料"。奠定凯瑟文学地位的就是她以西部拓荒者生活为题材写的三部长篇小说：《啊，拓荒者！》（1913）、《云雀之歌》（1915）和《我的安东妮亚》（1918）。凯瑟一生写了十二部长篇小说，其中大部分今天都成了经典，她1922年出版的《我们中的一个》曾获普利策小说奖。

凯瑟的五十五篇短篇小说也颇为世人瞩目，迄今仍被反复收入各种文学教材和小说选集。这些短篇小说大多写于她创作的早期，但与她后期创作的长篇有着密不可分的联系，其主题、人物、情节和背景都在她后来的长篇中一再重现。

这部短篇小说集选译了凯瑟的十篇短篇小说，这些小说都表达了作者对拜物主义的不满，对纯朴生活的向往。《一场瓦格纳作品音乐会》通过时空的对照，从物质和精神两个方面描绘了当年西部拓荒者经历的磨难。《分水岭上》讲述了挪威移民卡努特艰苦而压抑的拓居生活。《波希米亚姑娘》用怀旧的笔调描写了作者儿时在那里生活过的内布拉斯加的乡村风貌，讲述了早期移民后裔的生活和情感经历。《邻居罗西基》讲述了东欧移民罗西基朴素而充实的一生，展现了拓荒者及其后代善良、朴素、勤劳、热爱生活、眷念土地的可贵品质。《荒原中的死亡》记述了一名青年女歌手在弥留之时对事业爱情之短暂辉煌的追忆。《花园小屋》写一个女人为了生存和婚姻而放弃艺术追求后的惆怅。《雕塑家的葬礼》通过对小镇居民为魂归故里的一位雕塑家举行葬礼的描写，揭示了高尚与卑俗的冲突。《保罗之死》讲述了一名普通中学生对艺术和高雅生活不切实际的追求，最终酿成悲剧的故事。《菲德拉的婚姻》揭示了一位出身平民、英年早逝的画家生前与他出身高贵的妻子因缺乏共同追求而造成的貌合神离。《弗拉维娅和她的艺术家们》揭露了中产阶级女人的附庸风雅。

凯瑟的小说主题深刻、结构匀称，笔触细腻，文字优美，有抒情诗一般的悠扬韵味。她从各个生活侧面描写普通人的平凡事，从人的生存问题中揭示出文化问题，把人对物质的追求融入对精神的追求。在各种现代流派风行一时之后，当今的美国评论界认为凯瑟是 20 世纪美国最杰出的小说家之一。美国著名女作家凯瑟琳·波特（Katherine Anne Porter）曾宣称：她"最喜欢凯瑟的短篇小说。这些小说至今还带着一股清晨的气息。"斯坦福大学教授斯特格纳（Wallace Stegner）说："除了薇拉·凯瑟，美国文坛上还没有第二位作家以如此深切的感情、抒情诗般的恋旧情怀和坚定不移的理解，写出美国人经历中最重要的一环。"著名批评家盖斯马尔（Maxwell Geismar）则称凯瑟是"不断物质化的文明中一个精神美的捍卫者"。

曹明伦

2021 年 3 月于成都

目
CONTENTS
录

一场瓦格纳作品音乐会

　　一天上午，我收到一封信，信用浅色墨水写在光滑的蓝格纸上，信封上盖着内布拉斯加州一个小村庄的邮戳。信被揉得皱巴巴的，看上去似乎在一个不太干净的衣兜里揣过好些天。这封信是我霍华德叔叔寄来的，信中说他妻子的一位单身亲戚最近去世，把一份小小的遗产留给了她，因此她必须来波士顿料理这笔财产。叔叔请求我去车站接婶婶，并给予她一切必要的帮助。细看信中所示她到达的日期，我发现恰好就是明天。霍华德叔叔生性拖沓，事到临头才写信，要是我外出一天的话，那我肯定就接不到那位可敬的女人了。

　　乔治亚娜婶婶的名字不仅令我想起了她那既可笑又可怜的身影，而且在我脚下劈开了一道又宽又深的记忆鸿沟，以致当信笺从我手中滑落时，我忽然觉得我现在的生活状态对我是那么陌生，我熟悉的书房环境与我完全格格不入，令我极不自在。一句话，我又成了当年我婶婶身边那个又高又瘦的乡下孩子，那个被冻疮和胭胝蹂躏、因剥玉米苞叶而磨破双手的农场少年。我试探着摸了摸拇指关节，仿佛它们又皮破肉绽。我仿佛又坐在她那架小风琴跟前，正用我僵直红肿的双手笨拙地学弹音阶，而她则在我身边缝制剥玉米用的帆布手套。

次日清晨，我稍稍向女房东交待了几句便出发去车站。火车进站后，我费了点功夫才找到我婶婶。她是最后一个下车的乘客，而且直到我把她弄进马车，她似乎才真正认出了我是谁。她整个旅程坐的都是硬座车厢，她那件亚麻色风衣已被煤烟染黑，黑色帽子则因一路风尘而变成了灰色。我们一到达我的寄宿处，房东太太就立刻安顿她上床歇息，直到第二天早上我才又见到她。

不管斯普林格太太看到我婶婶的模样时有多么震惊，她都体贴地掩饰了过去。至于我自己，望着婶婶佝偻的身影，我是怀着一种敬畏之情，就像人们打量那些把耳朵和手指留在了法兰士约瑟夫地群岛之北、或是把健康丢在了扎伊尔河畔某个地方的探险者一样。在十九世纪六十年代后期，我的乔治亚娜婶婶曾是波士顿音乐学院的一名教员。有年夏天，在去格林山区那个她祖辈几代人生活过的小村子做客期间，她点燃了村里最懒散的一位小伙子幼稚的爱火，而对这位名叫霍华德·卡彭特的小伙子，我婶婶也怀有那种一个二十一岁的乡下俊男有时候会在一个骨瘦如柴、戴着眼镜的三十岁女人心中激起的狂热痴情。当她返回波士顿履行教师职责时，霍华德也随她而至，结果这种令人费解的痴恋导致了她跟他一块儿私奔。为了逃避家人的责骂和朋友们的非难，她随他一道去了内布拉斯加边疆地区。本来就腰无分文的卡彭特在距铁路线五十英里的红柳县境内获得了一块宅地①。在那儿，他俩曾赶着一辆轮子上系着一方红布围巾的牛车跨越草原，凭计数车轮的转数丈量出他们自己的一百六十英亩土地。他们曾在红土坡上挖出一孔窑洞，搭建起那种其居住者往往会恢复原始生活状态的栖身之处。他们曾经从野牛啜饮的咸水湖里取水，不多的生活必需品通常也由游居的印第安人掌控。三十年来，我婶婶从未走出过那块土地方圆五十英里的范围。

不过斯普林格太太对这些都一无所知，而且她肯定对我婶婶如今这副模样感到相当震惊。我婶婶到达时穿的那件蒙尘染垢的亚麻色风衣是她最有特色的外套，在风衣里面是一身黑呢礼服，礼服上的装饰表明她已经完全把自己交到了一名乡村裁缝手中。不过我可怜的婶婶这副身材也许会让任何裁缝都大伤脑筋。她原本就佝偻，现在她的双肩差不多已垂到凹陷的胸前。她从不穿胸衣，而她的上衣后摆拖得特别长，前襟则好像在腹部突起了一座山峰。她

---

① 据美国国会 1862 年颁布的《宅地法案》(The Homestead Act) 规定，任何年满 21 岁并愿往西部拓荒的美国公民（包括妇女和已获自由的奴隶），只要不持枪反对政府，均可申请免费（或只交象征性的登记费）得到 160 英亩宅地，连续耕种 5 年并经政府验收之后，就合法拥有那块土地。1903 年通过的该法案修正案将宅地面积增加到 320 英亩，1916 年的修正案则将其增加到 640 英亩（1 英亩约等于 6 亩）。

戴着一副不相称的假牙，皮肤泛黄①，这一是因为长期暴露于无情的风沙，二是因为饮用含碱量高的水，而那种水会把最光洁细嫩的皮肤也变成一种柔软的皮革。

我把我少年时代获得的大部分裨益都归功于这位女人，并对她怀有一种恭敬之心。在我为叔叔牧放牛群的那些年头，我婶婶在做完了一日三餐（第一餐是早上六点做好）并把六个孩子安顿上床之后，常常会在她的烫衣板前站到半夜，听坐在她身旁餐桌边的我背诵拉丁语名词变格和动词变位，当我昏昏欲睡地把头耷拉在不规则动词表上时，她总会轻轻把我摇醒。正是在她跟前，正是在她熨烫或缝补衣服的时候，我第一次读到了莎士比亚，我最初接触到的神话也出自她那册旧神话课本。她还教会了我弹音阶和练习曲——在她那架小风琴上，那是她丈夫在定居十五年后为她买的，而在那之前的十五年中，除了一位挪威籍农场帮工的手风琴外，她不曾见过任何乐器。她常常连续几小时坐在我身边，当我费力地弹奏《快活的农夫》时，她会一边缝补衣物一边打着拍子，但她很少对我谈起音乐，而我明白个中缘由。她是个虔诚的女人，有宗教给予她慰藉，因此至少对她来说，她的苦难并非苦不堪言。有一次，我从她的乐谱集中发现了一份旧时的《欧

---

① 原文为"as yellow as a Mongolian's"，译者原译为"皮肤和蒙古人的一般黄"，此处为编者修改。

丽安特》^①总谱，于是我坚持不懈地敲击琴键，弹奏其中几个容易弹的段落，这时她走到我身后，用双手蒙住我的眼睛，让我的头向后轻轻靠在她肩上，然后用颤抖的声音说："别这么爱音乐，克拉克，不然它也许会从你身边被夺走。哦！亲爱的孩子，祈祷吧，无论你将要付出的牺牲是什么，都但愿它不是音乐。"

我婶婶在到达的第二天早上露面，不过还处于一种半梦游状态。她似乎并没意识到自己正置身于这座曾度过青春时代的城市，置身于这个她大半生都魂牵梦绕的地方。她一路上晕车晕得太厉害，所以除了想到不舒服之外，还没有想起任何往事，实际上，她以为从红柳县那个农场到我位于纽布雷街的书斋不过是做了几个小时的噩梦。我计划当天下午让她享受一番小小的乐趣，以报答她曾让我度过的那些美好时光，那经常是我俩一起在茅屋顶牛棚挤奶的时候，或是因为我比平日更劳累，或是因为她丈夫对我发过脾气，她便会对我讲起她年轻时在巴黎看过的《胡格诺教徒》^②的精彩演出。波士顿交响乐团将于下午两点演出一场瓦格纳作品音乐会，我打算带我婶婶去听，不过在跟她谈起这事时，我开始怀疑她是否会欣赏这场演出。其

---

① 《欧丽安特》，德国作曲家冯·韦伯（Carl Maria Ernst von Weber，1786—1826）创作的三幕歌剧，1823 年首演于维也纳。
② 《胡格诺教徒》，德国作曲家迈耶贝尔（Giacomo Meyerbeer，1791—1864）创作的五幕歌剧，1836 年首演于巴黎。

实，若真替她着想，我倒希望她对音乐的兴趣已完全消失，那种漫长的挣扎已幸运地结束。我建议我们午餐前去参观音乐学院和波士顿公地，可她似乎太胆怯，没有勇气出去。她心不在焉地向我询问这座城市的各种变化，但她真正关心的却是她出门时忘了吩咐要给一头瘦弱的牛犊喂撇去了乳膜的牛奶，"你要知道，克拉克，那是老玛吉的仔，"她向我解释，显然忘了我离开农场已有多久。令她放心不下的事还有她忘了告诉她女儿，地窖里有桶鲭鱼刚刚开封，若不尽快吃掉就会变质。

我问婶婶是否听过瓦格纳的歌剧，结果发现她一部都没听过，尽管她对那些歌剧的剧情都熟谙于心，而且手边还一度有过《漂泊的荷兰人》①的钢琴总谱。我开始心想，真该不等她清醒就送她回红柳县，并后悔提出带她去听音乐会。

然而，当我们一走进音乐大厅，她竟然稍稍打起了一点精神，似乎第一次意识到了她身在何处。我先前还有点担心，生怕她会因自己衣着古怪而感到局促，或是因突然跨进这个与她隔绝了四分之一世纪的世界而感到不安。但我又一次发现，我对她的判断是多么肤浅。她坐在座位上环顾四周，平静得几乎像块石头，她那对漠然的眸子犹如

---

① 《漂泊的荷兰人》，德国作曲家瓦格纳（Richard, W. Wagner, 1813—1883）创作的三幕歌剧，1843 年首演于德累斯顿。

博物馆里拉美西斯二世①花岗石雕像的那双眼睛，正注视着雕像基座周围的潮起潮落，注视着与其相距了数十个寂寞世纪的泡沫浪花。我曾在漂泊到丹佛布朗旅店的老矿工眼里看到过同样的漠然，那些老矿工衣袋里都揣满金块，却都穿着肮脏的衬衫，憔悴的脸上也没刮胡子；站在旅店拥挤的过道上，他们仍然像待在育空河谷某座冰冷的帐篷里一样孤独，仍然意识到某些经历已经在他们与他们的同代人之间划出了一道鸿沟，一道任何男子服饰用品商都没法弥合的鸿沟。

我们坐在第一层楼厢左侧尽头，面朝着这层的弧形栏杆，头上则是顶层楼厢，那是座真正的空中花园，绚丽得犹如郁金香花圃。日场音乐会的听众基本上都是女人，一群看不出面容和身姿轮廓的女人，实际上场内压根儿就没有任何轮廓效果，只有紧身胸衣的色彩令人目不暇接，各种或软或硬或丝或纱的织物令人眼花缭乱：鲜红、粉红、桃红、绀紫、绛紫、淡紫、碧蓝、淡褐、鹅黄、乳白、雪白，凡一名印象派画家在一片阳光灿烂的风景中能找到的颜色这里都应有尽有，其间还分布点缀着男式礼服阴沉的色调。我的乔治亚娜婶婶凝视着她们，仿佛她们是被挤在一块调色板上的斑驳陆离的颜料。

---

① 古埃及第十九王朝法老（约前1303—前1213年），其木乃伊今藏开罗博物馆。

当乐师们出场并各就其位时，我婶婶期待地动弹了一下。怀着正在苏醒的兴趣，她的目光越过楼厢栏杆，射向那个座次一成不变的乐团，也许自她离开老玛吉和那头孱弱的牛犊以来，这是第一个呈现在她眼前的她完全熟悉的场景。我能感觉到所有那些细节是如何渗入她的心灵，因为我还没有忘记，当年我刚刚从玉米地碧绿的犁沟间那没完没了的耕耘中回到波士顿之时，刚刚从那像踩踏车一样从早踩到晚也看不到一点变化的耕耘中归来之时，那些细节曾如何渗入我的心灵：乐师们清晰的侧影、他们衬衫的光泽、燕尾服的黑色、乐器可爱的形状、由绿罩灯投在后排大提琴和低音维奥尔琴光滑面板上的一团团黄色灯光，尤其是那座由小提琴琴头琴弓组成的摇摆晃动的森林，令我回想起平生第一次听管弦乐团演奏之时，那些长弓是如何向外拽我的心，那就像是魔术师的魔杖从一顶帽子里抽出长长的彩纸带。

演奏的第一分曲是《汤豪舍》①序曲。当圆号吹出朝圣者合唱队的第一支曲子时，乔治亚娜婶婶抓紧了我的衣袖。这时我才意识到，这号声为她打破了三十年的沉寂，远方大草原上那种难以想象的沉寂。随着两个乐旨之间的冲突，随着维纳斯山主题音乐的激越和弦乐器的悠缓，一种压倒一切的感觉向我袭来，一种我们无力与

---

① 即瓦格纳的三幕歌剧《汤豪舍和瓦特堡的歌手比赛》（1845），通常简称为《汤豪舍》。

之抗争的荒废感和损耗感向我袭来。我又看见了大草原上那座没遮没掩的高高的房子，黑乎乎阴森森就像座木头要塞；我又看见了我在里面学会游泳的那个黑水塘，塘边留有被太阳晒干的牛蹄印；我又看见了那房子周围雨沟泥泞的沟边，还有厨房门外那四棵总是晾晒着洗碟布的幼小的白蜡树。远方的那个世界自古以来就是平坦而平淡的世界：向东，一块铺展到日出之所的玉米地；向西，一片伸延至日落之处的畜牧场；而在东西之间，则是一片片被和平征服的土地，一片片比战争征服的土地还要昂贵的土地。

序曲结束了，婶婶松开了我的衣袖，但她一声没吭。透过三十年的单调沉闷，透过由每年三百六十五天一点一点聚成的一层层薄雾，她坐在那儿凝视着乐团。我不禁纳闷，她从那乐团究竟获得了什么？我知道，她年轻时曾是一名优秀的钢琴演奏者，她受的音乐教育比四分之一世纪前大多数音乐教师受的教育都多。她曾经常给我讲莫扎特和迈耶贝尔的歌剧，我还记得多年前曾听她唱过威尔第的一些歌曲。当年我在她家中生病发烧时，她常会在傍晚时分坐到我床边——清凉的晚风穿过窗上褪色的防蚊罩吹进屋里，我躺在床上仰望着玉米地上方某颗闪着红光的星星——这时她会唱起《回我们山中的家，哦，让我们回去》[1]，歌声

---

① 根据意大利作曲家威尔第（Giuseppe Verdi, 1813—1901）的四幕歌剧《吟游诗人》（1853）中一首咏叹调改编的通俗歌曲。

之凄恻足以让一个想家已想得要死的佛蒙特少年心碎。

在演奏《特里斯坦与伊索尔德》^①的前奏曲时，我一直在仔细观察她，徒然地想揣度那些弦乐和管乐的激昂喧嚣对她意味着什么，但她只是默默地坐在那儿，注视着那些向下滑动的小提琴琴弓，那些像夏日骤雨般倾斜滑动的琴弓。这音乐是否对她有任何寓意？她是否还有足够的能力来理解这种自她离去之后一直在激动着这个世界的力量？我好奇得要发疯，可乔治亚娜婶婶却静静地坐在她的"达连山峰顶"^②。演奏选自《漂泊的荷兰人》那首分曲时，她自始至终都保持着这种静止的姿势，不过她的手指却无意识地在她的黑呢礼服上滑动，仿佛手指自己回忆起了它们曾弹过的该剧的钢琴总谱。可怜而苍老的手哟！它们已经被损伤扭曲成了仅仅用来抓举揉搓的触手；手掌早已过分肿胀，手指早已弯曲僵硬——有根手指上套着个磨损的细箍，那曾是一枚结婚戒指。我攥住她在暗中摸索的一只手，轻轻抚慰，这时我眼皮直颤，不禁回想起了她那双手曾经为我做过的许多事情。

---

① 《特里斯坦与伊索尔德》，瓦格纳的三幕歌剧，1865 年首演于慕尼黑。
② "达连山峰顶"（peak in Darien）语出英国诗人济慈的十四行诗《初读查普曼译的荷马》末行。在该诗中，济慈把他读查普曼（George Chapman, 1559—1634）所译荷马史诗的体验比喻为西班牙征服者科尔特斯（Hernán Cortés, 1485—1547）在达连山峰顶（在今巴拿马境内）第一眼看见太平洋时的情景。

男高音开始唱《中彩歌》^①时，我忽然听到一声急促的呼吸，掉头看我婶婶，见她两眼紧闭，但脸上有泪珠闪亮，一时间我觉得自己眼里也快要涌出泪花。这么说来，那颗心并没死去，那颗能如此强烈如此长久地感受痛苦的心并未真正死去，它只是表面上枯萎了，就像那种奇异的苔藓，它可以在干燥的岩石上依附半个世纪，可一旦遇水又会鲜绿如初。在这支歌曲展开发挥的整个过程中，她一直在默默流泪。

在音乐会下半场开演前的休息期间，我询问了我婶婶，发现《中彩歌》于她并不陌生。若干年前，有位年轻的德国人曾流浪到红柳县那个农场，他是个漂泊不定的骑马牛仔，小时候曾与其他农家男孩女孩一道在拜罗伊特剧院^②唱过合唱。星期天早上我婶婶开始做饭时，他常常待在朝向厨房的帮工寝室里，坐在他那张铺有方格被单的床上，一边擦拭皮靴和马鞍，一边唱这支《中彩歌》。婶婶曾坚持在他跟前磨叨，直到说服他加入了乡村教会，不过据我所知，他加入教会的唯一资格就是他那张孩子气的脸和他能唱好这支美妙的歌。不久之后，他在独立纪念日那天进城，一连几天喝得烂醉，在牌桌上输光了钱，参加了

————————

① 《中彩歌》，瓦格纳三幕歌剧《纽伦堡名歌手》（1868）结尾那首求婚歌。

② 拜罗伊特剧院，由瓦格纳的崇拜者巴伐利亚大公出资在德国东南部城市拜罗伊特修建的专门上演瓦格纳歌剧的剧院（又名节日剧院），于 1875 年竣工。

一场骑得克萨斯公牛的打赌比赛，然后带着一根折断的锁骨消失得无影无踪。我婶婶向我讲述这一切时声音嘶哑，神情恍惚，仿佛她正在一场大病之中。

"好啦，不管怎么说，我们毕竟听到了比那过时的《吟游诗人》更好的东西，你说是吗，乔治亚娜婶婶？"出于好意，我尽量想让我的话听起来有点诙谐。

她双唇直哆嗦，连忙用手巾捂住了嘴。隔着手巾低声问我："克拉克，你离开我之后一直都在听这些吗？"她的问题是最温和但也最令人伤心的责备。

音乐会的下半场由《尼伯龙根的指环》①中的四首分曲组成，最末一曲是齐格弗里德的《葬礼进行曲》②。我婶婶的眼泪没有声音，但却几乎没有断线，就像暴雨中的一个浅盆在往外溢水。她不时抬起模糊的泪眼去看点缀在天花板上的灯，看朦胧的玻璃圆罩射出的柔和灯光，那些灯在她眼中无疑是真正的星星。她对音乐的理解力尚存几何，这问题依然令我困惑，这么多年来，除了在第十三区那幢木制方形校舍里的循道宗礼拜仪式上听唱福音圣歌之外，她从没有听过任何音乐。我完全没法估量她对音乐的理解

---

① 《尼伯龙根的指环》是由瓦格纳的四部歌剧组成的四联剧，其顺序为：第一部《莱茵黄金》（1869）、第二部《女武神》（1870）、第三部《齐格弗里德》（1876）、第四部《诸神的黄昏》（1876）。

② 这首著名的《葬礼进行曲》出现在《指环》第四部《诸神的黄昏》中。齐格弗里德是《指环》第三部中的男主人公，夺得了由毒龙守护的指环，在第四部中被欲夺回指环的侏儒之子哈根谋杀。

力有多少已溶入了肥皂水中，有多少被揉在了面包里边，又有多少被挤进了牛奶桶里。

乐声的洪流滚滚不断，我无从知晓她在这闪光的洪流中发现了什么，也无从知晓这洪流把她带走了多远，带着她穿越了什么样的仙岛乐土①。根据她面部的颤动我能确信，早在前两首曲子之前，她就已经被带出了那个遍地坟茔的地方，进入了大海中那个灰蒙蒙的无名墓地；或是进入了某个更浩渺的死亡世界，在那儿，自那个世界一开始，希望就与希望同卧，梦想就与梦想共眠，弃绝权欲，沉沉安睡。

音乐会结束，人们说着笑着走出大厅，都为能松弛下来并重返现实生活而感到高兴。可我婶婶却无意从座位上起身。竖琴手用绿毡琴套罩上竖琴，长笛手甩出长笛吹口的水珠，乐师们一个接一个地离去，舞台上只剩下椅子和谱架，空荡荡的就像冬天的玉米地。

我轻声唤我婶婶。她突然声泪俱下，啜泣着向我哀求："我不想走，克拉克，我不想走！"

我理解。对她来说，音乐厅门外就是另一个世界：就是那个岸边有牛蹄印的黑水塘，就是那幢没遮没掩、饱经风霜、木板变形、没有刷漆、犹如一座塔楼的房子，就是那几株总是晾晒着洗碟布的弓腰驼背的白蜡树，还有在厨房门外啄食的那群正在换毛的瘦骨伶仃的火鸡。

————————

① 北欧神话中英勇而高贵的灵魂安息之处。

分水岭上 ①

　　在响尾蛇溪附近，在一片小洼地旁边，兀立着卡努特那幢小木屋。木屋北面、东面和南面铺展着坦荡的内布拉斯加平原，锈红色的蓬蓬荒草永远在风中波动。西面的土地则支离破碎，高低不平，那条浑浊的小溪有气无力地顺着其黑底河床蜿蜒蠕动，生长在溪旁的树木沿着小溪形成了一溜弯弯曲曲的狭长林带。要不是有那一溜发育缓慢的三角叶杨和榆树，说不定卡努特几年前就用他的猎枪自杀了。挪威人酷爱树木，似乎连小水塘边的少许灌木丛对他们也有不可抗拒的吸引力。

　　至于小木屋本身，那是卡努特在没有任何帮助的情况下独自建造的。因为他当初来响尾蛇溪旁拓居的时候，这里方圆二十英里内还没有人烟。造屋用的全是对半劈开的圆木，圆木之间的缝隙用泥浆封堵，屋顶上也覆盖了一层泥，支撑屋顶的桁条则是根弯曲成半圆拱形的巨大树干。几乎不可能有任何树会长成那种形状，于是后来的挪

---

① 此分水岭并非山岭，而是内布拉斯加州南部里帕布利肯河与小布卢河之间一片地势较高的平原地区。

威人便传说，卡努特是用膝盖顶着那根树干，用力把它弯成了他想要的拱形。木屋有两个房间，更准确地说是一个用篱笆隔成两半的房间，篱笆用岑树苗像编草篮子那样编成。房间一角有一个做饭用的炉子，炉子已锈迹斑斑，残缺不全。另一个角落摆着一张木床，床板和床柱都不曾刨光。那张床足足有两米半长，床上有一大堆黑乎乎的被褥。床前有一把椅子和一张木凳，尺寸都大得出奇。床边还有一个普通的橱柜，里边有几件又脏又破的餐具。橱柜旁边有个高大的木箱，木箱上面有个马口铁脸盆。床底下有一大堆酒瓶，有些已破碎，有些则完好无损，但都是空的。那木箱上还有一双尺码大得令人难以置信的鞋。屋子的墙上挂着一副马鞍、一支猎枪，还有一些破破烂烂的衣服，但其中有套黑色礼服引人注目，那套礼服显然是新的，衣袖上用别针别着一个用红色丝织手帕小心包着的硬纸板领衬。门上方挂着一张狼皮和一张獾皮，门背后则挂着三四十张用背带捆成一串的蛇皮，每次开门时蛇皮尾部都会发出不祥的嚓嚓声。那屋里最奇异的地方是那些宽大的窗台。晃眼一看，其表面像是被一把斧子胡乱砍过，显得遍体鳞伤，但若细细观察，那些凹痕和凿洞都有形有状，看上去像是一组图画，虽嫌粗糙，却不乏技巧，只是画中的人物显得滞重而生硬，仿佛是被很笨拙的工具慢慢凿成。画面中有的人在耕作，一群长角的小恶魔坐在农人肩上和耕马头上；有的人在祷告，一个骷髅头悬在他们头顶，一群小魔鬼在他们身后模仿其祷告的姿势；有的人在与巨蛇搏斗，还有一群骷髅在集体舞蹈。所有这些画面四周都装饰有绝不会生长在这个世界的藤蔓，藤蔓叶茂花繁，枝蔓间缠绕着长有鳞片的蛇身，每朵花的后边都露出一个蛇头。这画可谓真正的《死亡之舞》，只有感觉过死亡威胁的人才可能绘出。那个木箱上还有一些木板，木板上也刻满了同样风格的图案。有些图案刻得很马虎，似乎作者雕刻时手在发抖。有些图案则人鬼难辨，但有一个细节却很清楚，那就是所有的人都神情肃穆，不是在劳作就是在祈祷，而所有魔鬼都笑逐颜开，手舞足蹈。有几块木板已被劈开，准备当引火柴用。由此可见，这位艺术家显然不看重自己的作品。

这是分水岭上冬季的第一天。卡努特扛着一筐玉米芯步履蹒跚地走进木屋，把炉膛填满后，他弯下两米一高的身子在一张木凳上坐下，俯身在火炉上方，阴郁地盯着窗外灰蒙蒙的寥廓天空。长满蓬蓬红草的大草原从他屋前朝远方铺展，他熟悉方圆数十英里内的每一团草丛，熟悉那片草原初夏时节让人上当的魅力，也熟悉其深秋时节令人痛苦的贫瘠。他见过那片草原被所有的天灾①摧残，曾亲眼目睹其被干旱烘烤，被雨水浸泡，被冰雹击

———————

① "所有的天灾"之原文是 "all the plagues of Egypt"（埃及人遭受的所有灾难），原指《旧约·出埃及记》第7—11章中记载的10种灾难，即上帝为迫使埃及法老善待以色列人而在埃及降下的10种天灾。

打，被野火席卷。在蝗灾肆虐的年头，他见过草原被啃得精光的模样，活像兀鹫留下的动物尸骨。而在大火席卷之后，他见过方圆数十英里的焦土黑烟，恍若那里就是地狱底层。

卡努特慢慢站起身，拖着双大脚一步步挪向房间另一头，仿佛那双脚是他的负担似的。他透过窗户朝屋外的猪圈望去，见猪都钻进了偏棚前的麦草堆中。铅灰色的云幕正开始垂下，雪花正飘落在连草根土都被猪啃掉的地面，为那片冻结的土地打上了一块块白色的补丁。卡努特打了个哆嗦，开始拖着他那双笨拙的大脚、迈着沉重的步子在屋里踱步。他是分水岭地区十个寒冬的受难者，他知道那意味着什么。成人畏惧分水岭的寒冬就像儿童惧怕黑夜，或者说就像北冰洋上的人惧怕极地长夜的黑暗和寒冷。他的目光落在墙头的猎枪上，于是他将其取下，检查了一番，然后在床边坐下来，把枪管朝向自己的脸，将额头靠上枪口，手指搭上扳机。他非常平静，脸上既没有激情也没有绝望，只有人在思考时所有的那种若有所思的神情。随后他又把枪放下，伸手从橱柜里拿出瓶一品脱^①装的烈酒，把酒瓶凑向嘴边，猛喝了好几大口。他到那个马口铁脸盆前洗了洗脸，梳了梳蓬乱的头发和金色的胡须，随后犹豫不决地在挂在墙头的那套黑色礼服跟前站了下来。他

---

① 美制 1 品脱等于 0.473 升，1 品脱 40 度的烈酒大约相当于 0.8 斤烈酒。

这是第五十次将那套礼服从墙头取下，并试图鼓起勇气穿在身上。他取下别在外套衣袖上的那个硬纸板领衬，小心翼翼地将其套在脖子上，然后站到挂在木凳上方的那面又破又脏的镜子跟前，腼腆而期待地朝镜子里看了一眼。随即噗哧一笑，扯下领衬抛在床上，戴上他那顶破旧的黑帽，转身出门，朝大草原走去。

过一阵子就得出去走走，这对他来说已经是一种生理需要。他在分水岭已度过了十个年头，每年都挖地，犁田，播种，最后收获冰雹、热风和霜冻留给他收割的少许作物。在分水岭地区，发疯和自杀是很平常的事情，在热风季节，这种事会像瘟疫一样蔓延。从堪萨斯刮来的热风吹过陡岸峭壁，裹卷着灼热的沙尘，在烤焦玉米叶片的同时，似乎还要把人血管里的血液烘干。苞叶中的嫩穗开始大批枯黄之际，就是验尸官准备履行其职责之时，因为地里的油一旦燃尽，火焰很快就会烧掉灯芯。若发现一个丹麦人吊死在自家的风车架上，人们几乎都会无动于衷；而要是大多数波兰人漠然绝望得连胡子也不刮了，那他们的剃刀多半会割断自己的喉咙。

分水岭地区的下一代人也许会很幸福，但这代人是赶不上了。在山上砍了四十年铁杉树的瑞典人要在这片像大海一样坦荡荡、灰蒙蒙、光秃秃的土地上找幸福，到头来只会是徒劳无功；其青春岁月都在大海中追逐鱼群的北欧人要跟在犁铧后面追逐幸福，这又谈何容易；

而那些在奥地利军队当过兵的人讨厌干重活，讨厌穿布衣，讨厌这大草原上的寂寞，他们渴望列队行进，渴望兴奋刺激，渴望酒吧里的伙伴和漂亮的女招待。人要过了四十岁，就很难改变其生活习性和环境，而最初移居到分水岭地区的人，大多都是在另一片国土和另一群人中虚度了他们生命中的黄金岁月，带到这里来的只是他们生命的残余部分。

卡努特·卡努特松和其他人一样疯狂，不过其表现形式不是自杀，不是宗教狂热，而是酗酒。和所有挪威人一样，他以前喝酒也是想喝时才喝，但独自一人在分水岭拓居一年之后，定时喝酒成了他的习惯。他喝了一段时间威士忌，然后便开始喝更浓的烈酒，因为这种酒劲更大，更过瘾。他个子大得出奇，酒量也大得惊人，两三瓶酒休想把他灌醉。喝了九年烈酒之后，他的酒量已经让一般酒徒难以置信。他从不会因喝酒而耽误干活儿，通常是在晚上和星期天喝。每晚从地里回家，一拾掇完家务杂事，他就开始喝酒。当他还能坐稳时，他会吹吹口琴，或用他那把折叠刀在窗台上刻划。待酒精上头后，他就会在床上躺下来，两眼盯着窗外，直到入睡。他在孤独中独饮，不是为消遣，不是为取乐，而是为了忘掉那可怕的孤独，忘掉分水岭那片高地平原。弥尔顿在《失乐园》中让地狱里有山，这是个令人遗憾的错误。有山的前提是有信仰和志向。所有山区居民都笃信宗教，谨言慎行。只有平原城邑才会被上帝诅咒 [1]，因其居民精神空虚，反复无常，伤风败俗。

酒精对人的作用始终如一。醉酒不过是个夸大之词。愚蠢之人酒后平添伤感，邪恶之人酒后愈发歹毒，粗俗之人酒后更加庸俗。卡努特不属于这几种人，但他郁郁寡欢，悲观绝望，酒精带他游遍了但丁在《神曲》中描绘的每一层地狱。每当他躺上他那张大床，这个世界和其他所有世界的恐怖场面就会赤裸裸地暴露给他冷却的感官。他从没体验过快乐，只知道在沉默和痛苦中拼命干活。在他眼前晃动的永远是骷髅头和毒蛇，永远是没有尽头的徒劳和没完没了的仇恨。

当初有挪威人住得离他够近，近得足以称作邻居的时候，卡努特曾高兴过一阵子，并打算戒掉自己的恶习。但他天生不擅与人交往，也没有吸引别人与他往来的能力，加之他身材高大，体力过人，又总是沉默寡言，愁容满面，新来的邻居都惧他三分。说不定他们还知道他是个疯子，被这片草原年复一年的欺骗给逼疯的。每年春天，这片草原一片翠绿，风吹叶片的沙沙声预示着丰年，被草覆盖的洼地积满清水，连牛羊的蹄足也沾有野玫瑰花瓣。可

---

① 被上帝诅咒并毁灭的罪恶之城所多玛、蛾摩拉（见《旧约·创世记》第 19 章第 23—25 节）、押玛、洗扁（见《旧约·申命记》第 29 章第 23 节）均坐落在摩押平原（今约旦河平原），与琐珥城（又称比拉城）一道合称《圣经》时代的"平原五城"。

不待秋天到来，水洼干涸了，地面被烤干，然后变硬，起泡，龟裂。

结果卡努特非但没成为移居附近那些人的朋友和邻居，反倒成了他们的一个谜团，一种恐惧。他的个头、体力和酒量都成了他们口中令人发怵的故事。他们说有天晚上，卡努特临睡前去看他的马。他步履蹒跚，把马棚的朽木地板踩了个洞，跌倒在一匹健壮的牡马蹄下。他的脚陷在地板洞中，受惊的马疯狂地乱踢。当卡努特感觉到血从头上的伤口流进眼睛时，他才从他高贵的漠然中清醒过来，鼓起一个醉汉从容不迫的勇气，探身向前搂住了马的两条后腿，并将其死死地抱在自己怀中。那一夜他就这样趴在黑暗和寒冷中与那匹马较劲。第二天早上四点，当小吉姆·彼得森来找他一起去布卢河边砍柴时，发现他就那样趴在地上，那匹马四蹄跪地，浑身发抖，惊恐地嘶鸣。这就是那些挪威人讲述的关于他的故事，如果确有其事，邻居们害怕并厌恶这个"抱马蹄的人"也就不足为奇了。

一年春天，耶森一家搬到与卡努特毗邻的八十英亩土地上拓居，这给卡努特的生活带来了很大的变化。奥勒·耶森大多数时候也是醉醺醺的，因此他谁也不怕；奥勒的妻子玛丽整天喋喋不休，对愿意听她唠叨的人她都不怕；他们漂亮的女儿莱娜更是既不怕人也不怕魔鬼。于是卡努特过去同奥勒一起喝酒的时候比在自己家独饮的时候还多。过了一段时间，便有谣传说他要娶耶森家的女儿，周围的挪威女孩儿也开始拿莱娜打趣，说她就快要成为那头巨熊的内当家了。可谁也不清楚这事是怎样发生的，因为卡努特的求婚方式非常奇特。显而易见，他从不跟她说话，他往往会坐上几小时，听坐在一边的玛丽闲聊，同坐在另一边的奥勒喝酒，同时注视着莱娜干家务活。莱娜有时会作弄他，把面粉撒到他脸上，把醋搀进他的咖啡，但对她这些恶作剧他只是暗自惊讶，甚至不露出一丝笑容。偶尔他也带着莱娜上教堂，但连最尖的眼睛和最强的好奇心也没发现他跟她说过一句话。即便她与其他男人打情骂俏，他也只是坐在一边默默地看着。

第二年春天，附近一个叫玛丽·李的姑娘到镇上的洗衣店做工。她每个星期日都回来，而且总要去耶森家给莱娜讲镇上人的生活：十美分一场的电影、消防队举办的舞会，以及城里生活的种种优雅和乐趣。几个星期之后，莱娜心动了，她一刻不停地缠着父亲，直到他答应让她去碰碰运气，到镇上那家洗衣店干熨烫衣服的活。从她第一次从镇上回家过周末开始，她对卡努特就露出了鄙夷的神气。她买了件长毛绒大衣、一副羔皮手套，身上穿的衣服也是找女装裁缝定做的，还带回来一种让邻近女人深感厌恶的装腔作势。她经常从镇上带回一个上唇蓄着胡须、系着条红色领带的年轻人，甚至还没把此人介绍给卡努特。

邻居们常为此嘲笑卡努特，直到他把一个嘲笑者打翻在地。他表面上没显露任何因被莱娜冷落而痛苦的迹象，只是酒喝得更多了，也更加小心翼翼地躲着其他挪威同胞。他躲在自己的小屋或小屋附近，谁也不知道他感受如何，在想些什么，但小吉姆·彼得森（他在此前的某个礼拜日曾看见卡努特对带着镇上小伙子上教堂的莱娜怒目而视）说，他不愿拿一英亩地的小麦去换莱娜或那个镇上小伙子的生活方式，吉姆地里的小麦值不了几个钱，所以他这句话也就特别有分量。

卡努特定做了一套新衣服，看上去几乎同镇上那个小伙子穿的衣服一样。这套衣服花了他一季黍秫①收入的一半，因为裁缝不习惯做这种特大号衣服，所以要多收工钱。他把新衣服挂在屋里已经两个月了，但还从来没穿过，他不穿新衣有多种原因，一是怕被人嘲笑，二是没有穿新衣的心情，三是对这种摆不上台面的伎俩，他心底多多少少都有点反感。

莱娜那段时间刚好在家。当时是洗衣店淡季，加之母亲玛丽身体不好，莱娜也就待在了家里。对此她倒是蛮高兴的，这使她又有机会折磨卡努特了。

这天莱娜正在门厅一角的厨房洗涤，一边洗一边高声唱歌。玛丽跪在地板上，正一边用黑漆刷炉子，一边厉声叱骂当晚要从镇上来她家的那个小伙子。那家伙犯下了一

---

① 北美种植黍（millet）不为收获其籽实，而是收割其秸秆作为饲料。

个不可饶恕的大错，居然嘲笑玛丽没完没了地唠叨，对此玛丽一直耿耿于怀。

"他可不是个好东西。你要跟着他呀，将来不会有好果子吃的！真弄不明白，我的女儿怎么会看上那种家伙。真弄不明白，上帝为啥要这样惩罚我，叫我养了这样一个女儿。你要想结婚，天下可有的是好男人。"

莱娜把头一扬，很轻慢地答道："恰好我这会儿不想跟任何男人结婚。迪克现在有好衣服穿，有大把钱花，我跟他交交朋友没什么妨害。"

"有大把钱花？可我敢肯定，他会做的事就是花钱。你现在觉得这挺不错的，可等你结婚五年后，看着孩子光着屁股乱跑，橱柜里边啥也没有，你就不会用这种口气说话了。安妮·赫尔曼松嫁了个镇上男人，到头来有什么好结果吗？"

"我对安妮·赫尔曼松一无所知，但是我知道，只要有可能，洗衣店那些姑娘谁都想马上就嫁给迪克。"

"是呀，你也和她们一样轻佻，就像时装店里那群骚货。咱家旁边不就有卡努特松，他可有八十英亩地，五十头牛，还有……"

"还有从小到大就没剪过的头发，一大把脏兮兮的胡子，而且他礼拜天也穿工装裤，喝起酒来像头猪。再说他可以等呀，等我痛痛快快地玩够了，等我像你一样变得又老又丑了，他就可以把我娶回家去养着了。老天知道，没有别的女人愿意嫁给他的。"

此时正在屋外的卡努特像触到烙铁似的把手从门柄前缩了回来。他不是那种爱偷听别人谈话的人，心想要是早一点敲门就好了。他镇静下来，鼓足勇气，像一柄攻城槌一样拼命撞门。玛丽惊跳起来，尖叫着把门打开。

"天啦！卡努特，你真把我们给吓死了！我还以为是那个疯子卢呢，他最近一直在附近晃悠，挨家挨户要人家改信另一种宗教。我怕他怕得要死。我认为大伙儿应该把他赶走。他可是干啥都不用担法律责任，不管是把我们都杀了，把谷仓烧了，还是把狗给毒死了。他就一直把牧师折磨得要死，人家还患着风湿病，连床都起不了呢。你难道没注意到，上个礼拜日他都病得没上台布道吗？可是，你别老站在冷风中啊！进屋吧。奥勒这会儿不在家，不过他只是到瑟伦松家去取封邮件，不会去得太久。你先到里屋坐会儿吧。"

卡努特目不斜视地跟着玛丽去里屋，经过莱娜跟前时也没看她一眼。可莱娜的虚荣心不允许他从自己面前轻轻松松地走过。她抢起手中正在拧水的湿床单，横着朝他脸上猛甩过去，然后哧哧笑着跑向房间另一边。这一甩抽得他脸上火辣辣的，肥皂水顺势流到他眼里，他不由得用双手去揉搓眼睛。看着他那副狼狈相，莱娜哈哈大笑，这使他本来就绷着的脸愈发阴沉。与身材瘦小的人出丑相比，身材高大者遭人羞辱更有损尊严。卡努特忘了脸上的疼痛，一心只想着自己丢人现眼，结果跌跌撞撞进里屋时撞到了门楣上，因为他忘了低头弯腰。他一屁股坐进火炉后边的一把椅子，不由自主地把两只大脚缩回到椅子两边。

奥勒老半天都还没回来。卡努特一动不动、一声不吭地坐在那儿，双手紧紧抓着两膝，当他皱眉头时，他脸上的皮肤似乎被挤成了一根根在颤抖的皱纹。长久以来，他一直都孤零零、昏噩噩、醉醺醺地过日子，可现在他开始清醒了，就好像在闷热无声的夏夜突然听到了一声惊雷。

当灌了一肚子酒的奥勒偏偏倒倒地进屋时，卡努特一下子站了起来。

"耶森，"他平静地说，"我今天过来，是想看看你愿不愿意让我今天就和你女儿结婚。"

"今天！"奥勒喘着粗气问。

"对，就今天，我不想等到明天。我已经厌倦了一个人过日子。"

奥勒把蹒跚的膝盖靠在床柱上稳住身子，结结巴巴地质问道："你认为我会把女儿嫁给一个醉鬼？一个喝劣质烧酒的醉鬼？一个和响尾蛇睡在一起的醉鬼？你可真不要脸，从我屋子里滚出去，不然我把你踢出去。"奥勒说完这话后不安地看了看自己那双脚。

卡努特没有答话，只是戴上帽子，从里屋出来进了厨房。他径直走到莱娜跟前，把眼睛朝向别处对她说："快穿好衣服，跟我走！"

他说话的语气令莱娜大吃一惊。她丢下肥皂生气地问："你喝醉了吧？"

"你要不跟我走，我就把你扛走——你最好还是自己走吧。"

莱娜抓起条床单朝他抽来，但他粗暴地抓住她的手臂，从她手中夺过了床单。然后他转身从墙头取下挂在那里的头巾和披肩，开始替她披上。莱娜像被捕获的野兽一般疯狂地撕抓蹬踢。奥勒站在门边使劲咒骂。玛丽则声嘶力竭地哭嚎尖叫。至于卡努特，他抱起莱娜径直出了屋子。那姑娘双腿乱踢，拼命挣扎，但玛丽和奥勒无助的哀号声很快就在他们身后消失。莱娜的头被紧紧摁在卡努特肩上，她看不见自己被带向何方，只感觉到北风在耳边呼啸，卡努特在稳步急速前行，自己身下那副巨大的胸膛在异乎寻常地急促起伏。她挣扎得越厉害，那两条曾搂住马腿的铁臂就把她勒得越紧，直到她觉得几乎被勒得喘不过气来，于是她吓得再也不敢动弹。卡努特迈着常人不可能迈出的巨大步幅穿过平坦的原野，大口大口地吸进冰冷的北风。他眯缝着眼睛盯着前方，只在低头吹掉沾在她头发上的雪花时才垂下目光。就这样，卡努特把莱娜抱回了家，就像他野蛮的祖先用多毛的手臂把那些漂亮而轻佻的南方女子抱上其战船一样。总有那么些时候，人会厌倦那些并非因其而立的规矩，会一举粉碎那些他没法应付的文明谎言，会伸出有力的臂膀强取他没法靠技巧获取的心仪之物。

卡努特进了自己的木屋，把姑娘放到一把椅子上，任她在那里哭泣。他只在屋里待了几分钟，往炉子里加满了木柴，点亮了灯，喝了一大口酒，随之把酒瓶往兜里一揣，盯着正在哭泣的姑娘踌躇了片刻，然后便出了屋子，锁上了房门，很快就消失在越来越浓的夜色之中。

个子瘦小的牧师裹着一身法兰绒衣服，正一边往关节上抹松节油一边读《圣经》，这时他突然听到一阵猛烈的敲门声，随后便看见卡努特出现在门口，浑身沾满雪花，胡须都被冻在了外套上。

"快进来，卡努特，你肯定冻坏了。"小个子牧师一边说，一边将一把椅子推到客人跟前。

卡努特既没有坐下，也没有摘掉帽子。他站在屋里平静地说："我想让你今晚去我家，去主持我和莱娜·耶森的婚礼。"

"你有结婚许可证吗，卡努特？"

"没有。我不需要许可证。我只想结婚。"

"可是，老弟，没有许可证我就不能为你主持婚礼，那是非法的。"

大个子挪威人眼中露出一丝凶狠的目光。"我要你去我家主持我和莱娜·耶森的婚礼。"

"不行，我不能去。顶着这么一场暴风雪出门，连公牛也会没命的。再说今晚我的风湿病发作得厉害。"

"那么,既然你不肯自己去,我只好把你弄过去了。"卡努特说完这话叹了口气。

他取下牧师的熊皮大衣,命令他趁自己去套马车时把大衣穿上。说完他出了屋子,并轻轻关上了房门。过了一会儿,卡努特回到屋里,发现牧师蜷缩在火炉跟前,那件熊皮大衣被撂在一边。他动手把大衣给牧师穿上,还用围巾把他的头罩得严严实实。然后他把牧师从地上拽起,抱起他出了房门,将他放上马车。他一边用自己的野牛皮衣袍把牧师裹紧,一边对他说:"你这匹马老了,在这种暴风雪中可能会陷进泥淖,说不定还会迷路呢。我来牵着它走吧。"

牧师用颤巍巍的手抓住缰绳,坐在车上冷得直发抖。当风偶尔停歇的时候,他能看见自己的马在那个步履沉重的男人牵引下挣扎着前行,随之风卷着雪花又把人和马的身影遮掩。他不知道此刻自己身在何处,也不知道他们朝着哪个方向。他觉得自己似乎是被卷进了风暴中心,仿佛自己已念过了所有能记得的祈祷文。但那漫长的四英里跋涉终于结束了,卡努特把他从车上抱到了雪地里,然后打开了房门。他看见那个新娘坐在火炉边,眼睛红肿,似乎她一直都在哭泣。卡努特搬来把大椅子,粗声粗气地对他说:"你先暖和暖和身子吧。"

莱娜又开始哭泣,一边抽噎一边求牧师带她回家。牧师无助地望着卡努特。卡努特只说了句："等你暖和过来，就可以给我们举行婚礼了。"

"我的孩子，你走这一步是自己愿意的吗？"牧师用颤抖的声音问那姑娘。

"不，先生，我不愿意。是他强迫我跟她结婚，这太丢人了！我不想嫁给他。"

"如此说来，卡努特，这个婚礼我不能主持。"牧师说这话时强忍着关节疼痛，尽可能地把腿站直。

"先生，你准备好为我们举行婚礼了吗？"卡努特一边问一边把他的铁腕摁在牧师下垂的肩上。那个瘦小的牧师是个好人，但和大多数瘦小的人一样，他也很懦弱，尽管风湿痛已让他吃尽了苦头，但他还是怕吃皮肉之苦。于是，顾不得良心极度不安，他开始机械地重复结婚仪式。莱娜坐在椅子上，神情沮丧地盯着火炉。卡努特站在她身边，双手交叉在胸前，虔诚地低头聆听牧师念念有词。等牧师念完婚礼祝祷词并吐出那声"阿门"之后，卡努特又开始把大衣围巾裹在他身上。

"我现在送你回家。"他说完就抱起牧师，出了屋子，把他放上马车，然后就牵着马扑进了暴风雪中。在厚厚的积雪中挣扎前行，连牵马的巨人有时也双膝跪地。

屋里只剩下她一个人后，莱娜很快就停止了哭泣。她不是那种特别多愁善感的姑娘，有那么点虚荣心，但并不高傲。待头一阵愤怒平息之后，她感觉到的不过是一点无伤大体的羞耻感和挫折感。她没有要逃跑的念头，因为现在她已经结婚了，而在她看来，这一点不可改变，任何反抗都会徒劳无益。她压根儿不知道什么结婚许可证，但她知道结婚是由牧师主持。她暗暗宽慰自己，不管怎么说，自己本来也一直有再过些年就嫁给卡努特的心思。

她厌倦了泪眼朦胧地盯着炉火，于是站起身来，开始四下里打量。她早就听过关于卡努特屋子里的古怪传说，此时她的好奇心使她忘了生气。她最先注意到的是挂在墙头的那套显得很新的黑色礼服。她脑袋瓜并不灵光，但这么好看的一套礼服意味着什么，一个有虚荣心的女人用不了多少时间也能想明白，于是她不由自主地高兴起来。当她看到橱柜里那番疏于照管、令人不快的光景时，她不禁对住在这里的那个男人产生了同情。

"可怜的人哟，难怪他想结婚，想有个人来帮他洗刷锅碗盘碟。单身汉过日子可真不容易。"

人的虚荣心一旦被撩动，就很容易生发恻隐之心。可当她的目光落在窗台上时，她忍不住打了个哆嗦，开始想知道那个男人是不是疯了。然后她又坐了下来，一坐就是好长时间，心中一直纳闷，她的迪克和她父亲都会做些什么。

"真奇怪，迪克没有马上来找我。他肯定到了我家，因为他应该在暴风雪开始之前就离开了镇上，而且他追到这里和返回镇上的距离都一样。要是他走得快一点，他本可以比牧师先一步赶到这儿。我想呀，他是不敢追到这儿来，因为他知道卡努特会把他捣成果子冻。胆小鬼一个！"想到这儿她眼里闪出怒火。

沉闷的时间过得很慢，莱娜越来越感到孤寂。这是个怪诞的夜晚，而她又置身于这么个怪诞的地方。她能听见饥肠辘辘的草原狼在不远处嚎叫，而更让她害怕的还是暴风雪发出的各种陌生的声音。她记起了人们传说的她头顶上那根巨大桁条的故事。她害怕刻在窗台上的那些蛇形图案。她想到了被杀死在洼地里的那个男人。而且她真想知道，要是这会儿疯子卢那张苍白的脸透过窗户朝屋里张望，她该怎么办。从房门处传来的嚓嚓声越来越刺耳，她心想一定是门闩松了，于是端着灯上前察看。这时她第一次看见了传说中那些丑陋的褐色蛇皮，发现每阵风吹动门扇蛇皮都会发出可怕的嚓嚓声。

"卡努特！卡努特！"她惊恐地尖叫起来。

这时她听见门外一阵沉重的扑棱声，像是有只趴在地上的大狗站起来猛甩身上的泥灰。接着门就开了，卡努特像个雪人似的站在她跟前。

"怎么啦？"他温和地问。

"我冷。"她支支吾吾地说。

他转身出门，搬回一抱木柴和一筐玉米芯，把炉膛塞满后，他又出屋在门前的雪地里躺下。过了一会儿他又听见她在叫他。

他坐起身来问道："怎么啦？"

"我觉得好孤单。我害怕一个人待在这屋里。"

"我这就去你家，去把你妈接来。"卡努特说着站了起来。

"她不会来的。"

"我会把她给弄过来。"卡努特冷冷地说。

"不，不，我不想要她来，她会唠唠叨叨骂个没完的。"

"好吧，我就接你爸过来。"

莱娜又说话了，可这一次她似乎是将嘴贴着锁眼在说话。他从没听见过她说话声音这么低，低得他只能把耳朵贴紧锁眼才能听清。

"我也不想要他来，卡努特……我宁愿要你进来。"

说完这话好一阵，门外没有任何反应，随后她听见一种像是在呻吟的声音。她吓得一声尖叫，打开了房门，只见卡努特躺在她脚下积雪的门阶上，双手捂着脸哭泣。

波希米亚姑娘

1

横穿大陆的快车沿蜿蜒的沙河谷弯道减速行驶。一位年轻人坐在观光车厢后排，从车窗射进的阳光火辣辣地照着他黝黑的脸庞、脖子和强壮的身躯，可他丝毫不觉灼热，非常悠然自得。他宽阔的肩头显得松弛而温顺，在他起身挺胸之前，甚至显得毫无生气。他穿一件浅色法兰绒衬衫，一条丝织蓝色领带系得很随意，裤子有点宽松，腰间系了条皮带，那双笨重的皮鞋已穿了些年头。和他的衣着一样，那头红棕色头发也略显异国风味。他微红的眉毛很浓，深蓝的眼睛凹陷，脸刮得相当干净，想必是刮得太认真，锋利的刀片在他光滑而黝黑的皮肤上留下了一线黄色的刮痕。他牙齿洁白，手掌白皙，那颗慵然靠在柳条椅绿色软垫上的头显出一股倔劲儿，而当他眺望窗外庄稼已熟透的夏季田野时，嘴上总露出一丝不乏善意的嘲笑。有那么一会儿，舒舒服服晒着太阳的他突然眼睛一亮，瞳孔随之扩大，透出几分好奇，双唇抿成一条冷峻的直线，然后慢慢放松，恢复成先前那种和善的嘲笑。他显然是在告诫自己，没什么值得这般激动。看来他很善于尽可能地保持平静，火车刺耳的汽笛声和司闸员的呼叫声都没能扰乱他的心境。待火车停稳后他才从座位上起身，戴上一顶巴拿马草帽，从行李架上取下一只小提箱和一个长笛盒，然后从容不迫地踏上站台。此时托运行李已卸下，这位年轻的陌生人找到一口皮质旅行箱，亮出了行李票。

"可以在这儿放一两天吗？"他问行李员，"我也许会派人来取，也许就不了。"

"取不取就看你喜不喜欢这地方了，是吗？"行李员用一种挑逗的口气问。

"说得没错。"

行李员耸了耸肩，不屑地瞥了一眼上面标有"尼·埃"字样的那口小皮箱，然后递出张寄存凭条，没再吭声。陌生人见他抓住皮箱一端的把手，将其拖进了货物寄存间。行李员的神态举止似乎让他记起了某件有趣的事，他一边四下张望一边说："这地方看起来不太大嘛。"

"对我们来说够大了，"行李员厉声回应，然后粗手粗脚地把皮箱推进了一个角落。

显而易见，尼尔斯·埃里克森想听的正是这句话。他暗自一笑，从口袋里掏出根皮带，把手提箱挂在了肩头。然后他正了正草帽，卷起裤腿，把长笛盒夹在腋下，开始甩开大步跨越田野。他避开那座小镇（按他过去的一贯说法，是与那座小镇保持一段安全距离），抄近路穿过一座有围栏的大牧场，从牧场远端角落的铁丝网下面钻出，踏上了一条满是灰蒙蒙尘土的大道。大道从河谷向高地草原笔直延伸，草原上成熟的小麦一片金黄，铁皮屋顶和风向标在烈日下熠熠闪光。尼尔斯顺着大道走了三英里路，这时太阳开始西坠，不时有从镇上回家的农场马车从他身旁吱嘎而过，弄得他灰头土脸，直打喷嚏。一个农夫把马车停在他跟前，说可以捎他一段路，他便欣然上了车。赶车人是个瘦老头儿，头发花白，脖子细长，蓄着一口略显可笑的山羊胡。"你要走多远路？"他一边朝马吆喝一边问。

"你会经过埃里克森家吗？"

"哪个埃里克森？"赶车老人拉紧缰绳，似乎打算又把车停下。

"牧师埃里克森。"

"噢，是埃里克森老夫人家吧！"他扭头打量了一眼陌生人。"哎，你要去她家，满可以搭汽车去的。可真不赶巧，这会儿老太太和她的车还在镇上呢。要是你在邮局或肉店附近，说不定就会听到她汽车的轰轰声。"

"她有汽车"尼尔斯不经意地问。

"这可不假！每天傍晚这个时候，她都要开车去镇上取邮件，买晚餐吃的肉。有人说她生怕她的车跑得不够，但我看那是眼馋人家。"

"难道这一带别人家都没有汽车？"

"哦，有的！总共有十四辆。可谁家都不像埃里克森老夫人那样使唤车。不管天晴下雨，她都开着车到处跑，要么去镇上，要么去她那些农场，要不就去她那些儿子的地头。你确信你没找错地方吗？"赶车人伸长脖子，好奇地看了看陌生人的长笛盒。"据我所知，那老太太家可没有钢琴。她大儿子奥拉夫家倒有台挺大的。他妻子喜欢音乐，还在芝加哥上过音乐课呢。"

"我明天会去奥拉夫家。"尼尔斯不动声色地说，他知道赶车人把他当成钢琴调音师了。

"喔，我明白了！"赶车人神秘兮兮地眯缝起眼睛，陌生人的少言寡语使他有点儿扫兴，不过他很快又提起了话头。

"我是埃里克森老夫人家的一个佃户，替她打理着一块地。那块地原本是属于我的，可后来给弄丢了，就在前些年，世博会①后那些坏年头②。唉，不过这样也好，你也就不用缴税了。如今这个县的大部分土地都姓埃里克森。我还记得老牧师最爱念的经文就是'对富有者要给予更多，使其富足有余。'③他们埃里克森家的人可真神奇，就像地头的旋花草，把这儿的地都铺满了。不过我对他们倒没有什么抱怨。人们有资格拥有自己能够得到的。再说他们家都是些能干人。就说奥拉夫吧，眼下人家在县里做事，很

---

① 指1893年的芝加哥世界博览会。
② 指由《谢尔曼法案》（又称《购银法》，1890年颁布）导致的1893年至1894年的美国经济危机时期。
③ 语出《新约·马太福音》第13章第12节。

可能当上个县议员。听！该是老太太的车过来了。要我招呼她停下吗？"

尼尔斯摇了摇头。在清澈的暮色中，他听见汽车引擎有规律的轰鸣声从身后传来。微弱的汽车灯光在斜坡上飘忽，赶车人勒紧缰绳，把马车让到路边，在三声急促喇叭声的第一声从后面传来时，老人就已经弯腰低头。那辆高速行驶的汽车既没减速也没稍稍打一点方向盘，径直按原路线冲了过去。驾驶座上是一位健壮的女人，没戴帽子，泰然自若。车后扬起一阵尘土和一股汽油味。那位佃户抬起头来打了个喷嚏。

"哈！我就常说，宁肯跑在老太太前头，千万别落在她车后。她可真了不起！都快七十岁的人了，从不让人碰她的车，每天早上都亲手发动调试，让车整天都保持最佳状态。我每次停下来歇脚喝水，都能听见她的车在路上跑。我想呀，她那个儿媳妇这下可坐不安稳啰，不知道啥时候老太太就会突然登门。她另一个儿媳妇奥托太太曾告诉我，'家里人都担心那铁家伙会爆炸，会把老妈给伤了，她开车总是那么莽撞。'我说：'奥托太太，我才不担那份心呢，老夫人准会开着车去参加她每一个儿媳妇的葬礼。'说那番话是因为不久前，老太太刚开车蹦过了一根没完全埋下去的涵洞管道。"

尼尔斯心不在焉地听着老人絮叨。此时此刻，有一种极像思乡病的感觉涌上心头，而他真想知道到底是什么勾起了这种乡愁。或许是老人口中吐出的一两个名字，或许是马车在土路上颠出的吱嘎声，或许是向日葵和斑鸠菊散发的那种有树脂味的刺鼻香气——那种被潮润的晚风从溪谷低地送过来的香气，但最有可能的也许是刚才疾驶而过的那辆汽车飘忽的灯光。一种舒适而有力的感觉让尼尔斯挺起了胸膛。

马车颠簸西行，上了一道缓坡。这地方远离河谷，地势越来越平坦，像是被风刮平了似的。在绵亘山岗的最后一个小山坡上，在一条岔路远远的尽头，冷森森地兀立着一幢四方形房子，房子有铁皮屋顶，有两道门廊。房子后面有一溜被风吹折了枝丫的白杨树，小山坡左下方散落着几个棚屋和马厩。通往埃里克森家的那条岔路要跨过一条蜿蜒在山脚下的干涸的沙底小溪，老人在岔路口停住马车。

"那就是老夫人的家。要我送你过去吗？"

"不用了。谢谢。我就在这儿下车。太感谢你了。晚安。"

看着陌生人从前轮处下了马车，老人有点不舍地继续赶路，同时频频回头，仿佛想看看那老太太会怎样接待这个陌生人。

尼尔斯正要跨过那条干涸的小溪，忽然听见一阵急促的马蹄声，一匹马正从对岸坡上朝他冲下来。他飞身闪到路旁，躲在了一丛生长在小溪沙底河床上的野梅子后面。透过暮色，一匹被勒紧缰绳的轻型马正急速冲下山坡。衬着黑黢黢的山坡，依稀可见马背上是一个身材苗条的女人，头上戴一项旧式圆顶帽，身下穿一条骑装长裙。她轻盈地跨在马鞍上，头高高扬起，像是在眺望远方。她经过野梅丛时，那匹马吸了口气，有点受惊。她拍了一下马，收缰将其稳住，生气地用波希米亚语呵斥了一声。走上大路后，她放开缰绳，让马慢跑，人和马很快就出现在坡顶，衬着天幕，在西天残留的一线淡淡的晚霞中移动，富有节奏地自由奔驰。在那片坦平的土地上，那匹马及其主人是唯一可见的移动物体。映着傍晚最后一抹黯淡的余晖，人和马好像不是偶然出现在那儿，而是那幅风景画中不可或缺的点睛之笔。

尼尔斯注视着那团移动的身影，直到身影变成天幕上一个移动的小点。然后他跨过沙溪，爬上斜坡，来到房子跟前。房子正面一片漆黑，但有盏灯从侧旁的窗户透出光亮。猪圈里传来猪的叫声，尼尔斯能看见一个高个儿小伙子拎着两个大木桶在猪群中移动。在谷仓和那幢房子之间，风车在懒洋洋地转动。尼尔斯在通往后门廊的小路上停下，隔着纱门探看亮着灯的厨房。厨房是那幢房子里最大的房间，尼尔斯记得自己还是个孩子时，他那些哥哥常在厨房里举办舞会。厨房炉子边站着个小女孩，她有一头扎成两条小辫的淡金色头发，一张双颊绯红的宽宽的脸庞，此时她正急切地朝煎锅里瞧。在炉子那边的餐厅里，一位高个儿宽肩的女人正在桌边忙碌。她精力充沛，步子矫健，神情凝重，面色红润，脸上几乎看不见皱纹，年近七十却还是一头黑发。尼尔斯看见她举止从容，行动果断，或者说没有一个动作显得犹豫，心中不由得为她感到骄傲。尼尔斯在外等着，看见她出了餐厅，来到厨房，轻轻把女孩儿挤到一边，自己在炉子边忙乎起来。这时他敲了敲纱门，进到屋里。

"妈妈，是我，是尼尔斯。我猜你没想到我回来吧。"

埃里克森太太从炉边转过身，站在那儿盯着他。"把灯拿过来，希尔达，让我好好看看。"

尼尔斯笑着放下肩上的小提箱。"怎么啦，妈妈？不认得我了？"

埃里克森太太把灯放下。"你当然是尼尔斯。不管怎么说，你并没多大变化。"

"你也没变，妈妈。你还是原来的样子。你现在还不戴老花镜？"

"看书看报的时候才戴。你的行李呢？尼尔斯？"

"哦，留在镇上了。我想就要收麦子了，我在这儿住下会不方便。"

"别说傻话，尼尔斯。"埃里克森太太把头转向炉子。"我现在不自己收麦了。我把那片麦田连同相连的那个农场一块儿租给了一个佃户。希尔达，送盆热水到客房去，再去把小艾里克叫来。"

那个扎小辫的女孩一直默不做声站在旁边发愣，这时忙拎起茶壶退出，走到厨房楼梯口，她回头用钦佩的目光把尼尔斯看了好一阵。

"那小姑娘是谁？"尼尔斯一边问一边在炉子后边的长凳上坐了下来。

"是你亨里克表叔的女儿。"

"亨里克表叔去世多久了？"

"六年了。他还丢下两个男孩儿，一个跟了彼得，另一个跟了安德斯。奥拉夫是那两个孩子的监护人。"

门廊上传来一阵木桶的撞击声，一个又高又瘦的小伙子正透过纱门好奇地朝里张望。他有一张白皙而温和的脸，一双灰色的大眼睛，帽沿下露出一束束柔软的金发。尼尔斯跳起身来，把他拉进厨房，一阵拥抱后又拍了拍他的肩头。"哟，这不是我的小弟吗？瞧他这个头儿！不认得我啦，艾里克？"

小伙子涨红的脸更显出他脸上的晒斑和雀斑，他怯生生地低下头说："我猜你是尼尔斯。"

"猜得真准！"尼尔斯哈哈大笑，使劲儿摇晃那小伙子的手，同时心中暗想："难怪刚才那小姑娘看上去那么喜欢我，都是他教的。我当年离家时他才六岁，过了十二年他还记着我。"

艾里克赧然一笑，傻站在那儿揉弄着他的帽子，最后终于鼓足勇气开口说："你看上去和我想象的一模一样。"

"去洗洗手，艾里克。"埃里克森太太吩咐道，"晚餐我准备了甜玉米。尼尔斯，过去你挺爱吃甜玉米棒的。我猜你在欧洲老家很少能吃到。希尔达来了，让她先带你上楼去你的房间。看你灰头土脸的，吃饭前你该洗洗干净。"

埃里克森太太去餐厅添放另一个盘子。那小姑娘迎上来冲尼尔斯点头，似乎是说他的房间已准备停当。他伸出一只手，小姑娘将其握住，抬头用惊异的目光盯着他的脸。艾里克丢下擦手的毛巾，一手挽着尼尔斯，一手搂着希尔达，给了他俩一个笨拙的拥抱，然后跌跌撞撞地朝门廊走去。

吃晚餐的时候，尼尔斯真真切切地听说了他那八个已成年的兄弟各自都耕种着多少土地，他们的庄稼都长势如何，各家都养有多少牲口。他母亲一边说话一边端详他，最后突然说："尼尔斯，你长得更帅气了。"尼尔斯咧嘴一笑，两个大孩子也笑了。艾里克虽说已十八岁，长得和尼尔斯一般高，但作为一大群儿子中的老幺，一直都被看作是孩子。尼尔斯心想，他本身也显得满脸稚气，而且还有双属于小男孩的眼睛，一双目光单纯而飘忽的眼睛。他的哥哥们在他这个年纪，一个个都是男子汉了。

晚饭后尼尔斯出屋来到前廊，在台阶上坐下来抽烟。埃里克森太太则拉过来一把摇椅坐在他身旁，开始做编织活儿。欧洲老家的旧习惯都丢得差不多了，做编织活儿是保留下来的习惯之一，因为她没法忍受无所事事地闲坐。

"艾里克上哪儿去了，妈妈？"

"他在帮希尔达洗盘子。他心甘情愿的。我不喜欢男孩子做太多的家务事。"

"他看上去是个好孩子。"

"他非常听话。"

尼尔斯躲在黑暗中微微一笑。看来还是换个话题更好。"你在织什么，妈妈？"

"为小家伙们织袜子。这些孩子可真够我忙的。"老太太轻声自笑，手中的编织针哒哒作响。

"你有多少孙子孙女？"

"眼下只有三十一个。奥拉夫死了三个孩子。他们死前都病恹恹的，跟他们的妈妈一样。"

"我想他现在又该有一大群了吧。"

"他第二个妻子还没生过孩子呢。那女人太傲，整天骑着马东奔西跑。可她会吃亏的，迟早的事。她自视清高，没人知晓她怎么想的。她那种波希米亚女孩儿真够贱的。我从不看好波希米亚人，总是喝得醉醺醺的。"

尼尔斯静静地抽着烟斗，埃里克森太太继续织袜子。随后她又冷冷地补充道："她今晚刚来过，就在你回家之前。她想来跟我斗嘴，想在我和奥拉夫之间搬弄是非，可我没给她这个机会。我想你总有一天会带个妻子回家吧。"

"这我可不知道。我没怎么考虑这事。"

"唉，说不定这样最好。"埃里克森太太若有所指且不无希望地说，"你从来都不想被拴在这片土地上。你父亲家族有流浪的血气，你血管里也淌着那种血。我只希望，你选择的活法最适合你。"老太太的语气已变得和蔼可亲，尼尔斯记得这种语气。他的心情似乎为之一振，烟斗后面闪现出两排白牙。母亲说话的方式总能把他逗乐，甚至当他还是个孩子的时候——说得那么无力又那么新奇，与她矍铄的精神头极不相称。他心中暗想，"家里人都在等着看我选哪种活法呢。"而且他能感觉到，坐在他身边忙乎编织活儿的母亲也在盘算着他的事。

"我猜呀，你还没习惯安顿下来专心干点什么。"埃里克森太太沉默了一会儿又开口道，"人在外头荡久了，就很难安顿下来了。可惜你没能在世博会后那一年回来。那会儿闹经济危机，你父亲用低价买了好多地，我想那时候他或许会给你一个农场。太遗憾了，你那么久都没回来，我一直都觉得，他当初是想依着你的想法为你做点事的。"

尼尔斯呵呵一笑，磕掉烟斗里的烟灰。"我当初要是回来，就会错过很多机会了。不过我很抱歉，没回来看父亲一眼。"

"好啦，我想呀，人也总是顾得了一头顾不了另一头。说不定你对你眼下做的事就满心喜欢呢，就像你拥有一个农场一样。"埃里克森太太安慰他说。

"有土地总是件好事嘛。"尼尔斯一边说一边划亮了另一根火柴，并用手掩住火苗。

他母亲扭过头来盯着他的脸，直到那根火柴燃尽。然后她急促地说："那只有当你待在土地上的时候。"

这时艾里克顺着小路绕到了房子跟前，尼尔斯站起身来，打了个哈欠。"妈妈，你不介意的话，睡觉前我想跟艾里克出去走走。这有助于我的睡眠。"

"去吧，只是别走得太晚。我会坐在这儿等你俩。我喜欢亲手锁门。"

尼尔斯把手搭在艾里克肩上，兄弟俩一块儿下了山坡，跨过沙底小溪，上了对岸那条满是尘土的大道。他俩谁也没说话，迈着轻快而均匀的步子往前走，尼尔斯一路上吸着烟斗。当晚没有月亮，灰白色的大道和开阔的原野朦朦胧胧地铺展在星光下。黑暗笼罩着一切，四下里一片岑寂，空气中弥漫着尘土和向日葵的气息。两兄弟走了一英里路也没找到个可坐下来的地方。最后尼尔斯在铁丝网栅栏边供人畜通过的木梯上坐了下来，艾里克则坐在下面的一阶。

"尼尔斯，我都开始以为你永远不回来了。"那大男孩轻声说。

"我可答应过你要回来，不是吗？"

"是的。可人们总不把答应小孩儿的事放在心头。那年你运牛去芝加哥的时候，你就真知道你要永远离开这儿吗？"

"我当时想很有可能，只要我能一路往前走。"

"我就不明白你怎么能做到这点，尼尔斯。很多人都做不到的。"艾里克用肩头碰了碰他哥哥的膝盖。

"最难做到的是离开家，抛下你和爸爸。一过了芝加哥，事情就容易多了。当然，我也很想家，经常流着眼泪入睡。可是我已经断了自己的退路。"

"你当时一直都想出去闯，是不是？"

"一直都想。对啦，你还睡我们那个小房间吗？窗前那颗三角叶杨还在吗？"

艾里克热切地点了点头，在黑暗中仰起脸冲他哥哥一笑。

"从前树叶在夜里沙沙作响，我们老爱说那是树叶在讲悄悄话，你还记得吗？啊，它们总悄声给我讲大海，有时候还说出些地理书上才有的名字。风大的时候，它们又像在呼号，就像某个人想宣泄感情。"

"真有趣，尼尔斯。"艾里克一手托着腮帮子，神情恍惚地说，"那棵树还一直说悄悄话，可它对我说的多半都是你。"

他俩又坐了一会儿，坐在那儿看星星。最后艾里克不安地说："这会儿我们不该回去了吗？妈妈会等得不耐烦的。"兄弟俩站起身，抄了条近路，穿过牧场回家。

2

第二天早晨，尼尔斯伴着黎明的第一道阳光醒来。透过薄薄的窗帘，眩目的阳光照射在他房间的白灰墙上，使他再也无法入睡。他匆匆穿好衣服，轻手轻脚下楼到前厅，从后楼梯爬上阁楼，那里就是他从前和小弟弟一块儿住的房间。艾里克穿着件明显太短的睡衣，正坐在床沿上揉着眼睛，他淡金色的头发一丛丛地竖立在头顶。看见尼尔斯进屋，他满心困惑地咕哝着，慌慌张张把两条长腿塞进裤管。"我没想到你起得这么早。"他一边说一边套上了蓝衬衫。

"噢，你把我当东部来的城里人了，是吗？"尼尔斯逗趣地给了艾里克一拳，那高个子大男孩像把折刀一样弯下了腰。"嗨，我得教教你打拳。"尼尔斯说着把双手插进裤袋，在屋里转悠起来。"你没怎么动这屋里的东西。我那些旧玩意儿都还在吧？"

他取下挂在梳妆台上的一根干枯的弯树干。"这不是卢·桑贝格用来自杀的那根树干吗？"

正在系鞋带的艾里克抬起头来。

"是呀，你过去从不让我碰那玩意儿。他是怎么用那玩意儿自杀的呢？发现卢的时候，你和爸爸在一起，不是吗？"

"是的。那天爸爸正要去什么地方布道，我们赶车经过卢家时，发现卢的农场一派荒寂，所以我们想最好停车过去看看，给他鼓鼓精神。等我们找到他的时候，爸爸说他已经死了好几天了。他用一根打包绳套住自己的脖子，在绳子两头各打了个活结，然后把活结分别套在一颗被拽弯的小树两头，最后让小树弹直，把自己给勒死了。"

"他干吗要用那种蠢办法自杀呢？"

艾里克天真的问题把尼尔斯逗笑了。他拍着弟弟的肩头说："应该问的是，他怎么会蠢到要自杀的地步呢？"

"唔，这个，他的猪染上了霍乱，全都死了，就死在他跟前，不是吗？"

"是这么回事，可他没染上霍乱呀，这世界上还有很多猪没死，你说是不是？"

"这，可是，那些猪又不是他的，对他有什么用呢？"

"噢，嘘！他本可以从别人的猪获得许多乐趣。他真是个呆子，那个卢·桑贝格。为几头猪就自杀——想想吧，这算什么事！"尼尔斯一路笑着走下楼梯，开始在铁皮水盆前盥洗的艾里克还一脸尴尬相。当他在厨房镜子前分理他湿漉漉的头发时，一阵沉重的脚步声从楼梯上传来。他丢下梳子。"哎呀，是妈妈。我们肯定聊得太久了。"他说完就匆匆朝牛棚跑去，一边跑一边套上工装裤，抓起挤奶桶后就不见了身影。

埃里克森太太走进厨房。她系着条没有污渍的白围裙，用湿毛刷梳理过的黑头发显得发亮。

"早上好，妈妈。要我帮你生火吗？"

"不用，尼尔斯，谢谢。用干玉米芯生火很容易的，再说我喜欢自己掌管厨灶。"埃里克森太太说着从炉子里铲出一铲炉灰，然后又停下说，"我估摸着呀，你也许想尽快见见你那些兄弟。今天上午我可以捎你去安德斯家，他正在打麦子，咱们家的小伙子多半都在那儿。"

"奥拉夫也在吗？"

埃里克森太太继续铲着炉灰，一边铲一边说，"奥拉夫不会在那儿。他家的麦子都进仓了，进了他家的新谷仓。他今年收了六千蒲式耳 ① 小麦。今天他要到镇上请人来弄好谷仓的棚顶。"

"这么说奥拉夫在盖新谷仓？"尼尔斯心不在焉地问。

"全县最大的谷仓，就快盖成了。说不定你走之前能赶上完工聚会呢。他准备等大伙儿一收完麦子就举行晚宴和舞会，招待来帮过忙的邻居，还说顺便也让那些选民开开心。我对他说那是胡闹，不过奥拉夫还真有颗政治脑袋。"

"亨里克表叔的地全都由奥拉夫经营吗？"

老太太皱起眉头吹了一阵玉米芯周围冒出的青烟。"是由他经管，替孩子们经管，替希尔达和她的两个弟弟。地里的收益他都清清楚楚一笔笔记在账上，还用复利的算法

---

① 蒲式耳（bushel）是英美制计量单位，按美国的换算法，1 蒲式耳等于 27.216 公斤。

放出去替孩子们盈利。"

尼尔斯微微一笑，看着小小的火苗从炉膛中蹿起。这时后楼梯旁边的那道门开了，希尔达出现在门口，她双手背在身后，一边进屋一边扣刚套上身的方格花布长围裙。尼尔斯高兴地朝她点了点头，她则冲尼尔斯眨了眨她那双小小的蓝眼睛，一双在她那宽宽的颧骨上方隔得很开的蓝眼睛。

"嘿，希尔达，你来磨点咖啡——多抓一把咖啡豆，我估摸你尼尔斯表哥喜欢喝得浓一点。"埃里克森太太说着话出了屋，朝牛棚走去。

尼尔斯掉头看那小姑娘，只见她正把研磨机架在两膝间，使劲儿摇动手柄，两条小辫来回蹦跶，布满雀斑的脸涨得通红。他注意到她中指上戴着个昨晚不曾见到过的亮东西，那显然是因为他回来而刻意戴上的一枚小小的金戒指，戒指上粗糙地镶着一粒石榴石。看着她不停转动的手，他微笑着用指尖碰了碰那枚戒指。她羞涩地低声告诉他："这是克拉拉表嫂送的。她就是奥拉夫的妻子。"

3

奥拉夫·埃里克森太太仍被许多人叫她婚前的姓名——克拉拉·瓦夫日卡。那天早晨，克拉拉·瓦夫日卡正不安地在她家空荡荡的大房子里走来走去。她丈夫在她起床之前就动身去了县城，而她晚起的习惯正是她诸多让埃里克森一家人看不惯的陋习之一。克拉拉很少在早上八点前下楼，今天下楼则更晚，因为她格外精心地打扮了一番，不过也就穿了件当地人会觉得非常普通的紧身黑裙。她今年三十岁，身材高挑，皮肤黝黑，面色略黄，双颊泛着暗红色，好像颧骨处的血液在她褐色的皮肤下燃烧。她发际很低，一头对分的黑发明显闪出蓝色的光泽，两道乌黑的眉毛像两勾精巧的弯月，睫毛又长又浓，眼角有点上挑，似乎她具有鞑靼人或吉普赛人的血统。她两眼有时会炯炯有神，透出果敢坚毅，有时则黯淡无光，显得空茫而迷蒙。她的表情绝对称不上和蔼可亲，实际上经常显得阴沉，即便在她高兴的时候，也会露出一丝闷闷不乐。她的侧影极富魅力，若只从侧面看她小巧优美的头部和精致的耳朵，谁都会觉得她即便说不上绝顶可爱，至少也是相当可人。

奥拉夫太太把家里的所有事都交给了她姑妈约翰娜·瓦夫日卡，一个年届半百、相当迷信、对侄女颇为溺爱的女人。克拉拉很小就死了母亲，此后约翰娜便把自己的一生慷慨地奉献给了她这位侄女。和许多任性并不知满足的人一样，克拉拉也很容易不知不觉地去做别人叫她去做的事情，让那些智力远低于她的人决定自己的命运。正是从小就惯她宠她的姑妈送她去芝加哥学了钢琴，也正是这位姑妈最终说服她跟奥拉夫·埃里克森结了婚，因为她姑妈觉得这是她在这方圆一带能促成的最匹配的婚姻。约翰娜·瓦夫日卡在欧洲老家时感染过天花，留下一脸深深的疤痕。她又矮又胖，其貌不扬，但却快活而多情。臃肿的体态和小小的碎步，令她走起路来一摇一摆，她哥哥乔·瓦夫日卡总是管她叫"鸭子"。她非常喜欢她这位侄女，一是因为她有才，二是因为她漂亮，三是因为她专横，但最根本的原因是因为她处处都替她自己着想。

让克拉拉与奥拉夫结婚是约翰娜的非凡胜利。她为奥拉夫的地位感到非常自豪，并把操持克拉拉的家当成一份令人激动的职业。她把那个家操持得让埃里克森家的人无可指摘；她尽量满足奥拉夫，以免他挑他妻子的毛病；她还不让任何人知道克拉拉的家庭生活并不幸福。当克拉拉睡懒觉时，约翰娜却在忙里忙外，照料奥拉夫和雇工们吃早饭，监督厨房里的两个帮工姑娘准时开始打扫屋子，制作黄油，或是洗涤物品。到八点钟左右，她会把咖啡送到克拉拉房间，趁她喝咖啡时陪她聊上几句，告诉她家里发生的事情。埃里克森老夫人常说，要不是约翰娜每天早上提醒，恐怕她这位儿媳妇连当天是星期几都不会知道。老太太觉得约翰娜既可鄙又可怜，但也并非对她深恶痛绝。最令老太太憎恨的是，她这位儿媳妇在任何人跟前都会占上风。她儿子那幢谷仓般大的房子里居然相安无事，这更令她感到愤怒，于是她习惯了认为，在这个世界上，人们得等太长的时间才能看见有罪的人受到惩罚。她经常对奥拉夫说："要是约翰娜有个三长两短该怎么办？恐怕你妻子连她的洗碗布都找不到。"这时奥拉夫往往只是把肩一耸。但实际情况是，约翰娜没死，尽管老太太经常说她脸色不好，可她连病都没害过一场。约翰娜很少出门，而且她就睡在离厨房不远的一个小房间里。不管白天晚上，要是有埃里克森家的人上门找碴，都不可能不让她知晓。她唯一的缺点是爱喋喋不休，有时候会惹出她无心招惹的麻烦。

那天早晨，克拉拉正往脖子上系一条酒红色丝带，这时约翰娜端着咖啡进来了。她把托盘放在缝纫机台面上，开始一边理床一边用波希米亚语同克拉拉聊天。

"喔，奥拉夫一早就出门去了。姑娘们正在烘糕饼。我待会儿就下楼去给奥拉夫做罂粟籽面包。早饭时他想吃蜜汁五香梅干，我告诉他说没有了，还叫他从镇上买些梅子干、蜂蜜和丁香回来。"

克拉拉倒出一杯咖啡。"嘿！我就弄不明白了，男人为什么能吃那么多甜食。而且一大早就吃！"

她姑妈会意地咯咯笑出声来。"用我们欧洲老家的话说，这就叫拿蜂蜜去诱熊。"

"他生气了吗？"克拉拉漫不经心地问。

"奥拉夫？哦，没有。他心情好着呢。只要你懂得怎样待他，他决不会生气的。我还没见过哪个男人对钱这么不在乎。我给了他一张足有三尺长的购物单，他一句话都没说就折起来揣进了口袋。"

"一句话都没说，这我相信。"克拉拉说着耸了耸肩，"他总有一天会忘了怎么说话。"

"嗯，可人们说他在县里可会说话啦。他知道什么时候该闭嘴。难怪他有那么大的政治影响。大伙儿都相信这种人。"约翰娜边说边拍打一个枕头芯，然后用她胖胖的下巴夹着枕头芯套上枕套。她侄女见状哈哈大笑。

"我说姑妈呀，要是我们能闭上嘴，说不定就能让别人相信我们是聪明人了。可你干吗要跟老太太说上个星期六诺曼^①又把我掀下马鞍，崴了我的脚呢？她一直跟奥拉夫唠叨这事。"

约翰娜顿时一阵心慌意乱。"噢，可是，我亲爱的，那是老太太问起你呀。要是不说点事搪塞她，她又会大动肝火。再说了，她也用不着打听呀，整天开着车满地跑，她总会探到点风声的。"

待姑妈咯噔咯噔下楼去了厨房，克拉拉开始擦拭起居室的家具。因房间里家具不多，活儿也就干不了多久。这房子是奥拉夫在他俩结婚前专门为她盖的，可她布置房间的热情非常短暂。实际上，安顿好浴缸和钢琴后她的兴趣就骤然消退。对其他任何一件家具该如何摆设，他俩的意见几乎都有分歧，克拉拉曾扬言说，她宁愿让房子空着也

---

① 克拉拉坐骑的名字。

不愿塞一屋子她不想要的东西。房子建在一道斜坡上，起居室的西窗都俯瞰着十米开外厨房边的那个院子，东边一排窗户则直接朝着前院。克拉拉当时正在西窗下忙活，忽听一阵低沉的口哨声从东窗传来。她没有马上转身，而是一边用抹布慢慢擦一把圈椅的椅背，一边侧耳仔细聆听。没错，是口哨声，吹的曲调是《我梦见我住在大理石城堡》①。

她转过身去，看见尼尔斯·埃里克森正在窗外的阳光中冲着她笑，手里拿着帽子。当她穿过房间朝东窗走去时，尼尔斯已靠上金属丝纱窗。"看见我不吃惊吗，克拉拉·瓦夫日卡？"

"一点也不吃惊。我正想见到你呢。你妈妈昨晚给奥拉夫打过电话，说是你回来了。"

尼尔斯半眯着眼睛看着她，又吹了一声长长的口哨。"打过电话？那肯定是我和艾里克出去散步那会儿打的。她可真是雷厉风行。把纱窗打开，行吗？"

克拉拉打开纱窗，尼尔斯伸腿跨过窗台。等他在屋里站定后，她说："你没想过会赶在你妈妈前头吧？"

尼尔斯把手中的帽子抛在钢琴上。"噢，有时会的。

① 《我梦见我住在大理石城堡》（又名《吉普赛姑娘的梦》）是爱尔兰作曲家巴尔福（Michael William Balfe, 1808—1870）创作的三幕歌剧《波希米亚姑娘》（The Bohemian Girl, 1843）第2幕第1场中的一首咏叹调，由女主角阿丽娜（女高音）依稀记起自己童年生活时演唱。

你看，这不就赶在她前头了？她以为我这会儿正在安德斯的麦田里呢。可我们出门的时候，她把车开进了路边的软泥地，陷在里边出不来。趁他们去找马拖车时，我躲到麦草堆后面，然后就溜过来了。尼尔斯说完呵呵一笑。克拉拉钦慕地望着他，刚才还没精打采的眼睛突然闪出光芒。

"你已经让他们在东猜西揣了。我不知你母亲在电话里跟奥拉夫都说了些什么，但他接完电话回来就显得魂不守舍，像是刚撞见了幽灵。他很晚才上床——我想都十点了吧。上床前他在黑黢黢的门廊上坐了好半天，像尊木雕似的。昨天还算是他话说得多的一天呢。"他俩同时大笑，笑得轻松愉快，就像一对常在一起谈笑的老朋友，但他俩都站着没动。

"刚才在麦地的时候，我看我那些兄弟也都像是撞见过幽灵，一个个心神不定。他们这都是怎么啦？"

克拉拉用探询的目光飞快地瞥了他一眼。"咳，都因为一件事。他们一直都担心你手里攥着另一份遗嘱。"

"另一份遗嘱？"尼尔斯好奇地问。

"对。后来的一份。他们知道你父亲重新立了份遗嘱，但不清楚里边都说了些什么。为找到这份遗嘱，他们几乎把老屋翻了个底朝天。他们始终怀疑老人家曾一直暗中与你保持通信，因为他生前事必躬亲的就是签收他的邮件。所以他们认为，老人家已经把新遗嘱寄给了你保管。旧遗嘱要把家产全都留给你母亲，而那是在你离家之前就早早立下的，后来他们都觉得，你母亲会把出走的你排除在外，把全部财产留给身边的几个儿子。你父亲为了避免这种结果，后来又重新立了遗嘱。我一直都希望这份遗嘱在你手中。要是在他们面前亮出来，那倒真叫人开心。"克拉拉说完哈哈大笑，如今她已不常这样开怀大笑了。

尼尔斯责怪地摇了摇头。"嗨！得了吧，你可没安什么好心。"

"不，我可没什么坏心眼儿。我只是想发生点什么事，激激他们，哪怕一次也好。从没见过这样的一家子，除了吃饭收庄稼，就啥事都没了。有时我真甘愿死去，就为了换一场热闹的葬礼。这种日子你恐怕连三个星期都忍受不了。"

尼尔斯在钢琴前弯下腰，开始用一根手指敲击琴键。"我忍受不了？我亲爱的少夫人，你怎么知道我能忍受什么？你就不想等到发现这秘密的时候？"

克拉拉满脸通红，皱着眉头争辩道："我此前并不相信你还会回来……"

"艾里克就相信我会回来，而我走的时候他还是个孩子。不过话说回来，结局好一切都好，我这次回来并不是想让大家扫兴。我俩千万别争吵。妈妈很快就会带着搜查证上这儿来了。"他转过身来面朝她，把双手插进上衣口袋。"好啦，见到我你应该高兴才是，如果你真想有啥事发生的话。我就是那件要发生的事，即便没有那份遗嘱。

我们也能为此开心，你说呢？我想我们能！"

她随声应和道："我想我们能！"他俩相视而笑，眼中都闪出光芒。与早上往脖子上系那条丝带的时候相比，克拉拉·瓦夫日卡看上去年轻了十岁。

"告诉你吧，这次见到妈妈我很高兴。"尼尔斯继续说道，"我以前不知道我为她感到自豪。她可真是台合格的打桩机。对啦，小家伙们都怎么样，在家吗？奥拉夫对那些孩子还算公道吧？"

克拉拉忧心忡忡地皱起了眉头。"奥拉夫必须把事做得看上去公道些，毕竟他现在是个公众人物了。"说这话时她用古怪的眼神瞥了尼尔斯一眼。"不过他也从中捞了不少好处。礼拜天他们几兄弟都会聚到这里来算账。彼得和安德斯收养那两个男孩儿，奥拉夫怂恿他俩拿来大笔账单，然后他从家产中报销那些费用。他们始终都在进行他们所谓的结算。奥拉夫从中也分了一份。我不懂他们是怎么算的，可就像他们所说，这完全是家务事。而当埃里克森家的人说这是……"克拉拉说到这儿扬起了眉头。

这时窗外传来急促的喇叭声，一辆汽车正沿大路朝房子驶来。他俩四目相视，同时纵声大笑，就像孩子没法给大人讲清欢笑的原因但又忍不住发笑那样，这种笑声只有发笑者才能完全互相领会。尼尔斯一走，克拉拉就在钢琴跟前坐了下来，她觉得自己是在这笑声中度过了十几个年头。她的手指在琴键上欢快地跳动，仿佛那幢房子正在她头顶上燃烧。

当尼尔斯招呼过母亲，上车坐到她身旁时，埃里克森太太板着面孔，对他悄悄溜走之事没吭一声。她径直掉转车头，顺着奥拉夫牧场旁边那条大路往回飞奔，这时她才冷冷地开口说道：

"我要是你，这次回来就该尽量少来看奥拉夫的妻子。她这种女人呀，一和男人接触就会招流言蜚语。在她结婚之前呀，人们可没少说她闲话。"

"奥拉夫还没让她学会顺从？"尼尔斯也用冷冷的语调问。

埃里克森太太耸了耸她结实的肩头。"说到他妻子，看来奥拉夫是不太走运。头个妻子倒是够温顺，可总是病恹恹的。而这个却是想怎么样就怎么样。奥拉夫说，只要跟她吵架，她就会跑回他父亲家去，而这样一来他就可能失去波希米亚人的选票。这一带有不少东欧移民。不过话说回来，你要是看见一个男人怕老婆，那他肯定有什么软处捏在人家手里。"

尼尔斯这时想到了自己的父亲，嘴角露出一丝微笑。"除了波希米亚人的选票，她还给他带来了不少钱，不是吗？"

老太太不屑地说："不错，她父亲是有一半财产在她名下，可我看不出那对奥拉夫有多大好处。要是老瓦夫卡不再结婚的话，她有一天还会继承大笔财产。不过在我看来，一个酒馆老板的钱总不如别人的钱来得那么实在。"

尼尔斯哑然失笑。"嗨！妈妈，可别让你的偏见蒙住了眼睛。钱就是钱。老瓦夫日卡是个很正派的酒馆老板。他绝不是那种粗俗之辈。"

老太太生气地提高了嗓门。"哈，我就知道你总是替他们说话！你小时候就常去那里闲荡，可那并没给你落下什么好处。尼尔斯，爱在那儿厮混的小伙子也不都一样。我告诉你吧，在她和奥拉夫结婚那会儿，围着她转悠的男人就不多了。她很懂得抓住机会。"

尼尔斯把背往后一靠。"当然，妈妈，我小时候爱往那儿跑，而你总是为此生气。可你从不花心思想一想，对这一带的乡下孩子来说，那酒馆就是他们能去的欢乐屋。你们大人就知道累死累活地在外面劳作，让家乱成一团，屋里满是婴孩儿、苍蝇和洗不完的衣服。哦，这没什么——我都能理解，可人只年轻一回，而我那时候碰巧还年轻。那个时候，瓦夫日卡的酒馆里总是充满欢乐。他拉小提琴，我吹长笛，克拉拉弹钢琴，约翰娜则唱一些波希米亚歌曲。她还经常为我们做一顿丰盛的晚餐——鲱鱼、腌菜、罂粟籽面包，还有许多糕点和果酱。老乔在欧洲老家时当过兵，能给我们讲不少有趣的故事。我现在都还记得他坐在桌子首端削面包呢。说实话，那时候要是没有瓦夫日卡一家，我一个乡下孩子还真不知道该如何打发光阴呢。"

"可他一直在赚别人从地里辛苦挣来的血汗钱。"埃里克森太太不无尖刻地评说道。

"那马戏团赚的也是别人的血汗钱。妈妈，人家做的都是正经事。大伙儿寻开心就得花点儿钱。连爸爸当年也喜欢老乔。"

"你爸爸，"埃里克森太太板着脸说，"他可是谁都喜欢。"

当车驶过沙溪进入自家地盘时，埃里克森太太突然叫道："奥拉夫的车在那儿。他这是从镇上回来，顺便停一下。"尼尔斯挥了挥手，准备上前招呼正在门廊上等待的哥哥。

奥拉夫是个虎背熊腰的挪威人，举止言行都很迟钝。他脑袋像个木墩，又方又大。朝奥拉夫走去的时候，尼尔斯试图回忆起大哥的长相，可他能记得的就只有一颗大大的脑袋、一个高高的额头、两只宽宽的鼻孔，还有一双分得很开的灰蓝色眼睛。奥拉夫的相貌显得发育不全，人们通常注意到的只是他那张又宽又平又白，而且毫无表情的脸。从那张脸看不出他已年逾半百，也猜不透他的心思，而正是因为其不动声色，所以透出一丝威严。当两兄弟握手时，奥拉夫的眼睛从两道稀疏的眉毛下盯着弟弟看，可尼尔斯觉得，没人能体味出那暗淡的目光意味着什么。他从奥拉夫身上能感觉到的只有一点，那就是一股难以对付的倔劲儿，就像那种绝不向犁头让步的黏土。在几个兄弟当中，他始终都觉得奥拉夫最难相处。

"你好吗，尼尔斯？打算和我们待多久呀？"

"噢，说不定就永远待下去了。"尼尔斯快活地回答。"我比从前更喜欢这块地了。"

"自打你走后，我们可没少在这块地上下功夫。"奥拉夫说。

"没错。我觉得这块地已可以居家度日了——我正打算安顿下来呢。"尼尔斯注意到他哥哥那颗大脑袋耷拉了下来。（他心中暗想：活像一头大公牛！）"妈妈一直劝我别在外面荡了，要我回来干干农家活。"他语气轻松地继续说。

奥拉夫清了清嗓子，冲口说道："农家活可不是一时半会儿就能学会的。"说这话时他眼睛仍盯着地面。

"哦，这我知道。不过我学什么都学得很快。"尼尔斯并不想跟他大哥较劲儿，可也不知道这会儿为何要这样说话。"当然啦，"他继续道，"我并不指望像兄弟们这样红红火火。不过话说回来，我本来野心就不大，也不想要得太多。或许一块地几头牛也就够了。"

奥拉夫仍然垂头盯着地面。他想问尼尔斯这些年都在干些什么，想问他怎么没在外边谋到一份丢不下的职业，还想问他为什么没能衣锦还乡，而是拎着个不起眼的小皮箱回来，让家里丢人现眼地冒出个落魄者。最后这些问题他都没问出口，不过谁都清楚他心里在想什么。

"哼！"尼尔斯心想，"难怪他不说话，原来他可以一声不吭就把他的心思塞进你的脑袋。想必他也常用这种无烟火药来对付他妻子。不过我猜她也有对付他的招数。"想到这他噗哧一笑，笑得奥拉夫抬起头来。"千万别介意，奥拉夫，我爱不知不觉地发笑，就像艾里克。他也是个爱笑的家伙。"

"艾里克，"奥拉夫拖长声调说，"他就是个被宠坏的孩子。他挤奶不上心，结果让妈妈最好的那头奶牛不产奶了。我倒希望你能把他带走，在外边什么地方给他找份差事。要是他在外面也做不好事的话，那他可真没救了。"对奥拉夫来说，这已经是长篇演说了，而他说完这番话就钻进了他的汽车。

尼尔斯耸耸肩，心中暗想："又玩那套老把戏。每次都在人家背后使阴招。有什么了不起呀！"他转身朝厨房走去，母亲正在那儿责骂艾里克，因为他忘了给汽车加油。

4

乔·瓦夫日卡的酒馆没有开在县城，那里是奥拉夫和埃里克森太太做生意的场所。小酒馆坐落在该县另一头，在波希米亚人定居的一个小镇，一个更让人感到愉悦的地方，在奥拉夫家农场的北边，相距有十英里平路。克拉拉几乎每天都要骑马去看他父亲。可以这样说，瓦夫日卡家就是小酒馆的后院。两幢建筑之间隔着个花园，花园两边有高高的木栅栏，木栅栏很密实，看上去像是木墙。到了夏天，乔就会在那棵小樱桃树下的醋栗树丛间摆放些啤酒桌和小木凳。尼尔斯此刻就坐在这样一张啤酒桌旁，那是他回家后的第三天傍晚。乔去了前屋招呼一位顾客，尼尔斯胳膊肘支在桌上，双手托着下巴，意气消沉地盯着面前那个已喝得半空的玻璃酒罐，这时他听见一阵笑声荡过小花园。克拉拉一身骑装，正站在前屋的后门，就在老乔很久前种下的那株葡萄藤下。尼尔斯站起身来。

"过来吧，过来陪陪你爸，陪陪我。我俩已经闲聊了整整一下午。除了苍蝇，没人来打扰过我们。"

克拉拉摇了摇头。"不，我以后再也不随便到这儿来了。奥拉夫不高兴我来。我得顾及我的身份，这点你该明白。"

"你是想告诉我，你再不会像从前那样，到这儿来和小伙子们聊天了？他已经让你学会顺从了！那谁来照料这些花坛呢？

"我礼拜天会过来，那时就我爸一个人，我来给他读读波希米亚语报纸。但酒馆开门时我不会来这儿。一下午你俩都在这儿干啥？"

"聊天呗，我刚才跟你说了。我一直在给他讲我的旅行见闻。我发现我在家里没多少话可讲，即便在艾里克跟前也一样。"

克拉拉伸出手中的马鞭，逗弄一只映着阳光在葡萄藤叶间飞舞的白色飞蛾。"我想你从来都不会给我讲那些事。"

"在哪儿给你讲呢？肯定不会在奥拉夫家。我们就在这儿聊聊又有何妨呢？"他的话颇具劝诱性，边说还边用帽子指了指园中的灌木丛和那张绿色的桌子，桌子上方有几只苍蝇正懒洋洋地围着几个空啤酒杯嗡嗡飞舞。

克拉拉轻轻摇摇头。"不，这不行。再说我也该走了。"

"我是骑艾里克那匹母马来的。要是我跑在你前面，你不会生气吧？"

克拉拉回头一笑。"你可以试试看。我不想让你追上，你就追不上。艾里克那匹母马可跑不过诺曼。"

尼尔斯进酒馆到吧台准备付账。身高一米九五、蓄着一口八字胡和一头金色卷发的大个子乔拍着他的肩膀说："听好了，甭想把你该死的钱放进我的钱柜。只是记住下次来得带上你的长笛，嘀——嘀——嘀——嗒。"老乔模仿吹长笛的样子，手指一阵跳动。"我的克拉拉每个礼拜天都会来为我弹钢琴。她不喜欢在埃里克森家弹。他摇晃着一头金卷发，呵呵笑着说。"埃里克森家没一点儿乐趣。礼拜天你也来吧。你喜欢快活。别忘了带上长笛。"乔说话极快，说英语常会卡壳。他对那些顾客很少讲英语，因此也没学会多少。

尼尔斯跨上马鞍，让马朝小镇西头一路小跑，零零星星的房子和庭院在那里散落进大草原，道路也在那儿拐向南边。他看见在他前方，映着渐隐的斜阳，克拉拉苗条的身影在马背上起伏。他抽了他那匹母马一鞭，顺着那条灰蒙蒙的坦途，在渐渐变红的天幕下朝前飞奔。当他追上克拉拉时，他发现她刚才一直在哭。"怎么啦，克拉拉？"他关切地问道。

"没什么，我有时会心情不好。从前跟爸爸一起过得挺开心的。我都不知道我为什么要离开。"

尼尔斯用一种他偶尔对女人才会用的轻言细语说："这也是我这么多年来想不明白的问题。要叫我在这一带给奥拉夫挑个妻子的话，挑谁我也不会挑你。克拉拉，你为啥要嫁给他呢？"

"现在想来，我嫁他的真正原因是为了让周围的邻居满意。"克拉拉把头一扬，"当时邻居们已开始好奇。"

"好奇？"

"对——好奇我为什么老不结婚。我想，那时候我是不想让他们说闲话。我已经发现，大多数姑娘匆匆结婚都是因受不了邻居们的闲话。"

尼尔斯把头探向她，闪出两排白牙。"我曾经一直在打赌，我认识的一个姑娘会说，'让邻居们都见鬼去吧。'"

克拉拉沮丧地摇了摇头。"你要知道，尼尔斯，你要是个女人，他们总会有办法对付你的。他们会说你老得没人要了。就是这种话逼我们匆匆嫁人，因为姑娘们都受不了这种嘲笑。"

尼尔斯侧脸看了她一眼。他以前从没见过她如此耷拉着头，也绝没有想到过她会屈服于任何压力。"就你而言，你结婚就没有别的原因吗？"

"别的原因？"

"我是说，你结婚就不是因为怨恨某个人？某个没有回来的人？"

克拉拉挺直了身子。"哦，我压根儿就没想过你还会回来。至少从不再给你写信后就没想过。那一切都结束了，在我嫁给奥拉夫之前就结束了。"

"这么说你从来就没有想到过，你能对我做的最无情的事就是跟奥拉夫结婚？"

克拉拉笑了："没想过，那时我可不知道你对奥拉夫如此多情。"

尼尔斯伸出手套将了将马的鬃毛。"你知道的，克拉拉，这场婚姻你是撑不到头的。你总有一天会出走，而我一直都在想，你最好是和我一道出走。"

克拉拉扬起下巴。"噢，你认为很了解我呀？我看未必。我不会出走的。有些时候，和我爸在一起的时候，我也觉得这主意不错。但我会撑下去的，只要埃里克森家的人能撑。他们还没有打败我，而只要没被打败，我就能撑下去。要是我回到我爸家，奥拉夫在政治上就彻底完了。他清楚这点，所以除了生生闷气，他不敢把我怎样。埃里克森家的人聪明，可我也不笨。不给他们露两手，我是不会离开那个家的。"

"你是说除非你压过了他们？"

"对——除非有个比他们更聪明而且更有钱的男人和我一起离开。"

尼尔斯吹了声口哨。"好家伙！你志向还真不小。那可是捆成团的一大家子，够你对付的。不过我倒认为，时至今日，再折腾这一家子也没多大意思了。"

"说的也是。恐怕真是那样。"克拉拉有点气馁地承认。

"那你干吗不离开呢？外面的世界精彩着哩。回家的时候我还在想，逼他们拿出几百亩地来是件蛮有趣的事，但现在我决定了，在别的地方我可以更快活地挣钱。"

克拉拉猛吸了一口气。"哈，你手里有另一份遗嘱。这就是你回家的原因！"

"不，不是为这个。我回来只是想看看你和奥拉夫过得怎样。"

克拉拉抽了马一鞭，一下就冲到了前面。尼尔斯骂了声"该死"，也扬鞭朝前追去，但克拉拉俯身马鞍，破风急驰，她骑装下长长的裙裾在她身后静止的空气中飘拂。太阳正在一望无际的麦茬地尽头的天边下沉，暮色很快就笼罩了原野，尼尔斯几乎已看不见前边模糊的身影。当他终于追上她时，他伸手拽住了诺曼的辔头。那匹马高高扬起前蹄，尼尔斯吓了一跳，但克拉拉稳稳地骑在马背上。

"放手，尼尔斯·埃里克森！"她大声嚷道，"我比恨他们还更恨你。你天生就是来折磨我的，你们一家子都是——想方设法让我受罪。"

她再次扬鞭策马，离他而去。尼尔斯紧咬牙关，显得若有所思。他让马缓步而行，沿着那条空荡荡的路回家，一路仰望天幕上闪出的星星。那晚星光柔和，夜空明净，满天繁星像撒进一池碧水的一颗颗宝石。他似乎觉得，净洁的星星在责备这个肮脏的世界。他拐进岔路，越过沙溪，这时他仰头冲北极星微微一笑，仿佛他与那颗明亮的星星心灵相通似的。他没赶上吃晚饭，母亲为此对他埋怨了几句。

5

礼拜天下午，身穿长袖衬衫、脚跐绒毡拖鞋的乔·瓦夫日卡坐在他家花园里，嘴里叼着根绘有狩猎瓷画、系有长长饰穗的陶瓷烟斗。克拉拉坐在那棵樱桃树下，正在为他高声念波希米亚语周报。她在那身骑装下穿了条白色的细棉布裙子，白裙上晃动着一团樱桃树叶投下的斑驳光影。一只黑猫在她脚边晒着太阳打瞌睡，老乔那条德国猎犬则在红天竺葵丛下刨洞，想入非非地想刨出一只獾。老乔正在往烟斗里填他午饭后的第三斗烟丝，这时他听见有人在敲木栅栏，他哈哈大笑着起身，打开了栅栏上通街面的一扇小门。他没招呼尼尔斯，只是一把拽住他的手，把他拉进了花园。克拉拉一下呆住了，暗红色的双颊变得更红。尼尔斯也感到几分尴尬。自那晚她策马加鞭，把他一个人丢在田野间那条平路上之后，他还没见过她。老乔一直把他拉到绿桌旁的小木凳跟前。

"你把长笛带来了。"他拍着尼尔斯腋下的皮盒子笑着说，"哈，太好啦！这下我们可以像过去那样乐一乐了。我为你准备了一点好东西。"老乔晃动指头朝尼尔斯示意，同时冲他眨了眨眼睛，那双蓝眼睛清澈明亮，充满热情，只是常常会布满血丝。"这好东西是从……"——他停下来挥了挥手——"从匈牙利来的。你去过匈牙利吗？在这儿等着！"他把尼尔斯摁在木凳上，径直进了酒馆的后门。

尼尔斯望着一旁的克拉拉，见她正襟危坐，把身上那条白裙拽得紧紧的。"他没跟你说他请了我来，是吧？他想搞个聚会，一直都在张罗。他够有趣吧？你就别生气了，我们就让他高兴高兴吧。"

克拉拉微微一笑，松手抖开裙子。"我爸不就这样吗？他整天都乖乖地坐在这儿。好啦，我没生气。我很高兴你来。他现在也没多少开心的日子。如今像他这样的人已不多见了。这代年轻人都没精打采的。"

老乔回到花园，一手拎着个细颈瓶，另一只手的指间夹着三个高脚酒杯。他郑重其事地把酒杯放到桌上，然后绕到尼尔斯身后，朝着阳光举起酒瓶，眯缝着眼用赞美的目光细细打量。"你喝过这种酒吗，托凯葡萄酒？一个好朋友送的，从匈牙利带来的礼物。你知道这酒多少钱一瓶吗？太贵了，贵如黄金。在波希米亚只有贵族才喝得起。这瓶托凯我贮藏了许多个年头。"老乔突然亮出他的专用拔塞钻，用一种优雅的姿势拔出软木塞，"带酒给我的那位朋友已经去世，可这瓶酒还躺在我酒窖里睡觉。今天……"，他小心翼翼地往杯子里倒入橙色的酒浆，"今天它醒了，说不定它还会把我们也唤醒！"他端起一杯酒走到她女儿跟前，用一种对女士的殷勤姿势把酒递上。

克拉拉使劲摇头，但看见父亲失望的神情，便温和地说："你先喝吧。我喝不了多少。"

老乔喜滋滋地尝了一小口，然后转身对尼尔斯说："这酒你得慢慢品。它喝起来很柔和，但后劲十足。见识下吧！"

两杯下肚，尼尔斯说他不能再喝了，再喝就要醉了。他一边打开自己的长笛盒子，一边对老乔说："瓦夫日卡，现在去拿你的小提琴吧。"

但老乔往他那把木摇椅的椅背上一靠，晃着脚上的绒毡拖鞋连声说："不！不！不！不！现在我不拉提琴了，手指疼得厉害，"说着他晃了晃手指，"风湿病弄的。你吹你的长笛吧，嘀——嘀——嘀——嗒，吹波希米亚曲子。"

"我都忘了那些波希米亚曲子了，从前跟你和约翰娜吹过的那些曲子。但有一首我还记得，就是当年让克拉拉生气的那首。还记得吗？我们叫她波希米亚姑娘时，她眼睛瞪得有多圆？"尼尔斯取出长笛，开始吹《当别人的心和别人的嘴唇》①，应和着笛声，老乔晃动着他那双绒毡拖鞋，用沙哑的男中音哼着旋律。"啊，多美的音乐！"当尼尔斯吹完一曲，他拍着手高声赞叹，"现在吹《大理石城堡》。《大理石城堡》，克拉拉，你来唱。"

克拉拉嫣然一笑，把身子靠上椅背，开始和着笛声轻声唱道：

> 我梦见我住在大理石城堡，
> 膝下有成群的仆人和奴隶……

老乔跟随着旋律哼哼，活像一只大黄蜂。

"还有首曲子你过去爱吹，"克拉拉平静地说，"那首曲子的唱词我记得最清楚。"她说完十指相扣平放在膝上，开始唱《心屈服》②。她熟稔此曲的唱词，整首歌唱得行云流水，唱到曲末时更是声情并茂：

> 因为记忆是唯一的朋友，
> 伤心人能拥有的唯一朋友，
> 伤心人能拥有的唯一朋友。

---

① 歌剧《波希米亚姑娘》第 3 幕中的一首咏叹调（又名《你就会把我记起》），在剧中由男主角撒迪厄斯（阿丽娜的救命恩人和失散多年的恋人）演唱。

② 歌剧《波希米亚姑娘》第 2 幕中的一首咏叹调，在剧中由阿恩海姆伯爵（阿丽娜的生父）思念丢失的女儿时演唱。

老乔掏出他的红手帕，擤了擤鼻子，摇着头说："别……别……别唱了！太叫人伤心了！太叫人伤心了！我不喜欢伤心的。来支欢快的吧。"

尼尔斯把嘴唇凑近长笛，老乔靠在椅背上，笑着唱起了"哦，埃维莉娜，可爱的埃维莉娜！"①。克拉拉也笑了。很久以前，当她和尼尔斯还在上中学的时候，班上有个相貌平平、戴着厚镜片眼镜的学霸姑娘就叫埃维莉娜·奥利森，她走路步子迈得很大，身子又一摇一摆，像是在跳快步华尔兹，会让人莫名其妙地想到那首歌的节奏，所以同学们老爱没心没肺地冲她唱这首歌。

"那个姓奥利森的丑姑娘呀，她眼下可在学校里教书呢。"老乔喘着气说，"她走起路来还是那副样子，噗——嚓嚓，噗——嚓嚓，活像头骆驼！嗨，尼尔斯，咱们再来一杯。哦，喝！喝！喝！喝！这杯你一定要喝！克拉拉也喝，喝了才说明她不妒忌。来吧，咱们一起为你的姑娘干杯。你还没说过她叫什么吧，嗯？不！不！不！我不是要你说。她很漂亮吧，嗯？我敢说，她肯定是个好恋人！"老乔眨了眨眼睛，举起酒杯，"你打算啥时候娶她呀？"

尼尔斯眯缝起双眼。"这我可不知道。那得等人家开口。"

老乔挺起胸膛。"这是小男孩说的话，男人可不这么

————

① 《可爱的埃维莉娜》是美国南北战争时期流行的一首歌谣，用士兵怀念旧情人的口吻唱出，快三拍节奏，旋律轻快，歌词诙谐。

说。男人会说：'你跟我去教堂。快呀，别磨蹭了！'这才是男人说话的方式。"

"或许尼尔斯的钱还不够养他妻子呢。"克拉拉冷言插入道，"是吧，尼尔斯？"她单刀直入地问，好像她真想知道答案似的。

尼尔斯镇定地望着她，扬起了一道眉毛。"喔，我会让她过得好好的。"

"好好地过她想要的生活？"

"对我的妻子，好不好我说了算。"尼尔斯平静地回答，"我会让她过对她好的生活。"

克拉拉面露愠色。"依我看呀，你只会让她挨鞭子，就像老彼得·奥利森对他妻子那样。"

"要是她想挨鞭子的话。"尼尔斯一边懒洋洋地应答，一边双手交叉搂住后脑勺，斜着眼看头顶上方的樱桃树叶。"你还记得那次吗？我把樱桃汁儿挤得你满裙子都是，你约翰娜姑妈一连扇了我几个耳光。啊，你那时候真是个疯丫头！两手捧满樱桃，我使劲儿捏你的手，樱桃汁儿溅了你一身。那时我爱跟你闹着玩，因为你玩起来真疯。"

"那时候我们玩得真快活，不是吗？其他孩子就没玩得那么开心。我们可懂得怎样玩。"

尼尔斯把胳膊肘支在桌上，隔着桌子死死地盯着她。"自那之后我跟许多姑娘玩过，但我没发现有谁像你这么有趣。"

克拉拉哈哈大笑。笑脸沐浴着斜阳余晖，眼睛深处闪出些许炽热的光芒，就像那棕色酒瓶金色的酒浆。"你还会玩吗？或许你仅仅是装装样子？"

"与过去相比，我现在玩得更好，玩得更疯。"

"难道你不用工作？"她并不想打听什么，只是脱口而出，因为她对此颇感困惑。

"我有时候会工作。"尼尔斯仍然死死盯着她。"别为我的工作操心，埃里克森太太。你都快和他们那伙人一样了。"他把一只手伸过桌子，轻轻摁在克拉拉手上，他温暖的大手觉得她的手冰凉。"让我们最后再玩一次吧，埃里克森太太！"克拉拉一阵哆嗦，双手和双颊变得滚烫。他俩的手指缠绵在一起，彼此都认真地望着对方。这时老乔把瓶口凑到嘴边，站起身来享受瓶中那最后几滴托凯酒。太阳就快要从他的酒馆后面坠下，余晖映照着他手中闪光的酒杯，映照着那张通红的脸，映照着他那头卷曲的金发。"瞧！"克拉拉悄声说，"我就希望像他那样变老。"

6

奥拉夫要举行谷仓落成庆祝聚会的那天，他妻子破天荒地起了个大早。约翰娜一个星期来都在忙着烘烤，煎炸，蒸煮，为那天的晚宴准备糕点和肉食，但直到聚会的前一天，克拉拉才突然来了兴趣，于是趁着一时心血来潮，带着艾里克一道赶马车去梅子河边转悠了一天，采集了一些用来装饰谷仓的野葡萄藤和沼地黄花。

下午四点左右，陆续有汽车和马车来到奥拉夫家前面那幢还没刷漆的大建筑跟前。当尼尔斯和他母亲于五点钟赶到时，谷仓里已集聚了五十多个客人，另外还有一大群孩子。谷仓里摆了六张长桌，桌上摆放着陶瓷餐具，这是为了聚会从埃里克森家族兴旺的七户人家借用的。每张桌子中央都放着个黄橙橙的大南瓜，南瓜都被镂空，里面填满了紫茎忍冬。在谷仓的一个角落，在一堆皮上有白绿色斑纹的西瓜后面，特意为老年人摆放了一圈椅子，年轻客人就用蒲式耳量器或铁丝网卷轴当座椅，孩子们干脆就在干草堆上打滚。谷仓旁边的牛棚马厩被克拉拉临时改作了供应食物的隔间，原来的框架被沼地黄花和麦束遮掩，隔板也都掩映在挂满了果实的野葡萄藤后面。在这样一个隔间里，约翰娜正守着她烤制的足够让一队士兵吃饱的熟肉；在隔壁一间，她厨房里那两个姑娘已经把几个冰激凌制作机安好，克拉拉已开始抓紧时间切着馅饼和蛋糕；在第三个隔间里，身穿粉红色细布连衣裙的希尔达要在那儿守候一下午，随时为客人分发柠檬汁儿。作为公众人物，奥拉夫认为不宜在自家的谷仓里请客人喝酒，不过老乔来之前就在自己的马车上藏了两坛，所以他到达之后，停车棚就有男人频频光顾。

当尼尔斯到希尔达那个隔间要柠檬汁儿喝时，小姑娘压低嗓子悄声说："克拉拉表嫂把这里打扮得多美，你说是不是？"

尼尔斯靠着隔间跟激动的小姑娘聊天，同时观察着周围的客人。那座谷仓朝西，金色的阳光从开着的大门倾泻而入，把每一个角落都照得透亮，阳光中漂浮着从孩子们嬉耍的干草堆中扬起的尘埃。一阵喧嚷的说话声正从约翰娜的肉食展览摊传来，有群女人正围着她那些大托盘啧啧赞赏，托盘里堆满了炸鸡、烤牛肉、卤牛舌和烤火腿，烤火腿黄脆脆的肥肉层上洒有丁香，盘中还饰有艾菊和香芹。老太太们亲眼看清了另一个隔间里有二十种精制糕点、三十种肥肉馅饼，另外还有各种饼干，然后她们就退到那堆西瓜后面的角落，系上白围裙坐下来，开始忙活她们的编织和刺绣。她们构成了一幅美妙的老妪群聚图，一位荷兰画家肯定会乐于看见这个画面：夕阳在她们脚边的地上投下斑驳光影，长长的金色光柱颤动着穿透梁椽间的昏暗。她们中有些人心宽体胖，面色红润，穿着她们最好的黑礼服，显得格外兴奋；有些人体态清瘦，腿脚利索，晒黑的手背上布满青筋；有几位的身板和埃里克森太太一样高大结实。她们中几乎没人戴老花眼镜，而且只有老家是丹麦的斯文森老太太因为秃顶而戴了顶帽子。奥利森太太膝下已有十二个孙儿孙女，可她依然晃着两条和她手腕一般粗的金色辫子。在这么一群老祖母当中，只有少数人白了头发。她们都有一副欣然而安然的神态，似乎她们对自己和生活都心满意足，别无他求。尼尔斯靠着希尔达那个隔间看老太太们用四种语言聊天，她们的手指和舌头一样也没闲着。

当克拉拉走过他面前时，他拦住她轻声说："瞧角落里那群老太太，像不像一队老年近卫军？我已经数过了，一共有三十只手。我在想啊，在她们的一生中，这些手不知拧断过多少根鸡脖子，又为多少孩子穿上过温暖的外套。"

事实上，当他想到那十五双手所完成的工作量时，他不禁感到惊愕：那些手挤了多少牛奶，做了多少黄油，栽了多少花草，养了多少儿孙，用坏了多少扫帚，烹制过多少食物。他正想得出神，克拉拉丢下个意味深长的微笑便匆匆离去。当她朝那幢房子走去时，尼尔斯的目光追随着她白色的身影。望着她在斜阳下独自行走，望着她那纤细而傲气的双肩、娇小而坚毅的头部，以及那头泛着蓝光的黑发，他心中暗想，"不，哪怕她在这儿生活一百年，她也决不会和这群老太太一样。她只会变得更愤世嫉俗。野性不可能被驯服，只能被枷锁禁锢。人与人是多么不同啊！我千万不能失去勇气。"想到这儿他拧了拧希尔达的辫子，丢下她去追赶克拉拉。终于在厨房里赶上她后，他问："你要去哪儿？"

"去地窖取些果酱。"

"我跟你一块儿去吧。我还没和你单独待一会儿呢。你干吗老离我远远的？"

克拉拉笑着回答："我可不习惯挡人家的道。"

尼尔斯跟着她走下阶梯，来到地窖尽头，那里有扇地下室窗户透进阳光。从一个有点摇晃的木架上，克拉拉挑了几个约翰娜曾精心贴上标签的玻璃罐子。尼尔斯拿起一个棕色的长颈瓶问："这是什么？看上去挺不错的。"

"是挺不错。是法国某个地方产的白兰地，我结婚时我爸送的。想尝尝吗？你有拔塞钻吗？我来找杯子。"

克拉拉递上找出的酒杯，尼尔斯接过来放到窗台上。"克拉拉，你还记得我从前是多么迷恋你吗？"

克拉拉把肩一耸。"男孩子总会今天迷这个，明天恋那个。我敢说某个傻男孩还迷恋过那个戴眼镜的埃维莉娜呢。你早就把你的迷恋忘了。"

"你的意思是说我一去不回？可你知道，我得先安顿呀，凡事开头都很艰难。然后就听说你和奥拉夫结婚了。"

"然后你就远远地躲开一颗破碎的心。"克拉拉讥笑道。

"然后我就开始想你，比我刚离家那会儿还想得厉害。我开始纳闷，小时候的你是不是真像我心目中的你。我想我得弄个明白。我有过许多姑娘，但没有一个像你这样令我牵挂。我越是想你，就越是忘不了我们的过去，那就好像在听一支你没法抗拒的狂热的曲子，叫你整夜都睡不着觉。很久以来，已没有什么事能令我激动了，而我想知道，是否还有啥事能让我再激动一次。"尼尔斯把手插进上衣口袋，挺起了胸膛，他挺胸的姿势有时像他妈妈，也像奥拉夫，只是奥拉夫显得很笨拙。"所以我想，我得回来看看。当然，家里人一直都在设法骗我，我也有点想亮出父亲的遗嘱，跟他们理论理论。不过他们可以留下他们原来那些地，毕竟他们在地里已流了够多的汗水。"说到这儿他拿起长颈瓶，小心翼翼地斟满两杯酒。"我已经发现，我从埃里克森家到底想得到什么。来，克拉拉，干杯！"他举起杯子，克拉拉也低着头举杯。"看着我，克拉拉·瓦夫日卡，干杯！"

她抬起充满激情的双眼，热切地回应道："干杯！"

谷仓里的晚餐会于六点开宴，热热闹闹延续了两个小时。延瑟·纳尔逊在餐前打赌说他能吃下两只炸鸡，结果还真吃了。叶利·斯文森往肚里塞下了两个很大的蛋奶馅饼，尼克·赫尔曼松则把一个巧克力夹心蛋糕连渣带屑吃了个精光。孩子们甚至来了个吃甜饼大赛，一个瘦小的波希米亚男孩以吃十六个的成绩赢得冠军，奖品是约翰娜用红色的冰糖和焦糖装饰的一个猪形姜饼。那个叫弗里茨·斯魏哈特的德国木匠在吃泡菜的比赛中夺魁，但晚餐之后的整个晚上都没人再见过他的踪影，老乔说弗里茨吃那些泡菜不在话下，问题是他在晚餐前过于频繁地去光顾过他藏有酒坛的那辆马车。

当人们开始收拾餐桌时，两个提琴手为晚餐后的舞会拉响了序曲。克拉拉准备用她那台竖式旧钢琴为他们伴奏，钢琴早已从他父亲家里搬来。这时尼尔斯已经和所有的老相识都打过了招呼。与克拉拉在地窖里交谈之后，他就一直忙着奉承那些老太太看上去是多么年轻，所有那些姑娘少妇又如何漂亮，他还让男人们都相信他们拥有这世界上最好的农场。他和蔼可亲，平易近人，弄得他妈妈那些老朋友都围到她跟前，一个劲儿地说她好福气，有这么个聪明儿子衣锦还乡，并求她让儿子为她们吹一曲长笛。一旦忘了自己还患有风湿病，乔·瓦夫日卡也是拉提琴的一把好手，这时他从约翰尼·奥利森手中抢过一把小提琴，拉起了一支狂放的波希米亚舞曲，从而使场面活跃起来。等他垂下琴弓时，所有的人都已经跃跃欲试。

奥拉夫穿了件双排扣礼服，认真地系了根领带，与他母亲一道领着大伙儿跳起了齐步舞。克拉拉坐在钢琴前弹奏，没加入舞队。她把那支齐步舞曲弹得既华而不实又一本正经，这把那位回乡游子给逗乐了，于是他走过去站在她身后。

"噢，克拉拉·瓦夫日卡，这效果不是你硬塞进去的吗？幸好有我在这儿，不然你这番调谑可就白搭了。"

"我就喜欢自谑。这让我能够活下去。"

小提琴拉起了一支波尔卡舞曲①，令老乔吃惊的是，尼尔斯邀请的第一个舞伴竟然是那位相貌平平的女教师埃维

———————

① 波尔卡舞是一种源于波希米亚的双人舞蹈，由男女舞伴欢快活泼地绕着圈跳，其舞曲采用二拍子节奏。

莉娜·奥利森。他第二个舞伴是个胖胖的瑞典姑娘，虽然她是大笔财产的继承人，但跳第一轮舞时没人邀请她，所以她只好蹬着她那双紧巴巴的高跟鞋靠墙站着，神经兮兮地揉弄着一方花边手帕。她没跳几步就累得上气不接下气，尼尔斯只好把这个兴奋不已、气喘吁吁的女继承人送回她的座位，然后径直走到钢琴跟前。正在弹琴的克拉拉刚才一直在注视他彬彬有礼地向女士献殷勤。这时她悄声对他说："下一曲去请奥莱娜·伊恩松，她华尔兹跳得很美。"

奥莱娜也是个胖姑娘，显得不太灵活，但容貌俊美，体态端庄，面色红润；有双惺忪的睡眼，但目光柔和；身上散发着紫罗兰香粉的香味，温暖的双手又白又软。她舞姿优雅而庄重，舞步行云流水。一曲终了，尼尔斯放开她的手说："谢谢，跳得真棒。下一曲华尔兹你还跟我跳，行吗？现在我得去跟我的小表妹跳一曲了。"

当尼尔斯来到希尔达跟前拉起她的手时，小姑娘两眼闪出光芒，显得异常兴奋，但却说她得守住柠檬汁儿，不能擅离岗位。这时埃里克森老夫人碰巧经过那里，便说她可以替她照料一会儿，于是希尔达出了那个隔间，脸红得就像她那条粉红色连衣裙。这一曲是跳肖蒂什轮舞①，当希尔达那两条金色小辫飞舞起来时，尼尔斯鼓励道："好！

---

① 肖蒂什轮舞是慢步波尔卡舞的一种，其舞曲是慢2/4拍节奏。

跳得真好，从哪儿学的？"

"是克拉拉表嫂教的。"小姑娘喘着气回答。

尼尔斯发现艾里克坐在一堆不会跳舞或不好意思跳舞的小伙子中间，便叫他下一曲华尔兹一定得和希尔达跳。

小伙子缩着肩头说："呀，尼尔斯，我不会跳舞。瞧我这双大脚丫子！我跳起来显得傻气。"

"别在乎自己的长相。小伙子帅点丑点有啥关系？"

尼尔斯对弟弟说话从不曾这般生硬，艾里克连忙从草堆里爬起来，拂掉衣服上的草屑。

一旁的克拉拉点头赞许。"说得好，尼尔斯。我也一直都想说服他。他俩配对跳得很好，有时候我还替他们伴奏呢。"

"我要谢谢你教他跳舞。他不该长成个啥也不会的乡巴佬。"

"他不会的。他在你们家比谁都更像你。只是他没有你那种勇气。"克拉拉斜视的眼睛中射出一种热切的目光，一种同时包含赞赏和挑战的目光，这种目光很少投向别人，那目光似乎在说："是的，我钦佩你，但我同样优秀。"

那晚克拉拉比奥拉夫更像是晚会的主人，因为自打晚餐结束后，奥拉夫唯一的兴趣似乎就是那些提灯。为了这场狂欢，他特意从镇上借来了一盏火车头前灯，可他好像又担心那炽热的灯光会把他的新谷仓点着，于是便一直在那盏灯周围转来转去。与此相反，他妻子却热情地招呼着每一个客人，显得精神十足，甚至神采飞扬。她脸上泛起橙红色的光晕，眼里充满了生命的活力。她请那个胖胖的瑞典女继承人替她弹钢琴，径直到角落里拉出正在与朋友聊天的父亲，要他跟她跳一曲波希米亚舞。老乔年轻时是个出了名的舞场高手，这会儿在女儿的引领下也跳得颇为轻快，引得周围的大伙儿都不停鼓掌，那群老太太更为来劲儿，非要他们父女俩再跳一曲。她们挤在角落里一边欣赏一边评说，手脚还不住地打着拍子。每当小提琴拉出一支新的曲调，斯文森老太太头上那顶白帽便开始随着节拍晃动。

克拉拉正与艾里克跳着华尔兹，这时尼尔斯上前轻轻把弟弟推开，挽起克拉拉一起旋转着出了人群。"还记得吗，当年在镇上的溜冰场，我们常穿着旱冰鞋跳华尔兹？我想现在没人那么跳了。那时候我们一跳就是几个小时。你知道，我们可不像别的孩子那样，整天没精打采地虚度时光。刚认识那会儿，我俩都太正经，可后来真爱上了，反倒不是争就是吵。你老爱掐人，手就像镊钳。你那时候就是只会咬人的海鳌。啊，当初你对斯德哥尔摩是多么向往！想夏天坐在那些咖啡馆外边的大街旁整夜聊天。就像在开招待会——达官贵人，绅士淑女，还有滑稽的英国人。你一旦让瑞典人乐起来，他们就是这世上最快活的人。总是在喝酒——香槟搀啤酒，一半兑一半，用大酒罐端出，一罐接一罐。要知道，他们喝得很慢，却能喝下很多。我告诉你吧，一旦他们都开始吸烟，看上去就是一群萤火虫。"

"那又怎么样？你并不真正喜欢爱快活的人。"

"我不喜欢爱快活的人？"

"对，我从你下午看那群老太太的眼光中就能看出。说到底她们才是你喜欢的那类女人，像你母亲那类。你也会找那种女人结婚的。"

"是吗，我的聪明小姐？你会看到我将跟谁结婚。她不会是一只把驯服当美德的家猫，而是一只会咬人的海鳖，正好和我相配。但不管怎么说，那群老太太的确招人喜欢。你自己不也喜欢她们？"

"不，我不喜欢。我讨厌她们。"

"等你在斯德哥尔摩或布达佩斯回想起她们的时候，你就不会讨厌她们了。自由会消除所有怨恨。哦，克拉拉，你可是个真正的波希米亚姑娘！"尼尔斯冲她绷着的脸呵呵一笑，并用讥讽的语调开始唱：

啊，我这样一个吉卜赛穷姑娘，
怎么能指望做一位男爵的新娘？

克拉拉捏了捏他的肩头。"嘘，尼尔斯，大伙儿都盯着你呢。"

"我不在乎。他们可没法说闲话。这完全是家务事，就像埃里克森家几兄弟瓜分希尔达的遗产时说的那样。再说了，我俩要远走高飞，总得给人家留下点儿嚼舌头的作料。啊，对他们来说，这可是天上掉馅饼！自从那年闹蝗灾后，他们就再没找到过这般有滋味儿的话题了。这会让他们过几天新鲜日子的。奥拉夫也不会失去波希米亚人的选票。他们要看他的笑话，所以他们会举双手送他进县议会。今晚的谷仓晚会他们永远也忘不了，或者说永远也不会忘了我俩。他们会永远记得我俩在一起跳舞，我们正在创造一个传说。嘿！我的华尔兹呢，小伙子们？"当他俩从乐队跟前旋转而过时，他冲提琴手喊道。

乐师们咧嘴而笑，面面相觑，迟疑片刻后又奏出一支新曲。当一对对舞伴从快步华尔兹滑入长长的慢舞步时，尼尔斯和着舞步的节奏唱道：

> 当别人的心和别人的嘴唇
> 唠叨起他俩的爱情故事，
> 用那些人觉得厉害的瞎话，
> 用言过其实的风言风语，
> 那时候也许在某个地方，
> 这快活的日子正在被回忆……[1]

---

[1] 小说原文只有这首咏叹调唱词的前 4 行，译文 5—6 行系译者根据歌剧《波希米亚姑娘》原文剧本补充。

角落里那群老太太使劲儿鼓掌。"瞧那个尼尔斯，你看他跳得多欢！"而和着舞曲悠缓的节奏，斯文森太太头上那顶帽子也如梦似幻地左右摇晃。

回忆起这些快活的时日，
你心中也许就会把我记起！

7

月光洒满那片沉寂的大地。收割后的黄土地沐浴着黄澄澄的月华。麦草堆和白杨防风林投下一道道黑影。道路变成了一条条灰蒙蒙的河。夜空湛蓝而深邃，星星依稀可见。仲夏夜那轮金色的月亮，硕大，温柔，柔光下的万物仿佛都安然入睡，沉入了梦乡。那柔光似乎超然存在，与人类的生死祸福毫不相关。每次仰望天空，你都会感到自己的渺小，都会觉得你好像是坐在一条涛声悦耳的大河旁，但却什么也听不见。此时在大路旁边奥拉夫的麦地里，尼尔斯正斜躺在一个麦草堆上，正觉得自己的生活既新奇又陌生，恍若一段在书中或梦中见过却又无法记起的经历。他躺在那儿一动不动，呆望着眼前那条灰蒙蒙的大路，那条消隐在麦地里、然后又在远方的小山上重新显现的大路。最后他终于看见那条灰蒙蒙的长带上有个黑影在飞速移动。他起身走到麦地边，心中暗想，"这会儿她该过那排白杨树了"。他听见马蹄声顺着满是尘土的大路传来，当她的身影一进入视野，他跨上大路挥舞双臂。但随之又担心惊了她的马，于是又退回到地里等着。克拉拉早就看见了他，便让马小跑着过来。尼尔斯伸手抓住辔头，拍了拍马的脖子。

"这么晚你还在外面瞎跑什么，克拉拉？我去过那幢房子，可约翰娜说你到你父亲家去了。"

"这么好的月色，谁会待在屋里呢？你自己不也出来了？"

"哈，这可不一样。"尼尔斯边说边把她的马牵进麦地。

"你这是干嘛？你要把我和诺曼牵到哪儿去？"

"不会牵远。但今晚我想跟你聊聊，因为我有话要对你说。这些话不能在你家说，奥拉夫就坐在门廊上，怕有一千吨重呢。"

马背上的克拉拉噗嗤一笑。"他这会儿才不会坐在门廊上呢，早上床睡觉了——有一千吨重。"

尼尔斯重重地踩过脚下的麦茬。"你真打算就这样度过你的余生？日复一日，年复一年？在这样的夜晚，除了像这样折腾你和诺曼，在那幢房子和你爸家之间狂奔，你难道就没有更好的事情可做？再说了，你也知道，你父亲不可能永远活着。他那个小酒馆迟早会关门，或者被卖掉。到那时，你就只有跟埃里克森家的人过，不得不关门闭窗过冬天了。"

克拉拉心事重重地摇了摇头。"你别说了。我尽量不去想这事。失去父亲，我也就失去了一切，甚至连埃里克森家的人也唬不住了。"

"哼！你失去的恐怕比这还多。你会失去归属，失去个性，失去使你成为你的一切。你现在都已失去得够多了。"

"我失去了什么？"

"你对生活的热爱，你开心快活的能力。"

克拉拉用双手捂着脸，感情激烈地说："我还没有，尼尔斯！我还没有！说点别的事吧。我不想听这个。"

尼尔斯把马牵到一个草堆旁，转过身来死死盯着她，就像那个礼拜日下午在瓦夫日卡家的花园里盯着她那样。"那你为什么还要苦苦挣扎呢？既然你不享受这种能力，保留它又有何用呢？你的手又冰凉冰凉的，你一直都在害怕什么呢？啊！你在害怕失去这种能力，这就是你的问题所在！克拉拉·瓦夫日卡，可你会失去的！你会的！听我说，我过去非常了解你——还记得你曾逮着只野雀吗？你感觉到它的心在怦怦乱跳，你生怕它小小的身躯会炸成碎片。唉，你当初就像那只野雀，纤弱、热切、不羁，心中充满欢乐。那就是我记忆中的你。可现在，我回来看到的却是个满心痛苦和怨恨的女人。这完全是场雪貂逮野兔的撕斗，你咬人家，人家也咬你。你还记得过去生活是什么样吗？还记得往日那些快乐吗？这些年我无论在何方，都从没忘记旧日的欢乐，也再也没感受到那种欢乐。"

他把马牵进草堆的阴影中。克拉拉感觉到他把她的一只脚从马镫里抽了出来，她顺势软软地滑进他怀中。他很温和地亲吻了她。尼尔斯是个谨慎的男人，但当他决心要得到什么时，他的意志便会像钢铁般坚硬。犹如宝刀出鞘，他身上会骤然闪出某种光芒。克拉拉觉得周围的一切都在消失，自己正被夏夜淹没。尼尔斯把一只手插进口袋，然后将其抽出伸向空中，草堆的阴影正好盖住他的手腕，他手掌中一枚银币在阴影中闪闪发亮。"你看！"他说，"这就是我的财产。你愿意跟我走吗？"

克拉拉点点头，随即把头靠在他肩上。

尼尔斯深深吸了口气。"你愿意今晚就跟我走吗？"

"去哪儿？"她温柔地低声问。

"去镇上，赶半夜那趟快车。"

克拉拉抬起头，定了定神。"你疯了吗，尼尔斯？我们不能像这样走掉。"

"如果我们要走，就只能这样走。你不能坐在岸边思前想后。你必须往下跳。这就是我通常解决问题的办法，也是你我这样的人解决问题的正确办法。世间最危险的事莫过于听天由命。你只有一次生命，一次青春，如果你愿意，你可以任其从指缝间溜走，没有比这更容易的事了。大多数人都是这样虚度年华。你随我一起去流浪也比待在这儿强。"尼尔斯把她扭向一边的头扶正，直视着她的眼睛继续说："不过，克拉拉，我并不是那种流浪汉。你并不需要做针线活来填饱肚子。我在挪威经营着一家航运公司，这次是来纽约事务所处理点业务，现在我要直接回卑尔根。我想，我挣的钱不比埃里克森家挣的少，而且开始时我爸还给过我一些。家里人从不知道这事。好啦，我一直都不想强迫你，因为我希望，你能凭自己的勇气跟我走。"

克拉拉的目光越过原野。"倒不是我没勇气，尼尔斯，而是像有种东西拽住我不放，我又害怕把它甩开。我想，那东西就来自这片土地。"

"这我完全懂。可你必须甩开拉拽。这里并不需要你。你父亲会理解的，他和我们是一类人。至于奥拉夫，约翰娜会照顾他，比你照顾得更好。克拉拉·瓦夫日卡，千万别错过这机会。我的手提箱在车站。我昨天就悄悄送过去了。"

克拉拉偎进他的怀抱，把脸靠在他肩上，轻声说："今晚别走，就坐在这儿跟我说话。我今晚哪儿都不想去。也许我再不会像今晚这样爱你了。"

尼尔斯露出一丝苦笑。"克拉拉·瓦夫日卡，你不能这样要求我。这不是我的行事风格。艾里克那匹母马就在那边的草堆后面，我必须赶上半夜那班火车。现在要么说再见，要么跟我去跨越世界。火车可不等人。我已经给奥拉夫写了封信，待会儿到镇上就寄出。他读过信就不会来烦我们了——除非我不了解他。他会更乐意要那块土地的。另外，我还可以要求调查他对亨里克表叔那份遗产的监管情况，对一个公众人物来说，那就太糟了。你没带换洗衣服，这我知道，今晚就凑合一下吧，路上我们什么都能买到。克拉拉·瓦夫日卡，你过去那股闯劲儿哪儿去了？你身上还流着波希米亚人的血吗？过去我一直以为，干什么事你都有足够的勇气。可现在你的勇气呢？你到底在等什么？"

克拉拉抬起头来，尼尔斯在她眼中看见了那种沉睡的火焰。"在等你一句话，尼尔斯·埃里克森。"

"我对任何女人都不说那句话，克拉拉·瓦夫日卡。"他说着仰身让她双脚离地依偎在他怀中，在她耳边轻声说："但我决不会放你走，决不会把你让给天底下任何男人。你只属于我！懂了吗？好吧，在这儿等着。"

克拉拉在一捆麦草上坐下，双手捂着脸。她不清楚自己应该怎么做——还在犹豫是走是留。那片沉寂的大地仿佛对她施了魔法，仿佛让她在地里扎下了根。她感到两腿发软，觉得自己似乎不忍心割舍往日的忧伤和烦恼。对她来说，那些忧伤和烦恼弥足珍贵，曾使她保持活力，已成为她生命的一个部分。要是现在狠心一走了之，那这一切都不会再有了。她不可能再骑马跨越那条地平线，而面向那条地平线，她烦乱不宁的心曾无数次在狂奔中悸动。她觉得自己的灵魂早已在那条她每天早晚都会望见的地平线上筑巢，它对她有多珍贵，难以用语言表达。她用手遮住双眼，挡住了那条地平线。这时她听见两匹马踩踏身旁松软泥土的声音。尼尔斯没有说话，只是伸手托着她的胳膊，轻松地把她送上马鞍。然后也飞身骑上他自己那匹马。

"我们得快马加鞭才能赶上火车。最后一次驰骋，克拉拉·瓦夫日卡。前进！"

两匹马跃上大路，在月光照耀下的路上洒下一串马蹄声，两条黑影翻过了那道山坡。碧蓝的夜空下，那片沉寂的原野静静地铺展向远方。两条黑影已经远去。

8

奥拉夫的妻子出走一年之后，一列夜班火车喷着蒸汽穿越艾奥瓦平原。列车长正提着灯匆匆经过一节普通车厢，这时一个瘦瘦的金发小伙子在座位上坐直身子，拉了拉列车长的衣角。

"先生，请问下一站是什么地方？"

"艾奥瓦州的雷德奥克镇。可你要去芝加哥，不是吗？"他低头仔细查看，注意到那个小伙子两眼通红，面容憔悴，似乎有什么麻烦。

"我本来要去芝加哥，但我想知道，我能不能在下一站下车，然后转车回奥马哈①。"

"噢，我想可以。你住奥马哈？"

————————

① 奥马哈是美国内布拉斯加州东部城市，在密苏里河西岸，隔河与东岸的艾奥瓦州相望。

"不，在那个州的西边。我们要多久才能到雷德奥克镇？"

"四十分钟。你最好拿定主意，我好让行李员把你的箱子卸下。"

"哦，不用麻烦了。我是说，我没托运行李。"小伙子红着脸补充道。

"离家出走的！"列车长心中嘀咕道，同时关上了身后的车厢门。

艾里克·埃里克森在座位上弯下腰，用手支住额头。他刚才一直在哭，没去餐车吃晚饭，头也痛得厉害。"哎，我该怎么办？"他心中在想，两眼迟钝地盯着脚上那双大码鞋。"尼尔斯肯定会替我感到害臊。我真是一点出息都没有。"

自尼尔斯带着大嫂克拉拉私奔以后，艾里克在家里的日子就一直不好过。他母亲和大哥奥拉夫都怀疑他是同谋。埃里克森太太本来就苛刻，这下更是动辄伤他的自尊心，而奥拉夫也总是挑唆母亲对他吹毛求疵。

乔·瓦夫日卡经常收到女儿的来信。克拉拉从来都深爱父亲，自己的幸福使她对父亲更加体贴。她写给他一封封长信，信中说她乘船越过大洋去卑尔根，说她和尼尔斯穿越波希米亚旅行，说他们去了她父亲在那儿长大而她在那儿出生的那座小镇，说她去拜访了老家的所有亲戚。她在信中还告诉她父亲，他老家那位弟弟如今是个牧师，他妹妹则早已同一个养马人结婚，如今拥有一个大农场和一大群孩子。老乔总设法把信念给艾里克听，因为那些信中也有写给艾里克和希尔达的话。克拉拉有时还给他俩寄来礼物，可艾里克从不敢把礼物带回家，可怜的小希尔达则连看都没看上一眼，不过当她和艾里克一块儿在屋外捡鸡蛋时，她很喜欢听艾里克讲起那些礼物。老乔从不让艾里克进他的酒馆，但奥拉夫有次还是看见艾里克从老乔家花园的侧门出来，并迫不及待地将此事告诉了他母亲。当晚艾里克上床后，他母亲到他的房间冲他大发了一通脾气。埃里克森太太真生气的时候，发起脾气来可真吓人。她禁止他再跟老乔说话，不允许他再一个人去镇上。所以从那之后好长一段时间，艾里克再也没听到过他哥哥的消息。不过老乔猜想肯定是出了什么事，于是总把克拉拉的来信带在身边。一个礼拜日，他驱车去看望他的德国老朋友弗里茨·奥伯利斯，途中碰巧看见艾里克坐在大牧场的一口饮牛塘旁边。他带着艾里克一道去了弗里茨的谷仓，在那里给他读了克拉拉的来信，两人还聊了好半天。艾里克承认自己在家里的日子不好过。老乔当晚便坐下来给女儿写了封信，用不太流畅的文字勉强叙述了这件事情。

艾里克的处境没有好转。他母亲和奥拉夫都觉得，不管把他盯得多紧，他仍然能像他们所说得那样"听到消息"。埃里克森太太凡事都容不得保持中立。尽管奥拉夫宁愿留下约翰娜·瓦夫日卡，也不愿让母亲安排安德斯的大女儿来替他理家，可老太太硬是把约翰娜赶回了他哥哥老乔那里。奥拉夫不像老太太那样专横，他有次绷着脸对母亲说，她既然坚持把约翰娜赶走，那此前就应该教会她那位孙女如何做菜。为了吃上约翰娜做的蜜汁五香梅干，奥拉夫本来可以容忍其他的许多不顺心，可现在做五香梅干的秘方已随约翰娜一道去了。

老乔终于等来了两封回信。一封是尼尔斯写的，信封里还装有一张汇票，作为艾里克去卑尔根的费用；另一封是克拉拉写的，信中说尼尔斯已在他公司的杂物部门为艾里克安排了一份工作，艾里克以后就和他们一起生活，他们现在就等着他去。他应该去纽约搭乘尼尔斯自家公司的一条船，船长是他们的一位朋友，艾里克只需向他说明自己的身份即可。

尼尔斯指示的行程非常清楚，艾里克觉得连小孩子也不会走错。现在火车就快要到达艾奥瓦州的雷德奥克镇，而他却还在绝望中摇摆不定。此时此刻他感觉到，他对哥哥的爱从不曾这般深厚，外面那个大世界对他的召唤也从不曾这般真切。可他又觉得喉头哽塞，心里难受。自从夜幕降临，他的心就一直备受折磨，他忍不住想到老母亲孤零零地一个人守着那幢大房子，守着那幢她曾养育了一大群男子汉的大房子。现在回想起来，她的苛刻是那么微不足道，而她的孤独却显得那么生死攸关。母亲对他的每一分关爱此刻都历历在目：那次玉米脱粒机轧伤他手时她是如何担惊受怕，奥拉夫责骂他时她又是如何出面制止。当年尼尔斯出走时并没有抛下母亲独守空房，不然他决不会离家远行，艾里克对这一点确信无疑。

火车鸣响汽笛。列车长进来，不无和善地笑着问他："嗯，年轻人，你打算怎么办。火车三分钟后在雷德奥克站停靠。"

"知道了，谢谢。我会让你知道的。"列车长出了那节车厢，艾里克痛苦地深深弯下腰。他不能让他唯一的机会就这么失去。他挤压着胸前的口袋，听着尼尔斯那封信发出的簌簌声，想从中获得勇气。他不想让尼尔斯替他感到害臊。火车停住了。他突然想到了哥哥那双和蔼而明亮的眼睛，那双似乎总在远方凝视着他的眼睛。他喉头的哽塞骤然轻松了。"哦，尼尔斯，尼尔斯肯定会体谅的！"他心中暗想，"尼尔斯就是这样，他总会体谅。"

在列车长喊出那声"请上车"的同时，一个身躯瘦长、脸色苍白的小伙子拎着个叠缩式帆布包绊绊跌跌地下了火车，踏上了雷德奥克车站的站台。

第二天晚上，埃里克森太太独自坐在前廊上她那把木摇椅中。希尔达早已被打发上床，那小姑娘是在哭泣中睡着的。老太太把编织活儿摊在膝头，可放在上面的双手却一动不动。她已经那样纹丝不动地坐了一个小时了。她就那样坐着，只有埃里克森家的人和那些大山才能那样坐如磐石。屋里黑洞洞的，除了从小牧场那个水池传来的蛙鸣，四周寂然无声。

艾里克没走大路回家，而是穿越过麦地，为的是不被人看见。他轻轻地把他的帆布包放在厨房角落，蹑手蹑脚地顺小路走到前廊，一声不吭地在台阶上坐了下来。埃里克森太太毫无反应，四周依然只闻蛙鸣。最后那小伙子怯怯地开了口。

"妈，我回来了。"

"回来就好。"埃里克森太太说。

艾里克探身从台阶下的草丛中捡起一小截枯枝。"挤过牛奶了？"他用发颤的声音问。

"挤过了，都挤了几个小时了。"

"你叫谁挤的？"

"叫谁？我自己挤的。我跟你们任何人一样会挤牛奶。"

艾里克沿着台阶挪了挪身子，靠她近了一点。"哦，妈妈，你干吗……"他难过地问，"干吗不从奥托夫家叫个男孩过来？"

"我不想让人知道我需要个男孩。"埃里克森太太苦涩地说。说完她紧闭双唇，直愣愣地望着前方。最后她补充道："我本来一直都想把家里的农场给你。"

艾里克又挪了挪身子，靠她更近了一点。"哦，妈妈，"他的声音还在颤抖，"我不在乎什么农场。我回来是因为我想你也许会需要我，也许。"说完他垂下头，没再吭声。

"很好。"埃里克森太太说。她突然伸出一只手，轻轻捂在他头上，用手指搓弄他那头柔软的金发。艾里克的眼泪溅落在木台阶上，幸福充满了他的心头。

邻居罗西基

1

当伯利医生告知邻居罗西基，说他心脏不好时，罗西基断然否定。

"哦？不，我觉得这颗心一直都挺好的。我平时有点儿气喘，也许有点儿吧。只是今年夏天垛麦草那阵喘得厉害些，就这么回事。"

"嘿，得啦吧！罗西基，你要是比我懂心脏，还来找我干吗？告诉你吧，你喘不上气就是因为你心脏出了毛病。你都六十五岁的人了，还一直拼命干活，你这颗心啊，累了。从现在起你必须得当心，不能再干重活儿了。你家里有五个小伙子，让他们替你干吧。"

老农夫抬起一双古怪的三角眼，用一种逗趣的目光打量医生。他那双眼睛很大，很有精神，只是上眼皮以某种奇怪的方式在正中处高高翘起，结果让眼睛呈三角形。他看上去不像个病人。他黝黑的脸上有皱纹，但并非皱纹满面，刮得干干净净的腮颊红光焕发，那绺褐色小胡子下的嘴唇也很红润。他头发稀疏，蓬松地盖在耳朵周围，但其中少有白发。他前额秃得很高，额头上平行的凹线如今已扩展到头顶。罗西基那张脸总显得对什么都感兴趣，显示出一种乐观知足、凡事都从好的方面去考虑的秉性。这使他多少有了点旁观者和观察家所具有的那种超然和悠然。

"唔,埃德大夫①,我看你是没有治心脏的药吧。看来要解决我的问题,只有另外换颗新的了。"

伯利医生从桌前转过身来,对着这个老农夫皱起了眉头。"我在想啊,罗西基,我要是你,我就会稍稍顾惜一下这颗旧的。"

罗西基把肩一耸。"兴许我不懂该怎样顾惜。我看你是想告诉我,就别再喝咖啡了。"

"我要是你呀,就不再喝了。但这种事你得自己拿主意。我从来都没法让一个波希米亚人不喝咖啡,不抽斗烟。我不想再费口舌了。不过有一点是肯定的,你不能再干农活儿了。你可以喂喂牛,养养猪,在谷仓里做点杂事,但千万不能下地干活,那会让你气喘的。"

"剥剥玉米也不成?"

"当然不成!"

罗西基皱起眉头想了片刻。"我没法让这个心脏跳多久了,没我本来想的那么久,是吧,埃德大夫?"

"只要不让它太累,我想还能跳上个五六年,也许更久。就待在屋里帮帮玛丽吧。我要是像你这样有个好老婆,我就宁愿整天都待在家里。"

---

① 英语男子名埃德蒙、埃德华和埃德温都可用"埃德"这个昵称。

病人呵呵一笑。"家可不是男人待的地方。我不喜欢一个大男人整天就围着锅台转。说到我老伴儿，她自己也没少操劳。"

"这就是了，你可以稍稍帮帮她呀。说真的，罗西基，在我认识的人中，没几个能有你那样一个家，舒适温馨，和和睦睦，从不吵架，而且孩子们对你都好。我希望你多活几年，好好享享福。"

"欸，这话不假。他们都是些好孩子。"罗西基赞同道。

医生给他开了张处方，然后问起他大儿子鲁道夫的近况，因为鲁道夫春天刚结了婚，婚后便另立门户，租了块地自己耕种。"波莉还好吧？我开始还担心玛丽不喜欢有个美国媳妇呢，可现在看来似乎都挺好的。"

"是呀，波莉是个好姑娘。她那个守寡的母亲把几个女儿都调教得挺懂事的。波莉有股子勇气，也有点时尚。这挺好，年轻人就该时尚点嘛。"罗西基豪爽地点了点头，说话的声音和眨眼微笑都充满了对他那个儿媳妇的喜爱和赞赏。

"这天看上去像要下雪，你最好赶在雪下来之前回家。开车来的？"伯利医生边问边站起身来。

"不，赶车来的。家里有了五个小伙子，开那辆福特车兜风的机会也就少了。但我也不太喜欢汽车，真不喜欢。"

"好吧，去你家的路还算好走，但我不希望你老在马车上颠来颠去。记住，别再干耙草的活儿了！"

罗西基装出一副漫不经心的样子，一边眼望别处，一边小心地把诊费放到了桌上的电话机后面，然后他戴上长毛绒帽子，穿上有羊皮领子的灯芯绒外套，出了诊所。

医生皱起眉头盯着随手拿起的听诊器，仿佛是那个玩意儿惹得他不高兴。他真希望刚才谈论的是另一个人的心脏，那个人与他告别时不会用会心的目光盯着他，也不会向他伸出一只黝黑而温暖的大手。在离开家乡去读医学院之前，伯利医生曾是个乡下穷孩子，他自打记事起就认识罗西基，而且他对罗西基太太有一种很深的感情。

就在上一个冬天，他在罗西基家吃过一顿香喷喷的早饭，而当时他正饥肠辘辘，因之前他在汤姆·马歇尔家忙碌了一整夜，为难产的马歇尔太太接生。马歇尔家有个富有的大农场，有满圈牲畜，有满仓粮食，还有许多价格不菲的新式农机具，可就是没有家的舒适温馨。马歇尔太太有太多的孩子，干太多的活儿，但她并不善于持家。当那个婴儿终于坠地，被来帮忙的女邻居接过手，母亲也受到适当处置之后，伯利医生拒绝了早餐，匆忙离开了那幢邋遢的房子。当晚雪太深，没法开车，他赶着马车走了八英里路，直奔安东·罗西基家。他从不曾见过另一户农家对客人的欢迎是那样热情，端上的奶油咖啡是那样浓香。难怪那老家伙不肯戒掉咖啡！

他赶到罗西基家时，那些小伙子们刚从牲口棚回来，正在洗手准备吃早饭。铺着油布的长桌上早已为他们摆好盘子，热气腾腾的厨房里弥漫着咖啡、薄饼和香肠的气味。从十二岁到二十岁，五个英俊的大小伙子都表现出伯利医生称之为落落大方的礼貌，毫无那种让人生厌的腼腆拘束，那种他自己少时不得不与之较劲的羞涩拘泥。一个小伙子跑过来把他的马牵走，另一个帮他脱掉皮大衣并将其挂好，而在妈妈的吩咐下，家里最小的孩子（唯一的女孩儿）约瑟芬很快就在桌旁为他添了个座位。

对玛丽来说，喂食是她满腔慈爱的自然流露——她喂小鸡，喂小牛，喂她那群饥饿的孩子。而喂一个她平时少见、但却将其视为己出并为之感到自豪的年轻人，则是件令她格外高兴的事。遇到客人登门，有些乡下主妇会停下手中的活，在桌面油布上再铺上洁白的棉桌布，将平时用的杯盘换成家里最好的陶瓷餐具，木柄刀叉也都换成柄上有镀金的全金属刀叉。但玛丽并不这样做。

"你来时见到是啥样，就该是啥样，埃德医生。要是早知道你来，我会很高兴为你亮出咱家的好东西。但甭管咋说，你来了我就高兴。"

伯利医生知道她高兴——她说话时把头一扬，声音之洪亮似乎是要让整个大草原都知道他上她家做客。罗西基一直没吭声，只是眨巴着眼睛微笑，往炉子里加了些煤，去他的房间用服药计量杯为医生斟了杯酒。大家就座后，他从桌子一端望着妻子，用捷克语跟她说了几句话。然后，出于他天生而且很少会忽略的礼貌意识，他掉过头来诡秘地对医生说："我刚才只是吩咐她，先不要向你打听马歇尔太太的事，等你吃点东西再说。我老伴儿就喜欢问长问短。"

孩子们哄然大笑，玛丽也笑了。看着医生大口吃她做的薄饼和香肠，她高兴得自己都忘了吃饭，只是一边喝咖啡，一边仔细打量着客人。当这位客人还是个乡下穷孩子的时候，她就认识他了，后来这孩子有了出息，她为他感到无比骄傲，总是逢人便说："看病干吗要上奥马哈去？全州最好的大夫就在我们这儿。"玛丽要真心喜欢谁，一看见他们就会打心眼里感到高兴，就会为他们的每一点成功而暗自喜悦。伯利医生不知道有多少女人会像她那样，但他知道她就是那样的女人。

一顿香喷喷的早餐已下肚，当然就该为这家人讲讲马歇尔太太的事了，医生早就注意到，孩子们对这件事也很关切。

当时还住在家里的大儿子鲁道夫说："上次我去他家，看见马歇尔太太正在提那些又大又沉的奶桶，连我都知道她不该干那种活。"

"是呀，鲁道夫那天回家就跟我说了这事，我当时也说不该。"玛丽热心地插话道，"这对我倒没什么，挺着大肚子我也什么活儿都能干，因为我身子骨结实呀，可马歇尔太太就太弱了。埃德，你说她能给那婴儿喂奶吗？"玛丽有时候会忘了给埃德冠上她以之为耀的"医生"头衔。"想想吧，你在那儿忙了个通宵，却没能吃上顿像样的早饭！我真不知道那些人有啥毛病。"

"哎，妈妈，"小儿子约翰说，"要是埃德医生在那儿有饭吃，他就不会来咱家吃了。所以你该高兴才是呀。"

"他知道我高兴他来咱家吃饭，约翰，什么时候来都高兴。我只是同情那个可怜的女人。她会多难过呀！这么冷的天，医生饭都没吃就走了。"

"要是这些孩子出生时我就已经开业，那该多好！"医生望着那一绺头发剪得短短的脑袋说，"那样我就可以多吃上几顿香喷喷的早饭了。"

孩子们开始冲母亲发笑，因为这时她满脸通红，不过她保持住镇定，扬起头说："我才不心疼几顿饭呢，你总不能不吃饭就离开这个家吧？哪个医生都不成。我会在临盆之前把饭做好，到时让安东替你热热就行了。"

孩子们笑得更欢了，一个个大呼小叫道："我敢说你真会那样！""她准会那样做！"

"爸，妈生我们那会儿是你给医生做的饭吗？"

"是呀，那会儿你爸还常给我送早饭呢，可好吃啦。"玛丽抢过话头说。

趁孩子们去为他牵马的时候，医生走到窗前看窗台上的花草。"玛丽，你怎能做到让这些天竺葵一冬都开花呢？我每次从你家经过，从路上就能看见所有的窗台上都开满了花。"

　　玛丽摘下一枝带着新叶片的红花，将其插进医生上衣的纽孔。"瞧，看上去好多了。你还年轻，埃德，可总是显得太一本正经。你为啥还不结婚呢？我都替你着急。吃饭那会儿我仔细看过你，我发现你都开始有白头发了。"

　　"哦，是呀！是有白头发了。恐怕结了婚会白得更快呢。"

　　"别胡说！你老在饭店吃饭会把身体吃垮的。要是你有妻子，我就可以让人给你家送我做的干果面包了。我不喜欢看见年轻人长白头发。我告诉你个办法吧，埃德，你泡碗浓浓的红茶，放在便当的地方，每天早上用茶水抹抹头发，白发就不那么显眼了。"

　　有时候，医生会在杂货店里听见些闲聊，许多人都纳闷，为什么罗西基家没能更快地发家致富。罗西基很勤劳，孩子们也都肯干，但他们凡事都顺其自然，从不争强好胜，而且他们并非始终都能展现极好的判断力。他们生活舒适，从不欠债，但也没攒下多少钱。伯利医生最终认识到，像罗西基一家那样慷慨、热心、仁慈的人绝不可能攒下许多钱，而只有不懂享受生活的人才会把钱存进银行。

2

　　离开伯利医生的诊所后，罗西基进了旁边的农具店。他在那儿点上烟斗，戴上老花镜，把玛丽给他的购物单看了一遍，然后进了隔壁的百货店。他进店后站了一会儿，等平时接待他的那个漂亮姑娘空出手来。那姑娘刚修过眉毛，两条黑墨水划出的曲线让罗西基觉得有趣，因为他记得那两道眉毛本来的模样。罗西基在百货店购物总喜欢慢慢吞吞，趁机同那姑娘说说笑话，姑娘知道老人是喜欢她，所以也愿意和他开开玩笑。

"罗西基先生，你好像隔一星期就要买些被套料，而且总买质量最好的。"姑娘摊开一匹红条纹棉布，开始量罗西基要的尺寸，一边量一边跟他说话。

"要知道，我老伴儿总是在做鹅绒枕头，料子薄了可罩不住细绒。"

"你家肯定有好多枕头。"

"那是当然。我老伴儿还做鹅绒被呢。我们睡得挺舒服的。现在她要给我儿媳妇做一床。你认识波莉吧，她嫁给鲁道夫了。该给你多少钱，珀尔小姐？"

"八元八角五。"

"凑够九元吧。给女人买点糖果。"

"又买糖果。我就没见过别的男人给太太买这么多糖果。你得知道，她会长胖的。"

"我就喜欢胖。我见不得现今那些瘦筋筋的女人。"

"我想你是在说我这种女人吧，欧洲来的先生！"珀尔小姐鼻子一哼，黑眉一扬。

罗西基出了百货店朝马车走去时，天开始下雪了。这是今冬的第一场雪，他很高兴看见雪花。他赶着马车出了镇子，顺着大路穿过一片辽阔而富饶的土地，这里有全县最好的一些农场。他羡慕这片被人们叫做"高地草原"的土地，总喜欢驾车穿过那里。他自家的地在一个不太平坦的区域，那里的土壤有黏性，收成不太好。他当年买地时钱不够多，买不起"高地草原"的地，所以孩子抱怨时他就会对他们说，要是那块地没有黏性，那很可能就不归他家所有了。不过他仍然喜欢欣赏那些肥沃的耕地，就像他喜欢欣赏比赛中获奖的公牛一样。

赶车走了八英里路，罗西基到了紧挨着他家秣草地的那块墓地。他在那儿停住车，坐在车上朝四下里张望。透过飞扬的雪花，他能看见远处的那道山坡，山坡上蜷缩着他家的房子，房子后面是片果园，前面竖着架风车，而顺着那道平缓的山坡，衬着白茫茫的田野，一排排淡金色的玉米秆格外醒目。那是场及时的干雪[1]，天上几乎没风，雪花缓缓地在玉米地、秣草地和牧场上空飘洒。那块墓地只用一道简陋的铁丝栅栏围着，里面长满了深深的红草。细细的雪花落进红草丛中，洒在几株低矮的常绿树和那些墓碑上，煞是好看。

罗西基心想，这真是块不错的墓地，有几分家的味道，小而舒适，不觉狭窄，也不阴沉，周围视野也开阔。躺在这深深的草丛中，可以看见整个天穹，可以听见路过

---

① 干雪：雪中的空隙被空气充满，液态水含量很少的雪。

的马车，夏天还能听到割草机开到铁丝栅栏旁边的声音，而且这里离家很近。就在玉米地那边，他家的房顶和风车看上去都那么亲切，他不禁暗暗保证，一定要听医生的话，好好当心身体。他承认，自己非常喜欢这个家，还不急于撒手而去。想到撒手人寰也不过是去到自家秣草地的地边，他心中感到一丝安慰。洒在谷仓前院的雪和洒在墓地里的雪，似乎把两个世界连在了一起。墓地里躺的全都是些老邻居，其中多半还是老朋友，所以他不会觉得尴尬或者说局促。他认为，最令人不快的感觉莫过于局促。他很少感到过局促，只在那些他完全没法理解的人跟前有过那种感觉。

啊，是场好雪！雪花那么轻柔，那么优雅，又飘落在那么空旷的原野，这真是一幅美景。他帽子上，肩膀上，马背上，马鬃上，都不可思议地铺上了一层精细的雪花，雪花向空气中散发出一种清凉的香味。这意味着草木鸟兽、人和土地都该歇息了，一个夜长梦美、炉暖饭香的季节来了。罗西基还想到了很多很多，但只喃喃说了声："冬天来了。"他朝马吆喝了一声，赶车朝家驶去。

一到家门口，小儿子约翰便跑出来替他把马牵往牲口棚，搂着满满一围裙胡萝卜的玛丽也刚从屋外的地窖里出来。他俩一起进屋。桌上已铺好印有蓝色葡萄串的油布，桌前已为他摆好椅子，他闻到了咖啡蛋糕热乎乎的香味。罗西基从不在镇上吃饭，他认为那是浪费，再说他也不喜欢那里的食物。所以他每次回家,玛丽都会为他准备好吃的。

他在那把椅子上坐下,开始搅着一大杯咖啡,玛丽则从烤炉里取出一盘小圆杏仁面包,一边担心地察看是否烤过了头,一边把面包放到他盘子旁边,然后在她对面坐了下来。

罗西基用捷克语问玛丽要不要喝点咖啡。

她用英语答话,似乎她觉得这才是谈正事该用的语言。"埃德医生怎么说?你快告诉我,安东。"

"他要我向你问个好,可我把这事给忘了。"罗西基眨巴着眼睛说。

"我是说你的事。他怎么说你的哮喘?"

"他说我没有哮喘。"罗西基用他棕色的大手拿起一个面包卷。他右手拇指厚厚的指甲记载着他过去的经历。

"嗯,是怎么回事?你可别想搪塞我。"

"他没多说别的,就说我上年岁了,心脏没以前那么好了。"

玛丽猛然一惊,双手使劲从额前往后将头发,好像她有点儿精神恍惚。从她瞪大的眼睛看,她可能是对他生气了。

"他说你心脏有毛病?埃德医生是这么说的?"

"别冲我嚷嚷,玛丽,我又不是闯进你菜园子的猪猡。你知道我喜欢听女人轻言细语地说话。他并没说我心脏有啥毛病，只是说它不像过去那样年轻了。他还叫我别再叉草捆子，别再开玉米脱粒机了。"

玛丽真想跳起来，不过她坐着没动。她敬佩他在任何情况下说话都不会粗声恶语。他是在城里长大的，而她是个乡下女人，所以她常说她希望孩子们都像他们的父亲那样文雅。

"你没觉得过哪儿痛吧？以前你就是有点气喘，胃有点儿不舒服。这事除了埃德医生我谁也不信。我想我得亲自去问问他。他没吩咐你什么吗？"

"只说别干太累人的活，比如这个冬天就待在屋里。我想你该有些木工活要我干吧？我可以给你做两个新厨架，而且我一直都想在孩子们的房间里做个壁橱，好让那两个小家伙把衣服给挂起来。"

罗西基考虑着这些事，不时端起杯子喝口咖啡。他上唇那绺胡子又长又软，像耙机那排耙齿一样耷拉在他嘴上。他每次放下杯子后都要用他的蓝手帕擦擦嘴唇。平时喝完水后他则会用手背认真地揩揩胡子。

玛丽坐在那儿专注地打量着他，想从他脸上看出一点变化。对一个几乎已成为你自己身体之一部分的人，要察觉他的变化实在太难了。不错，他的头发稀疏了，前额上已有深深的皱纹，可是，他那个除农忙时节外总刮得干干净净的下巴并没有松弛，那截晒得黑里透红、布满深褶的脖子也依然挺拔，血气旺盛。他面色依然红润，嘴角边各有一条半月形的曲线划过两边脸颊，但那不是皱纹，而是他习惯性表情形成的鼻唇沟。比起刚同她结婚那会儿，他变得矮了些，胖了些，背也宽了一点，弯了一点，像只老乌龟的壳，因为他胳膊腿都很短。

罗西基比玛丽年长十五岁，可她之前几乎没想过这点。他是她的男人，而且是她喜欢的那种男人。正如她经常所说，自己是个粗里粗气的乡下女人，而他却是个斯斯文文的城里男人。他俩是风浪中的同船水手，面对艰难总是同心协力。他家的日子过得还算不错，因为从根本上讲，他俩对如何过日子有相同的看法。对什么最重要，什么较为次之，他俩无需商讨就能达成一致。他俩很少交换看法，哪怕是用捷克语，仿佛他们的心总能往一处想。过他们那种很现实的日子，总有许多东西要牺牲，许多东西要舍弃，可对该牺牲或舍弃什么，他俩从来没发生过分歧。这是种艰苦的生活，也是一种温馨的生活。这个身材不高、肩膀宽阔、有双三角眼、秃头到顶的男人从不曾有过粗暴的言行。他是个城里长大的男人，一个文雅的男人，虽然娶的是个粗犷的农场姑娘，但对她从来都彬彬有礼。

他俩都认为过日子不能敷衍马虎，不能一味精打细算。看见邻居们买更多的地，养更多的牛，他们也不眼馋。有次一个乳品代理商上门，劝他们卖奶油给他，并说他们的近邻法斯勒家去年靠卖奶油赚了许多钱。

"赚了钱没假。"玛丽对代理商说,"可你去看看法斯勒家那些孩子!一个个瘦筋筋的,脸色苍白,看上去像脱了脂的牛奶。我宁愿咱家的孩子脸上有血色,也不愿在银行里有存款。"

代理商耸耸肩,把脸转向罗西基。

罗西基说:"我想呀,咱们就照她说的办吧。"

3

玛丽很快就到镇上见过了埃德医生。回来后与孩子们谈过一次话,叫他们时时盯住罗西基。就连最小的约翰也把父亲挂在心上。一见罗西基从谷仓楼上往下叉干草,就有孩子急步爬上楼梯从他手中夺过草叉。他不时会抱怨两句,说自己虽然上了点年纪,但毕竟不是个老太太。

那年冬天罗西基没出家门,下午就在屋里做些木工活,或是坐在窗户和木凳之间的一把椅子上,窗台上满是花草,木凳上并排放着两个盛饮水的木桶。那里被孩子们叫做"老爸角落",尽管那儿压根儿就不是个角落。他在那儿立了个木架子,上面放着他订阅的波希米亚文报纸,还有他的烟斗、烟草、剪刀、针线和顶针。他年轻时当过裁缝,所以不忍心看一个女人替自己和孩子们缝缝补补。他喜欢做针线活,家里所有的工装裤、工作衫和夹克衫都由他缝补。有时还把某个大孩子嫌小的裤子改给小孩子穿。

　　干缝补活时他爱回想过去。实际上他有许多往事值得回想，毕竟他一生闯荡过三个国家。对他青年时代的生活，他最不愿回想的是在伦敦度过的那两年，在齐普赛街为一个穷途潦倒的德国裁缝当帮工的那两年，那时他常常忍饥挨饿，没有换洗衣服，而且异国语言的声音总令他感到困惑。那些日子在他心中留下了一个他不愿去触碰的痛处。

　　他到达纽约城堡花园①那年是二十岁。他当时的一位保护人替他在一家服装厂谋了份差事，那家服装厂位于维希街，邻近华盛顿市场。他觉得那段日子过得很快活。他成了一名出色的工人，工作勤奋，工资不断增长。他专心于自己的工作，从不羡慕别人的好运，还上夜校学英语。他经常加班，加班费也不少，但不知咋的就是存不下钱。他没法拒绝借钱给朋友，自己花钱也很随意。他喜欢吃可口的饭菜，喜欢喝点酒，抽点烟，还喜欢花许多钱去找姑娘玩。星期六晚上，他常花一美元买张站票，站着听完整场歌剧。当时正值歌剧风靡纽约的日子，听一场歌剧能让人回味一个星期。罗西基对音乐有双敏锐的耳朵，对舞台上的灯光、服装、布景有种孩子气的迷恋，而且还喜欢芭蕾。他通常都会带上一个密友，听完歌剧后便去喝啤酒，

① 美国第一个移民接纳中心，位于纽约曼哈顿岛南端，从 1855 年至 1890 年，这里共接纳了 800 万移民，其功能后来被埃利斯岛接替。

也许还会吃一顿牡蛎。那真是一种美好的生活，所以他到纽约后的头五年完全心满意足，不再受冻挨饿，不再衣着邋遢，所见所闻都令他开心：一场烟火、一场斗狗，一场游行、一场暴雨，甚至乘一次渡轮。那时候他认为，纽约是天底下最美丽、最富有、最友好的城市。

此外他还享有一种他所谓的"幸福家庭生活"。紧挨着服装厂是一家小家具厂，家具厂老板是个叫勒夫勒的奥地利人，勒夫勒雇了几个熟练工做特种家具，那些式样独特的家具大多是由住宅区那些有钱的德国主妇订购。家具厂有五层楼，顶层是阁楼，是勒夫勒存放上等木料和待售家具的地方。几名熟练工中有个捷克小伙子，他和罗西基很快就成了好朋友。这对朋友说服勒夫勒让他俩把阁楼的一角当成卧室。他们买来舒适的卧床和床上用品，家具则从存放在那里的货物中挑喜欢的用。阁楼的斜屋顶很低，但窗户很多，所以采光通风都不错，而且存放在那儿风干的上等木材散发出一股清香。老板勒夫勒经常去码头，从船上购买从南美和东方运来的木材。两个年轻人像新婚夫妇那样傻里傻气地布置他们的卧室，那个叫齐赫克的年轻木匠设计并制作了各种各样家庭便利用具，罗西基则把他们的衣服收拾得整整齐齐。每到晚上或周末，当楼下机器的震动平息之后，那里就成了世界上最安静的地方，夏夜更有海风吹入。齐赫克经常在傍晚时分吹奏长笛。他俩都喜欢音乐，常一起去听歌剧。那时候罗西基以为，他希望永远像那样生活下去。

但随着时光的流逝，一切都还是老样子，他开始感到一丝不安。春天一来，他便觉得烦躁，于是他就去喝酒。星期六晚上他有可能喝多，到星期天都会头重脚轻，无精打采，很难恢复。星期一他又一头扎进工作。所以，虽然他知道自己烦躁总有原因，但却没有时间来思考那原因到底是什么。当公园广场的草坪变绿的时候，当三一教堂后院的丁香树篱开花的时候，他就会被逃离纽约的渴望折磨。这就是他当时酗酒的原因：在杯中觅得片刻梦幻，在酒中获得无垠自由。

罗西基，这个年老的罗西基，还能清楚地记得，年轻的罗西基发现是什么使他烦恼的那天，那天仿佛就是昨天。那是一个独立日的下午，他坐在公园广场上晒太阳。当时纽约下城区空荡荡的。华尔街、自由街和百老汇都少见人影，那么多石板路和柏油路上都不见车辆，一扇扇窗户犹如一只只空茫的眼睛。空虚感是那么强烈，就像突然没有了机器轰鸣和皮带转动的大工厂里的那种死寂。这种变化太大，能抽干一个人的全部力量。没有生命之潮涌进涌出，那些空空的大厦就像没有囚犯的监狱。年轻的罗西基猛然发现，这就是生活在大都市的烦恼，它用高楼把你与泥土分离，用水泥把你与土地隔绝。人们生活在一个非自然的世界，就像生活在水族馆的鱼，尽管鱼生活在水族馆也许比生活在海洋中更加舒适。

就从那一天起，他开始认真考虑他曾在波希米亚文报纸上读到过的那些文章，那些描述捷克移民在西部建立起富足的农场社区的文章。他当时只想去那里当一个农场工人，因为能拥有一块自己的土地几乎是不可能的。他的父辈都是工人，他父亲和祖父曾在车间里干活。外祖父母倒是生活在乡下，但他们种租来的地，日子过得很艰辛。他家没人曾拥有过一片土地，因为土地属于另一个阶层的人。母亲死的时候罗西基还小，他被送到了他外祖父母在乡下的家里。他在乡下一直待到十二岁，所以与土地、农畜和庄稼有一种特殊的联系，一种只有在童年才能与之建立的联系。外祖父死后，他回到父亲和继母身边生活，但继母对他很刻薄，于是父亲设法帮他乘船去了伦敦。

在公园广场度过那个独立日之后，回到乡下的欲望就一直萦绕在他心头。他所向往的就是在别人的农场上干活，清晨看日出，傍晚看日落，种各种庄稼，守护着它们成长。他是个非常淳朴的人，就像一棵根须不多但主根扎得很深的树。他先后订阅了两份分别在芝加哥和奥马哈出版的波希米亚文报纸。他的心朝着西部越飞越远。他开始攒钱，想买回他的自由。他三十五岁那年，波希米亚人的体育社团在纽约举办了一次盛大的运动会，罗西基乘机辞掉了服装厂的工作，随来参加运动会的奥马哈代表团一起到了内布拉斯加，想在世界的另一个地方碰碰运气。

4

罗西基的青春时代在他成家之前就早已过去，也许这就是他特别宠爱孩子的一个原因。他对孩子们几乎有一种老祖父般的宽容，从来都无需为孩子们担心，可眼下他得为鲁道夫操操心了。

星期六晚上，小伙子们总会带上小妹妹约瑟芬，挤着那辆福特车到镇上去看电影。一个星期六吃早饭的时候，他们在饭桌上商量当天傍晚早点出发，好在电影开演前去逛逛商店，看看那里的圣诞节商品。罗西基两眼盯着桌子对孩子们说：

"希望你们听了别不高兴，但我想你们今晚把车让给我用用。也许你们中有人可以搭邻居家的车进城。"

孩子们都露出失望的表情。毕竟他们劳累了整整一星期，毕竟他们仍然还是些孩子。若见到一把新折刀或一盒糖，别说那个小家伙，就连几个大小伙子也会欢天喜地。

"你要是想带妈妈进城，"弗兰克说，"也许可以捎上我们中的两个，至少能捎两个。"

"不，我想把车开到鲁道夫家，让他和波莉进城去看场电影。波莉好久没去过镇上了，我担心她会感到寂寞，你们的大哥现在还买不起车。"

事情就这么定了。孩子们一个个垂头丧气。他们的父亲拿起又一块苹果饼接着说，"也许下周星期六晚上，两个小家伙可以跟他们一块去。"

"噢，难道鲁道夫今后每个星期六都要用车？"

罗西基没有马上回答，过了一会儿才开始认真说道："听我说，孩子们，波莉看上去不快活。我不想看见有谁愁眉不展。城里姑娘给庄稼汉当妻子，这很不容易。我不想鲁道夫家出什么麻烦。麻烦真要一出，就很难收拾了。美国女孩不可能一下子就适应我们的生活方式。要是你们都同意的话，我想告诉波莉，在过完新年之前的每个星期六晚上，她和鲁道夫都可以用那辆汽车。"

"当然，当然都同意，孩子他爸。"玛丽插话说，"这事你想得周到。城里姑娘就是比乡下女孩更有见识。有时我夜里都睡不着觉，生怕波莉会让鲁道夫对农场生活不满。"

孩子们脸上都尽可能显出无所谓的表情。他们当然盼望星期六晚上能到镇上去玩玩。那天傍晚，罗西基开车到了半英里外的鲁道夫家，那是幢还没有树木遮掩的小房子。

波莉穿着件短袖花格裙，正在收拾晚餐用过的餐具。她身材不高，端庄苗条，有一双蓝眼睛和一头金色短发，两道眉毛修成了两条细细的曲线，和镇上百货店那位珀尔小姐一样。

"晚上好，罗西基先生。鲁道夫这会儿在谷仓，我想应该在那儿。"波莉从来不叫他爸爸，也不叫玛丽妈妈。她对自己嫁了个外国人这事非常敏感。要不是鲁道夫那么帅气，那么能说会道，那么会献殷勤，她决不会同一个外国人结婚。上高中时他俩是同班同学，九年级时就开始了他们的友谊。

罗西基径直进了屋，尽管他并未得到正式邀请。"我家那些小伙子今晚不去镇上了，所以我把车开过来，让你俩去看场电影。"

正端着杯盘往洗碗池走的波莉扭过头来答道："谢谢。但我今晚还有不少事要做，人也有点儿累了。或许鲁道夫会高兴和你一道去。"

"哦，我从不看电影！我太老派了。坐上车出去兜兜风，你就不会觉得那么累了。今晚外边挺清爽的，天也不冷。你快去打扮一下吧，波莉。我来替你洗这些玩意儿，我会把所有的事都替你料理好的。"

波莉红着脸使劲儿摇头。"我不能让你做这些事，罗西基先生，我想也没想过你做这些事。"

罗西基没再吭声。他从厨房门后找到挂在钉子上的围裙，熟练地将其套在身上，然后轻轻握住波莉的两条胳膊肘，将她推向她的房间。"我家那些孩子生病或出什么麻烦的时候，我经常替我妻子收拾厨房。你快去把自己打扮得漂亮些。我就喜欢你比别的城里姑娘看上去更漂亮。年轻人就得有开心玩的时候，今晚这屋里的事都由我替你照料。"

看到老人那种有趣而明亮的目光，感觉到他握自己胳膊肘的那种抚慰，波莉真想在他肩头上依偎片刻。不过她克制住了自己，只是让两条胳膊被他那双大手多抚慰了一会儿，同时噙着泪花低声问："你年轻时一直都生活在大城市，是吗？在这儿生活，你没感到过寂寞吗？"

她扭过头来问话时，一只手自然而然地滑落进他手中，他轻轻握住那只手，冲她露出他那种特有的微笑，那种会心、宽容、毫无责备之意的微笑。"那些该死的大城市对有钱人是不错，但对穷人来说就太艰难了。"

"我不太明白。有时候我想，我喜欢去碰碰运气。你在纽约待过，是吧？"

"我还在伦敦待过呢，那可比纽约还大。我就是在伦敦学的裁缝。好啦，鲁道夫过来了，你最好快点儿。"

"以后能给我讲讲伦敦吗？"

"也许吧。只是我不太会讲。波莉，快去打扮吧。"

卧室门在她身后关上，鲁道夫从外面进来，显得焦虑不安，因为他老远就看见了那辆汽车，这个时候家里来人肯定是出了什么事，而且刚才那顿晚餐也吃得很郁闷。他不知所措地站在门口，看着围着围裙的父亲把晚餐用过的杯盘放进洗碗池。他满脸涨得通红，眼里似乎闪着泪花。罗西基竖起一根食指，示意他别出声。

"我把车开过来了，好让你和波莉去看场电影。是我叫她让我收拾厨房的，这样你们就不会去得晚了。你也去换件干净衬衫吧，快去！"

"可是，爸爸，难道家里那几个小伙子不想用车？"

"今晚不用。"罗西基把手伸到围裙下面，摸索着从裤袋里掏出一枚银币，然后压低嗓门匆匆说："你今晚要为那姑娘买些冰激凌和糖果，就像你追她那会儿一样。她和我可是挺好的朋友。"

鲁道夫当时正囊空如洗，但拿父亲的钱又令他心痛。那年秋天全县的庄稼都歉收，他已经不止一次地后悔当年结了婚。

几分钟后两个年轻人从卧室里出来，都穿戴得很整洁，但都有点拘谨。罗西基催着他们开车上路后，开始不慌不忙地洗那些餐具，把平底锅和咖啡壶洗擦干净，把牛奶放好，打扫厨房，接着又往炉子里添了些煤，然后关上了排气机，这样小两口深夜回家时屋里会很暖和。最后他坐了下来，一边抽着烟斗一边听着时钟嘀嗒作响。

一般说来，娶一个美国姑娘肯定要冒点儿风险。捷克小伙子应该娶捷克姑娘。所幸的是，波莉是一个穷寡妇的女儿，而鲁道夫自尊心又很强，如果她有个可以在他面前提起的富裕家庭，那他俩绝不可能结婚。波莉是四姐妹中的一个，四姐妹全都有活干，一个姐姐在银行当簿记员，另一个在当音乐教师，波莉和她妹妹像珀尔小姐一样，曾一直在商店当售货员。姐妹四人都喜欢音乐，而且都有副好嗓子，都在卫理公会教堂唱诗班唱歌，大姐还担任唱诗班的指挥。

波莉留恋当售货员时的广泛交际，怀念在唱诗班时有姐妹相伴。她并非不喜欢做家务活，而是不喜欢家务活太多。罗西基对这小两口有点担心，怕波莉的不满会与日俱增，最终让鲁道夫放弃农场，到奥马哈的工厂里找份活干。两年前，鲁道夫为了凑钱结婚，曾在奥马哈工作过一个冬天。他当时干得不错，那个牲畜围场①随时都愿意让他回去。但在罗西基看来，那就意味着他儿子将失去一切。没有土地的人只能一辈子当雇工，当奴隶，最终会一无所有，一文不值。

罗西基心想，过完新年后他可以过来为波莉做些小家具。他认为波莉需要多开开心。鲁道夫是那种老成持重的年轻人，对爱情和工作都很认真。

罗西基抖掉烟斗中燃尽的烟丝，起身步行穿过原野回家。前方，灯光从他家厨房的窗户闪出。这令他不禁想到，要是他还在维希街那家服装厂干活的话，结果会怎么样呢？那就会有一群面黄肌瘦的儿子也在缝纫机前干活，下班后大家都精疲力竭地回家，愁眉苦脸地挤在兼作客厅的厨房里吃晚饭，耳边是升降机井对面另一大家子人怒气冲冲的争吵声和从窗口传进的滑轮的啸叫声，窗外有脏衣服搭在肮脏的晾衣绳上，晾衣绳下面是堆满了破扫帚、旧拖把和垃圾桶的庭院……

---

① 用于大批牲畜被转运或屠宰前临时圈存的场所。

他在风车旁停下脚步，抬头望了望冬夜的寒星，深深地吸了一口气，然后才进了家门。那个窗户亮着灯光的厨房令他倍感亲切，但更令他感到亲切的是那块沉睡的土地，那些明亮的星星，还有那片恢廓的夜色。

5

圣诞节前一天，天异常寒冷。虽然没有下雪，但砭人肌骨的寒风呼啸着掠过坦平的大地，像细钢丝一样抽打着人的脸面。罗西基家的厨房里整天都在烘烤糕饼。罗西基坐在屋里，正在把阿尔贝特穿着嫌小的一件外套改成约翰能穿的大衣。玛丽专为圣诞节扦插的一盆红天竺葵正在开花，排成一溜的几盆冬珊瑚也挂满了浆果。她是第一次种植冬珊瑚，种子是埃德医生去奥马哈参加一次医学会议后为她带回来的。这些盆栽植物让罗西基想起了他在伦敦见过的花木，因为整个下午，坐在那儿做针线活的他一直都在回忆他在伦敦度过的那两年，回忆他一直以来都不敢去回忆的那两年。

当年他到达伦敦的时候，还是个十八的小伙子，身无分文，举目无亲，兜里只揣着一个表兄的地址。据说那位表兄在一家糖果点心店干活，可等他找到那家店铺，发现他表兄早已去了美国。罗西基在街头流浪了好几天，在门洞里或河堤上过夜，直到他完全绝望。他对英语一窍不通，周围陌生语言的声音令他茫然困惑。这时他偶然遇到了一个德国穷裁缝，那人在维也纳学过手艺，会讲一点捷克语①。这个名叫利夫施尼茨的裁缝在齐普赛街的一个地下室里开了个替人缝缝补补的裁缝店，地下室上面是一个修鞋匠的铺子。利夫施尼茨并非真正需要一名学徒，但他可怜这个小伙子，于是带他回店里，不付工钱，只管吃住，另外还让他保留可能获得的小费。所谓小费，就是上门送货时顾客给的一两个铜币。但顾客大多都是自己来店里取衣物，所以到罗西基手里的铜子儿也就不多。不过他终于有了个栖身之处。裁缝一家住楼上，有三个房间：厨房、卧室和客厅。利夫施尼茨夫妇和五个孩子睡卧室，客厅里用旧毯子隔出的两个角落则是寄宿者睡觉的地方。罗西基睡在一个角落的旧沙发上，有一床羽绒被裹身，另一个角落则租给了一个在学小提琴的年轻人，而他实际上就是在那儿练习拉琴。那年轻人又穷又脏，罗西基也脏兮兮的。当时可真没什么法子把自己拾掇干净。利夫施尼茨太太做饭洗碗的水都要下四段楼梯到砖铺地面的庭院里用手压泵抽取。尽管那可怜的女人想尽了一切办法，屋里还是少不了臭虫和跳蚤。罗西基知道，当她把一块土豆或一勺汤给这两个忍饥挨饿、眼神忧郁的寄宿小伙时，她自己常常是空着肚子。那时候罗西基已习惯认为，自己永远不可能离

① 维也纳当时是奥匈帝国（1867—1918）的两个首都之一（另一个是布达佩斯），当时维也纳200万人口中，约1/4来自现属捷克的波希米亚和摩拉维亚地区，所以很多维也纳居民除了讲德语也讲捷克语。

开那个地方，永远不可能穿上件干净衬衫。他有时真想知道，等他那身补了又补的破衣服破得不能再补的时候，他该怎么办呢？

当罗西基把手中的缝纫活和脑子中的回忆都放到一边时，时间还早。天空一整天都阴沉沉的，没出现过一丝阳光，四点一过就黑下来了。烤炉里正在烤火鸡，他准备去刮脸，换件衬衫。鲁道夫和波莉要来吃晚饭。

晚饭后大家在厨房里围坐在桌旁，小孩子抱怨说天没下雪让他们感到沮丧。大人也都为此不安。他们希望下一场能积起来的大雪，好给地里的小麦保暖，而且雪化时能浸润土地。

"是呀，爸爸！"鲁道夫激动地说，"要是又像去年那样天干，这乡下人就要过苦日子了。"

罗西基往烟斗里填满烟丝，"你们这些孩子并不知道什么叫苦日子。你们对谁都分文不欠，有饭吃，有衣穿，还有水把自己洗得干干净净。只要有粮有衣有水，就不能说这日子苦。"

鲁道夫皱着眉头，右手一张一合，然后握成拳头砸在膝上。"爸爸，我要的远远不止这些，不然我就不会在农场上下赌注了。去铁路上或罐头厂我都能拿到不错的工资，都能保证我有钱赚。"

"也许吧。"他父亲干巴巴地回答。

玛丽刚从厨房储藏室出来，正用滚筒毛巾擦手。她感觉到父子俩会把话谈僵，于是拎上针线篮子坐到了桌旁。

"鲁迪①，我并不太怕过苦日子。"她由衷地说，"我们吃过很多苦，但我们都熬过来了。你爸遇到什么难事都从不放在心上，哪怕遇上苦日子。我想给你讲个故事，关于他的故事。兴许你们都记不得那年的事了，就是我们遭受那场可怕的热风那年。还记得那个独立日吗？那天热风把地里的庄稼都烤焦了，地里的玉米，园子里的菜。那时候我们还没种苜蓿，我想是还没引过来吧。

"对啦，就是那天，你爸到地头去照料玉米，我在厨房做梅子果酱。那年我们收了不少梅子。我注意到屋里热得邪门，不过做果酱的时候厨房里总是很热，我忙着做果酱，也就没多想。你爸三点钟就从地里回来了，于是我问他出了什么事。

"'没事'，他说，'只是天太热，我想今天就不再干了。'他在旁边站了一会儿，然后突然说：'你快做完了吧？我想今晚你该给我们做顿好吃的。今天是七月四号，是独立日。'

"我叫他走开，因为我的果酱刚做到一半，待会儿梅子酱抹在热面包上才好吃呢。可他说：'我还想吃炸鸡。'说完他就出去宰了两只鸡。你们三个大小伙子那时都还小，正在外边玩，一个个热得浑身是汗。爸爸把你们带到

---

① 鲁道夫的昵称。

风车旁的饮马池边，扒掉你们的衣服，把你们泡在水中。当时那两棵梣叶枫也还小，但树荫已经能遮住水池。你们爸爸自己也脱掉衣服，和你们一起泡在水中。你们正在水里玩，这时教区牧师开车上咱家来了，他来通知各家各户当晚去学校聚会，一起祷告求雨。当然，他把车直接开到了风车跟前，而水池里的你们和你们爸爸都光着身子。我当时就在厨房门边，看见那幅场景真忍不住发笑，因为牧师显得好像他从没见过男人光着身子似的。他的确很尴尬，因为你们爸爸没法取到他的衣服，那些衣服正挂在风车上等风吹干呢。所以他躺在池子里，把你们中的一个抱在身前挡着，就那样跟牧师说话。

"等你们在水中玩够后，他给你们穿上干净衣服，自己也换了件干净衬衫，然后我就准备给你们开饭。他说：'屋里太热，吃饭都不自在，我们到果园去来顿野餐吧，就在桑树篱后面那几棵椴树下吃。'

"于是他把晚餐搬到那里，还拿了一瓶我用野葡萄酿的酒，我跟你们说吧，那晚桌上的食物样样都好吃。太阳落下后天凉快了一些，大家都觉得舒服了一点，可我注意到头顶上的椴树叶都卷起来了。我感到纳闷，就问你们的父亲，刮了这整整一天的热风，园子里的菜和地里的玉米不会受灾吧。

"'玉米，'他回答说，'地里没有玉米。'

"'你说什么？'我问，'咱们不是种了四十英亩吗？'

　　"'今年我们连一个玉米穗也没得收。'他说，'别人家也都一样。今天下午三点钟那会儿，这一带的玉米全都给烤熟了，就像在你的烤炉里烤的一样。'

　　"'你是说咱们今年将颗粒无收？'我问他。当时我没法相信，他辛辛苦苦干了一个夏天，到头来却一无所获。

　　"'今年是没收成了。'他说，'所以我们才要来顿野餐。我们照样可以享用已经收获的。'

　　"你们爸爸对过日子就是这态度。当时邻居们一个个都耷拉着脑袋，见面时都不想抬眼看你。那年咱们家却自得其乐，虽说咱家也几乎什么都没有。可邻居们整天愁眉苦脸也不顶事。有些人愁得吃不下饭，结果连家里有的也没能享用。"

　　年龄小的孩子都说他们的爸爸是天底下最棒的父亲。但鲁道夫仍然在想，那场热风都过去十五年了，邻居们现在都比他家兴旺发达，这说明他父亲做事肯定有什么不对劲儿的地方。他想知道波莉脑子里这会儿在想些什么。他知道波莉喜欢他父亲，但他也知道有些事情让她担忧。每当她母亲送过来咖啡蛋糕、李脯馅饼或刚出炉的面包时，她总会用一种狐疑的眼光打量那些食品。当她对他评说他弟弟都很懂礼貌时，她声调中也有一种暗示，让人觉得她似乎认为，他那几个弟弟居然懂礼貌是不平常的事。与他母亲在一起时，她总显得拘谨，总怀有戒心，对玛丽的心直口快和风趣幽默都很敏感。波莉害怕与众不同，害怕惹人注意，害怕她所说的"庸庸碌碌"。

等玛丽讲完那段往事，罗西基把烟斗放到一旁。

"小伙子们，你们想听听我在伦敦过的那些苦日子吗？"孩子们极力怂恿他讲，他却坐在那儿慢慢抚摸额上深深的皱纹。对他来说，用英语讲一段长长的往事有点儿费劲，他平时跟孩子们讲话几乎都用捷克语，但今晚他想让波莉听听那段往事。

"好吧，你们都知道我在伦敦干过活的那个裁缝店吧？我在那儿过过一个圣诞节，一个我永远都忘不了的圣诞节。过节之前的日子本来就够苦的了，因为老板没接到多少活，收入连交房租都不够。我得说，在伦敦那种大城市过圣诞节，穷人可感觉不到多少乐趣。商店所有的橱窗都摆满了美味食品，街头所有的手推车上也堆满了好吃的东西，可你就是没钱——腰无分文。当时我没有大衣，只有件穿在身上已嫌短小的短外套，连手都冻裂了，好在我不是太怕冷。可就像你们都知道的，我的胃口历来就好，看见橱窗里的猪肉馅饼，那可真把我馋死了！

"圣诞节的前一天，伦敦起了场大雾，雾气直往你骨头里钻，弄得你浑身都湿漉漉的。那天的晚饭，利夫施尼茨太太只让我们吃了点面包和用接盘油①烧的汤，因为她想把好吃的留着，让我们圣诞节美美地吃一顿。晚饭后

---

① 烘烤时从烤肉上渗出的油滴，常用盘子接住用于做肉汁汤。

老板叫我自己去玩，于是我便到街头去听一群人唱圣诞颂歌。他们唱了些老歌，伴奏的音乐也非常好听，所以我一路跟着他们走了很远，直到我觉得饿得难受。我想，要是我能回屋一觉睡到天亮，也许就不会觉得饿了。

"我悄悄溜进我睡觉的那个角落，蜷缩进我那床羽绒被子。可我刚一躺下，就闻到一股香味。那香味似乎越来越浓，香得我根本没法入睡。开始我并不知道是什么在香。庭院对面的一间厅屋里有盏煤气灯，我那个窗口常常能照到一点灯光。于是我钻出被子，借着那点灯光四下里看。我住的那个角落没有椅子，平时就在地上扣了个没盖的小木箱当凳子坐。我端起那个小木箱，发现下面有只用盘子盛着的烤鹅！我不敢相信我的眼睛。我把盘子端到灯光能照到的窗边，用手摸了摸，用鼻子闻了闻，还用舌头舔了舔，终于确定那真是一只烤鹅。我心想，我就吃一小口吧，这样我就能睡着了，明天我就不吃我那份了。可是，孩子们，我告诉你们吧，等我一停住嘴巴，半只烤鹅都不见了！"

讲话人低下了头，孩子们一阵大笑。只有小女儿约瑟芬悄悄溜到爸爸椅子后面，凑到他耳朵下面轻轻吻了吻他的脖子。

"可怜的小爸爸，我不想叫你挨饿！"

"宝贝儿，那都是很久以前的事了。自打有了你妈妈给我做饭，我就再也不挨饿了。"

"后来呢？请你接着讲吧。"波莉说。

"哦，当然，等我明白我都干了啥时，我吓坏了。我肚子舒服了，可心里却难受得要命。我坐在那张当床用的旧沙发上，膝盖上放着那个盘子。当时我想了很多，我想到那可怜的女人是怎样攒钱买鹅，怎样去借用邻居家的大烤炉把鹅烤透，又怎样把烤鹅藏到我这个角落，以免被她那些饿着肚子的孩子偷吃。我住的那个角落被挂起来的一张旧地毯隔开，她平时就不允许孩子越过那张地毯。而且我还知道，她之所以把烤鹅藏在我那个角落，是因为与那个拉小提琴的小伙子相比，她对我更加信任。现在我毁了她准备的圣诞大餐，今后就再也没脸见她了。想到这儿我穿上鞋来到街上，心想最好是跳河一死了之，不过我又想到，我不是那种人。

"当时已过半夜，天冷得厉害，于是我整夜都在伦敦街头游走。沿着河边走了一阵，可河边有许多喝得醉醺醺的人，男人女人都有。我只管往前走，注意避开警察。我走进了斯特兰德大道，然后又走上了新剑桥街，那里有家开在大楼底层的很大的德国饭店，高大的窗户都张灯结彩，我能看见在饭店里聚会的人。正当我朝里张望时，有两位先生和两位女士从饭店出来，他们都酒足饭饱，有说有笑。我听见他们讲的是捷克语——不像奥地利人讲的那种，而像是捷克老家人说话的口音。

"我想我当时是发疯了，竟做了件我以前从没做过、后来也再没做的事情。我径直走到他们跟前，开始向他们恳求："同胞乡亲啊，看在上帝份上，请给我能买一只鹅的钱吧！"

"当然，他们一听都哈哈大笑。但那两个女士很温和地招呼我，把我领进饭店，为我要了热腾腾的咖啡和蛋糕，然后要我讲了我来伦敦的全部经过，还问了我眼下的处境。她们用纸片记下了我的名字，还记下了我干活的地方，最后那两位女士每人给了我十个先令。

"考文特花园那个大市场就在附近，那时店铺都已经开门，我冲到那儿买了只鹅和一些猪肉馅饼，还买了土豆、洋葱，并且给孩子们买了些蛋糕和橙子——多得我差点儿都搬不回去！我回去时大家都还在睡觉。我把买来的食物全堆在厨房餐桌上，然后溜回被窝倒头就睡，直到被利夫施尼茨太太的尖叫声惊醒。天哪，她那天一进厨房就被惊呆了！接着她又是笑又是哭，紧紧地拥抱了我，然后去叫醒了所有孩子。她顾不得大家都还没吃早饭，上午就做好了那顿圣诞正餐，于是我们都坐下来放开肚子吃，我以前从没见过那个拉提琴的小伙子能吃那么多。

"那件事过了两三天后，在饭店外遇到的那两位先生找到了我。他们向利夫施尼茨先生打听我的情况。老裁缝说了我不少好话，告诉他们我是个可靠的小伙子。两位先生中年轻的一位是波希米亚人，他聪明能干，在纽约经营一份波希米亚文报纸，年长的那位是个富商，专门做进口生意，这次他们来欧洲是结伴旅行。他们告诉我在纽约谋生有多容易，并且愿意提供路费带我去那里，他们回国的日子也临近了。我的裁缝老板对我说：'你就去吧。留在这里你不会有任何机会，我喜欢看到你有出息，就为了你对我太太一直都那么好，就为了你给我们的那顿圣诞大餐。'就这样，我最后来到了纽约。"

那天晚上，鲁道夫和波莉手挽手穿过田野，被刺骨的寒风从后面推着小跑着回家。鲁道夫满心欢喜，因为波莉说，她认为他们新年夜可以邀请他全家过来一起吃饭。"我们自己做一顿丰盛的晚餐，完全不用你妈插手，让她当一回客人。"

"你想得真周到，波莉。"他很腼腆地说。鲁道夫淳朴而谨慎，他也隐隐约约地觉得，波莉几姊妹比自家几兄弟都更有生活经验，更懂人情世故。

6

那年冬天对种地人来说非常糟糕。天气异常寒冷，除圣诞节前有过几场小雪外，再也没下过雪——连雨都没下过。三月天和二月时一样冷。在寒风肆虐于那片土地的日子里，罗西基每天都坐在窗边。秋天时他和孩子们种下了一大片小麦，现在地里的麦苗都被冻死了。那片地必须重新翻耕，改种玉米。这种情况以前也曾有过，但那时他还年轻，什么事都不会让他发愁。他相信自己和玛丽，知道他俩有能力承受必须承受的一切，而且最终总能渡过难关。但他对孩子们就没有这种把握，鲁道夫和波莉头一年就遇到这种关口，这让他感到忧心忡忡。

坐在摆满鲜花的窗前，听着窗格玻璃嚓嚓作响的声音，感觉到风从门缝钻进屋里，罗西基开始思考他很多年以来都再也没思考过的那种问题。很久以前，在纽约那个家具厂的阁楼上，他每到星期日都会思考这种问题。那时候他拼命想要确定的是，自己活在这世上到底想要什么；如今他拼命想要确定的则是，自己想要孩子们一生都干什么，并且想知道自己为啥那么急于想确信，自己死后孩子们会在这片土地上继续耕耘。

这样他们就必须在农场上辛勤劳作，也许到头来还只能维持温饱。但是，只要他能想到孩子们是在这片土地上生活，他就不必担心他们遭受什么大灾大难。当然，磨难总是有的。麦种那么贵时麦苗却全被冻死，这就是磨难；因饲料短缺而不得不卖掉牲口，这也是磨难。然而，总会有风调雨顺、年谷顺成的时候，这时你就衣食丰足了。耕耘自己的土地，所有收获都归你自己。你不必在老板和罢工者之间左右为难，不会两头都不讨好。你也不必跟那种既狠心又狡诈的人打交道。在罗西基的人生经历中，最可怕的事莫过于面对假仁假义、诡计多端的男人，或面对爱要心计、贪得无厌的女人。

在乡下过日子，如果遇上个不厚道的邻居，你可以不和他来往，彼此井水不犯河水。但要是生活在城里，邻居们的卑劣、粗野和苦恼都是你生活的组成部分。在人生的旅途中，罗西基所遇到的最令他厌恶的东西就是人——堕落败坏的那种人。时至今日，他还能记得伦敦街头某几张令人厌恶的面孔。当然，卑鄙小人哪里都有，这里的乡村小镇也不例外，但他们脾气没那么暴躁，心肠没那么冷酷，手段没那么残忍，不像城里那些以压榨、欺骗和荼毒同类为生的衣冠禽兽。他曾帮忙为两位成衣业的工友下葬，因为他信不过大城市里那些行业公会，不相信那些人会认真操办死者的后事。可是在这儿，如果你病了，有埃德医生照料你；如果你死了，有胖子海科克先生——这世界上最仁慈的人——主持你的葬礼。

罗西基觉得，从长远来看，他那些老实巴交的孩子最好是生活在乡下，他们在农场上干得再糟也比在城里干得好更强。要是他真有个卑劣的孩子，真有个会欺压蒙骗其他兄弟的孩子，那就可以把他送进城。可他家没有这样的孩子。至于鲁道夫，他虽然不满现状，可谁要能打动他的心，他会宁愿自己光着膀子也要把衬衫脱给你穿。罗西基真正希望的，是他的孩子们都能一辈子平平安安，一辈子都不知道人类的残酷。有时候他会自言自语："我和他们的妈妈都没教过他们该怎样去应付那种残酷。"

想到这些，罗西基不禁为自己的现状感到庆幸。说真的，自己当年简直是绝地逃生啊！他也曾替裁缝老板从一个孩子手里收取过补衣服的钱，而那个饥肠辘辘的孩子则眼巴巴地看着他把钱拿走。而现在，这么多年过去了，他再也没从任何缺衣少食的穷人手中收取过一分钱，再也不用面对任何一张因饥寒交迫而扭曲的女人的脸。每每想到这些，罗西基就会戴上帽子，穿上外套，迈着轻快的脚步去到牲口棚，给他那几匹马额外添把燕麦，看着它们馋涎四溢地从他手掌中舔食。这就是他表达感情的方式，这种方式会让他高兴得笑出声来。

那年春天一开始就很暖和，天蓝蓝的，但仍然干旱，一滴雨都没下。小伙子们开始翻耕麦田，准备播种玉米。罗西基常常站在栅栏一角望着他们干活，土壤很干燥，扬起阵阵黄尘，让他看不清耕马、犁铧和干活的人。这是个不好的兆头。

鲁道夫家和他父母家之间那一大片苜蓿地已呈现绿色，但罗西基却忧心忡忡，因为在之前那个多风的冬季，有大量风滚草被吹到地头并堆积在那里。他一直在敦促孩子们将其耙除，生怕那种杂草的种子会落地生根，"吞噬"地里的苜蓿。但鲁道夫认为这是无稽之谈，再说孩子们耕地种玉米已经很辛苦，当父亲的也就觉得自己不能再坚持要他们耙除风滚草。不过他非常喜欢那一大片苜蓿，那可是牲口赖以为生的饲料。他想保住苜蓿还有某种深一层的动机，某种模模糊糊但却很强烈的动机。苜蓿那种特殊的绿色会在老年的罗西基心中唤起他儿时的记忆，能让他依稀记起在欧洲老家时的一些童年往事。当他还是个小男孩儿的时候，他曾在这种碧蓝翠绿融合的田野中玩耍。

一天上午，鲁道夫让马和农具都闲在谷仓，自己开车去了镇上。罗西基来到儿子家，给马套上耙机，悄悄来到地头开始耙那些风滚草。他赶马扶耙都蹑手蹑脚，像是在做什么错事似的，同时又为赢了埃德医生一把而暗自高兴，当时埃德医生正在休他从业七年来的第一个长假，并趁休假期间去芝加哥参加一个临床讲习班。罗西基把风滚草耙到地边，但没有停下来把草堆烧掉。烧草要花一些时间，可他当时已喘不上气，所以觉得最好还是把马牵回谷仓。

他把马牵回谷仓，关进马棚，可这时胸口突发一阵剧痛，他也就没有试图为那些马卸除挽具。他开始走向那幢房子，每走一步都痛得要弯一次腰。那种疼痛就好像心被刀绞。他挣扎着走到风车旁，偏偏倒倒地抓住了梯子，这时他看见波莉像一条细长的猎犬从坡上朝他飞奔而来。转瞬之间，她的肩头已撑在他的腋窝下面。

"靠住我，爸爸，使劲儿！别担心，我们能到家的。"

他们总算走到了房子跟前，但罗西基已痛得两眼发黑，双腿虽还能站住，但已无力迈动。接下来他所知道的就是自己躺在波莉床上，波莉俯身守候在他身边，正把拧干的热毛巾敷在他胸上。她只是偶尔停下来去给炉子填煤，让壶里和盆里一直有热水。她就这样为他热敷了差不多一个小时。她后来告诉他，当时他身体僵直，脸色发青，大汗淋漓。

随着疼痛渐渐减轻，他咬紧的牙关开始放松，眼睛周围的黑圈开始消散，脸上也慢慢有了血色。当最后波莉替他扣上衬衫纽扣时，他舒了口气。

"好啦，我现在觉得好了，波莉。刚才那一阵真可怕。真对不起，让你担惊受累了。"

波莉满脸通红，兴奋地问："真不痛了吗？我可以离开一会儿，去给那边家里打个电话吗？"

罗西基冲她眨了眨眼睛。"不用，波莉。不用去惊动我老伴。这里挺好的，挺安静。要是不麻烦你的话，就让我静静地躺一会儿，躺一会儿就好了。我现在一点儿不感觉痛。这里挺好。"

波莉俯身揩去他脸上的汗水。"啊，我真高兴，都过去了！"她情不自禁地说，"爸爸，刚才看见你那么痛苦，我心都碎了。"

罗西基伸手示意让她在刚才放水壶的那张椅子上坐下，用他眼中那种充满热情和爱意的目光望着她。"你对我真好，我不会忘的。我真不想在你跟前犯病。在谷仓里发作时我就在想，那姑娘对生病没啥经验，我可不想吓着人家，说不定人家都怀有孩子了。"

波莉握住他那只手。他那么专注、那么亲切、那么信任，而且那么快慰地望着她，仿佛他的目光在亲吻她的脸。她也扬起两道修得细细的眉毛，报以他微微一笑。

"我猜呀，说不定你真要当祖父了。但我还没告诉任何人，连我妈妈和鲁道夫都没告诉。你是第一个知道这事的人。"

他握紧了她的手。波莉注意到，他的手又暖和了，他眼中闪出的光芒似乎也更亮了。

"我真想看见那小家伙呀，波莉。"说完这话后他闭上了眼睛，嘴角挂着微笑，静静地躺着没再吭声。波莉则默默地坐在床前陷入了沉思。她忽然觉得，这世上还不曾有谁像罗西基老人这样真心疼她，她妈妈没这么疼过，鲁道夫也没这么疼过。这种感觉让她感到困惑。她皱起眉头，试图要想个明白。罗西基似乎有种疼爱别人的特殊天赋，就像有人具有会聆听音乐的耳朵，有人具有会欣赏色彩的眼睛，这种天赋与生俱来，总会自然而然地显露。你能从他的眼睛里看见那种爱，这也许就是他那双眼睛总让人感到愉悦的原因。你还能从他手中感到那种爱。罗西基睡着后，波莉还握着他那只手，那只宽大、黝黑、灵活而温暖的手。她从没见过有另一只手和他的手一样。她真想知道，这是否就是吉卜赛人的那种手，能那么敏捷、轻松并生动地表情达意——这对一个种地人来说太不寻常了。她见过许多种地人的手，要么掌骨粗大，拳如巨槌，要么指节畸形，手指僵硬，看上去几乎都会令人不适。但罗西基的手不像那样，他的手像水银，既有力又灵活，颜色像浅色雪茄，一条条深深的掌纹布满掌心。这手决不会神经质，也不会呆笨如肉瘤。这手温暖，灵巧，宽厚，还有某种波莉只能将其称为"像吉卜赛人的"特性——与众不同的灵巧敏捷、生机勃勃，值得信赖。

很久以后波莉还记得那个时刻，因为那是令她醒悟的时刻。她当时觉得，除了罗西基老人的手，还从来没有任何事物让她懂得那么多人生道理。老人的手使她成为了真正的自己，那手传递了一种既明白无误又不可言传的信息。

鲁道夫开车回家的声音打断了她的沉思。她冲出屋子迎住他。

"哦，鲁迪，你爸病倒了，很严重！他把他一直担心的那些风滚草都耙到了地边，然后就几乎进不了屋了。他刚才痛得很厉害，我都害怕他会死去。"

鲁道夫纵身下了车。"他这会儿在哪儿？"

"在床上。睡着了。刚才真把我吓坏了，因为，你知道，我非常喜欢你爸。"她轻轻挽住他的胳膊，两人一道走进屋里。那天下午他们把罗西基送回了家，尽管罗西基声称自己完全好了，他们还是让他卧床休息。

第二天早上，他起了床，穿好了衣服，和家人一起吃了早饭。他告诉玛丽，咖啡喝起来比平日香。他还告诫孩子们，埃德医生回来后不许提他犯病的事。饭后他在窗边坐下来做缝补活，趁玛丽出去喂鸡前，还叫她替他穿好了几根针——她的眼睛没有他老花得那么厉害，手也比他的稳。他点上烟斗，拿起约翰的工装裤。玛丽整个上午都提心吊胆地关注着他，拎着剩饭桶出门时，还看见他在微笑。实际上他是想到了波莉，想到如果他没在那边犯病，他也许永远都不会知道她有一颗多么温柔的心。如今的姑娘不轻易流露自己的感情，但现在他知道了，她脑子里那些傻念头一旦消失，她会是一个很好的女人。女人的心肠是软是硬，你通常不可能从其外表看透，但只要她们有颗温柔的心，到头来一切都会美好。

他刚缝了几针，心口又开始绞痛，感觉和昨天一样。他小心翼翼地把烟斗放上窗台，弯下身子想减轻疼痛，可没有效果——要是可能的话，他最好是设法躺到床上去。他直起身来，试探着跨过熟悉的地面，可现在屋里的地面就像船上的甲板一样上下起伏。他终于倒在了卧室门边。玛丽进屋时发现他躺在那儿，触到他身子那一刻她就知道，他已经走了。

罗西基去世的时候，埃德医生在外休假，回来后的头几个星期又忙得不可开交，但他每天都对自己念叨，必须去乡下看看刚失去了父亲的那一家人。在初夏一个空气温暖、月光柔和的夜晚，他开车去罗西基家的农场。一路上他脑子里想着其他事情，直到经过那块墓地时，他才意识到罗西基已不在对面那道闪着灯光的山坡上，而是躺在这块月光照耀下的墓地里。他停住汽车，熄掉引擎，在车上静静地坐了一会儿。

他突然从心底感到一阵肃静。真奇妙，周围的一切都显得令人感动，似乎都富有意义，尽管他并不清楚那都意味着什么。罗西基那台割草机就紧靠在铁丝栅栏旁边，那天下午，他家的一个小伙子曾在那里收割秫草，他亲手驾驭过的马也曾在那里来回走动。新割的秫草让夜晚的空气中弥漫着芳香。深深的草丛如波浪般起伏，月光为覆盖了坟墓并掩藏了栅栏的草丛镀上了一层银色，草丛中那几株低矮的常绿树格外引人注目，犹如池塘中黑黝黝的影子。天空碧蓝，夜色柔和，一轮满月使星星暗淡无光。

平生第一次，埃德医生觉得那块墓地真的很美。他想到了城市里的那些墓地：一行行低矮的灌木，一排排阴沉的墓碑，那么整齐划一，那么茕茕孑立，与生者的世界格格不入。那些墓地真可谓死亡之城，被遗忘之城，"被抛弃"之城。可这块小小的墓地空旷而自由，永远有微风吹拂那片深深的草丛。头顶上只有浩瀚天空，五彩缤纷的田野铺展到天边。夏日有耕马来这儿劳作，不时有邻居经过这里进城；到了冬天，罗西基家的牲口会在远处那块玉米地里吃草料。这里没有一丝一毫死亡的气息，对一个曾在大城市干活谋生、却一直渴望辽阔的土地、最后终于实现其理想的人来说，再没有比这儿更好的归宿地了。对罗西基来说，他的一生可谓完整的一生、美好的一生。

荒原中的死亡

埃弗里特·希尔加德发现，坐在过道对面的那个金发男人正在注视自己。那人身材高大，脸色红润，中指上戴着枚引人注目的独钻戒指，埃弗里特断定，他肯定是个兜售某种商品的旅行推销员，其神态说明他适应性很强，到过许多地方，而且几乎在任何情况下都能保持头脑冷静，衣冠整洁。

被铁路人戏称为"高线飞鸟"的列车正颠簸着穿过炎热的下午，向西疾驶在霍尔德里奇 ① 与夏延 ② 之间那片单调乏味的旷野。那节车厢里，除了金发男人和埃弗里特，另外的乘客就只有两个风尘仆仆、蓬头垢面的姑娘，她俩刚参观完芝加哥博览会要返回科罗拉多，此刻正在认真地讨论她们这第一次出门旅行的花销。这四名乘客都感到极不舒服，因为身上满是黄色灰尘，连头发和眉毛上都粘附有那种细细的金粉。大团大团的尘埃在他们正在穿越的荒凉而沉闷的原野上飞扬，使他们也都变成了与艾蒿和沙岗

---

① 美国内布拉斯加州南部一小城，该州费尔普斯县县政府所在地。
② 美国怀俄明州首府，位于该州东南角。

一样的颜色。灰黄色荒原的唯一变化，就是偶尔闪过的一些被遗弃的市镇废墟和车站上那些红色小屋，小屋前有长着六月禾^①的庭院，庭院中有细长的树木和萎蔫的青藤，就是这些草木藤蔓在那令人辨不清方向的沙漠中隔出了一块块小小的绿洲。

由于从车窗斜照进来的阳光越来越强，那位金发先生请求两位女士允许他脱掉西装，现在他只穿着一件有淡紫色条纹的衬衫，衬衫领子下小心翼翼地围着一条黑色的丝绸方巾。自从他们在霍尔德里奇上车之后，他好像就一直对埃弗里特很感兴趣，不断好奇地朝他上下打量，然后又望着窗外凝神沉思，仿佛是在努力回忆什么。不过埃弗里特无论走到哪里，都总会有人怀着那种好奇心朝他打量，所以他早就不再为此尴尬或生气。此时那陌生人似乎已满足于自己的观察，只见他身子朝后一仰，微微闭上眼睛，然后用口哨轻轻吹起了《春之歌》，此歌是《普洛塞庇娜^②》中的一曲，而正是这出康塔塔^③在十二年前使它年轻的作者一夜成名。这首乐曲埃弗里特在墨西哥听吉他演奏过，在大学联欢会上听曼多林琴演奏过，在新英格兰的村庄里听小型管风琴演奏过，而仅仅就在两星期以前，他

———————

① 一种牧草，因其叶片呈蓝绿色故又俗称蓝草（bluegrass）。
② 普洛塞庇娜是罗马神话中的冥后，相当于希腊神话中的珀尔塞福涅。
③ 音乐术语。19 世纪的"康塔塔"在概念上是与清唱剧相似的音乐作品，此类作品风格近似歌剧，但纯粹供音乐会演唱。

还在丹佛①的一个杂耍剧场听橇铃演奏过。真是走到天边他也躲不开他哥哥这首过早的成名之作。阿德里安斯可以住到大西洋的另一边，他不成熟的轻浮在那儿可以因他成熟的成就而被人忽略，可他弟弟却从来都没能躲开过他的《普洛塞庇娜》，这不，他在科罗拉多的沙岗荒野中也听到了它的旋律。埃弗里特倒不全是替《普洛塞庇娜》感到害臊，这出剧是只有天才才能写出的杰作，但它也是那种天才一有可能就该超越的杰作。

埃弗里特稍稍正了正身子，朝过道对面那个人微微一笑。那大个子立即站起身，走过来在他对面的座位坐下，同时递上他的名片。

"真是一路风尘，你说是不是？我倒不在乎这个，早就习惯了。就像那些野兔子，我就在这片荒原土生土长。这一路上我都竭力想认出你，因为我觉得我以前肯定和你见过面。"

"谢谢。"埃弗里特说着接过那张名片，"我姓希尔加德。你也许是见过我哥哥阿德里安斯，人们经常把我错认为他。"

旅行推销员兴奋得手往膝盖上一拍，那枚独钻戒指闪闪发光。

"这么说，我还是猜对了，哪怕你不是阿德里安斯·希

_____

① 美国科罗拉多州首府。

尔加德，你也和他长得一模一样。我早就在想我不可能弄错。最近见到他吗？啊，我猜是的！我以前可从没漏掉过一场他在大剧院的独唱音乐会，有次他还在芝加哥出版俱乐部为我们演奏了《普洛塞庇娜》的钢琴总谱。我过去一直在那里的《商报》上班，后来才开始为公司的发行部东奔西跑。这么说你就是希尔加德的弟弟，而我居然在这偏僻的地方与你相遇。听起来真像一则新闻，你说是不是？"

推销员哈哈大笑，递给埃弗里特一支雪茄，然后就人们似乎总喜欢与埃弗里特讨论的那个题目向他提出了一大堆问题。最后，推销员和那两个姑娘终于在科罗拉多的一个小站下车，剩下埃弗里特一人继续前往夏延。

火车于九点驶入夏延车站，大约晚点四个小时；但似乎并没有人特别关心火车是否晚点，只有站长发了句牢骚，说不该在一个夏夜让他在值班室加班。埃弗里特下车后顺着站台走了一截，然后在一个道口停了下来，弄不清他该走哪条路才能找到一家旅馆。一辆四轮马车停在道口近旁，驾车的是一个女人。她穿着一身白衣，虽然天黑看不清她的脸，但马车椅垫清晰地衬出了她的身影。埃弗里特开始没注意到她，因为当时调车机车正噗哧噗哧地迎面驶来，强烈的灯光正射在他脸上。突然，马车上那女人发出一声轻轻的惊叫，松开了手中的缰绳。埃弗里特冲过去抓住了马的辔头，但那匹马只是惊骇地竖起耳朵，焦躁地甩着尾巴。那女人则垂着头，用手绢捂着脸，坐在车上一动不动。另一个女人从车站跑出，匆匆朝马车奔来，嘴里喊道："凯瑟琳，亲爱的，出什么事了？"

埃弗里特局促不安地犹豫了片刻，然后行了个脱帽礼，转身离开了马车。他早已习惯于在最料想不到的地方被人突然认出，尤其是被女人认出，但这声发自黑夜的惊叫使他震动。

第二天早上，埃弗里特正在用早餐，这时领班侍者在他跟前弯下腰，小声说有一位先生在大厅里等着要见他。埃弗里特喝完咖啡走向大厅，发现要见他的那个人正在不安地踱步。那人的整个神态说明他非常激动，尽管他的体格看上去并不属于那类神经过敏的人。他身材中等偏矮，长得肩宽体壮，浓密的头发剪得很短，两鬓已经开始斑白，古铜色的脸上布满皱纹。他一双棕色的大手背在身后，肩头微微耸起，仿佛他意识到自己肩负着使命，当他转过身向埃弗里特打招呼时，他的声音里透出一种与他不相称的畏怯。

"早上好，希尔加德先生。"他说着伸出一只手来，"我在旅馆登记簿上查到了你的名字。我姓盖洛德。恐怕我妹妹昨晚在车站让你受惊了，希尔加德先生，我这是特意来向你道歉的。"

"哦！是马车上那位年轻女士？我真不知道我是否与她昨晚的惊恐有关。如果我让她受惊了，那道歉的应该是我。"

那人古铜色的脸上稍稍泛起了点红色。

"唉，那不能怪你，先生，这我非常清楚。要知道，我妹妹过去曾是令兄的一名学生，而你似乎与令兄长得很像，所以当火车灯光射在你脸上时，她吃了一惊。"

埃弗里特在椅子上转动了一下身子。"喔！凯瑟琳·盖洛德！这可能么！这下是你让我吃了一惊。我还是个少年那会儿与她很熟。她到底……"

"她到底在这儿干什么？"盖洛德趁他停顿时不客气地接过了话头。"你可问到了问题的关键。你知道我妹妹已病了很久，是吧？"

"不，我从没听说她病了。我上次听说她的消息时，她正在伦敦演唱。我哥哥与我不常通信，而且信上也很少谈与家事无关的事情。听到这消息我很难过。我很关心她，但我没法跟你说清我关心她的诸多原因。"

查利·盖洛德额上的皱纹稍稍舒展了一点。

"我想说的是，希尔加德先生，她想见你。我真不愿来求你，可她坚持要这样。我们住在城外几英里处，不过我的马车就在下面，你任何时候能去我都能送你。"

"我现在就能去，而且我非常乐意去，"埃弗里特连忙说。"我这就去拿帽子，马上就下来。"

埃弗里特下楼时发现一辆马车已停在门前，查利·盖洛德抓起缰绳，随之长长地舒了口气，情绪也完全镇定下来。

"听我说，我认为在你见到我妹妹之前，我最好告诉你一些关于她的情况，可我又不知从何说起。她曾与令兄令嫂一道在欧洲旅行，曾在他的许多音乐会上演唱；但我并不知道你对她了解多少。"

"很少。我只知道我哥哥曾一直认为她是最有天赋的一名学生。还有就是，我认识她的时候，她非常年轻，非常漂亮，曾让我害过一阵子单相思。"

埃弗里特看出，盖洛德眼下是忧心忡忡。他的自制力和分寸感都接近崩溃的边缘，而他所忧虑的是生死大事。"那就是问题所在，"他用鞭子轻轻抽了抽马，继续说道：

"如你所说，她是个了不起的女人，而她并非生长在一个有钱人家。她从一开始就只能自我奋斗。她去了芝加哥，又去了纽约城，然后去了欧洲，在那些地方，她曾像闪电一样光彩过，可也因此而艰辛备尝；现在，她躲在这儿等死，像只洞里的老鼠，离开了她自己的生活圈子，而她又不能回到我们的生活。我们已渐渐疏远，以某种方式——越来越疏远——而令我犯愁的是她整天都郁郁寡欢。"

"你讲的真是个悲惨的故事，盖洛德。"埃弗里特说。此时他们已驶出城外老远，马车在长有红草的荒原上扬尘飞驰，远方是群山高低起伏的青灰色轮廓。

"悲惨！"盖洛德大叫一声，从座位上惊跳起来，"哦，天哪！没人知道那有多悲惨。这是吃饭睡觉都伴着我的一幕悲剧，它已经弄得我一筹莫展。你是知道的，她曾经挣过一大笔钱，可全都花在疗养地了。要知道，这都是因为她的肺。我有足够的钱送她去任何地方，但医生们都说这没有用。她已经没有一丝希望了，眼下只是在一天天挨日子。她来我这儿之前，我压根儿没想到情况有这么糟。她只写信告诉我她完全垮了。现在她住在这儿，我倒觉得她住在任何别的地方都会更快活，可她却不走了。她说在这儿了结生命会容易些，而去东部将让她死两回。曾有一段时间，我在艾奥瓦州伯德城外一条线上当司闸员，那时候她还很小，我能让她骑在我肩上，能给她买她想要的任何东西，她没有一个愿望不能被我那份八十美元的月薪满足。可现在，我已经攒下了一份小小的家业，却不能为她买到一夜安眠！"

埃弗里特能看出，不管查利·盖洛德眼下的境况有多好，地位有多高，他仍然怀着一颗司闸员的心，仍然像司闸员一样袒露自己的感情。此时盖洛德继续说道：

"你可以理解当初她为何离家出走。我们全都是平庸之辈，都是没有背景的铁路员工。我父亲过去是一名列车员。他死的时候我们都还很小。我另一个妹妹玛吉现在跟我住在一起，我拼命持家那会儿她是这里的一名报务员。我们都谈不上受过什么教育。我现在不得不雇了一名速记员，因为我不会正确拼写——连万能的上帝也没法教会我拼写。构成凯特①生活的那些东西我一窍不通，如今我们只能回忆年轻时在一起度过的快乐时光，回忆凯特在伯德城一个教堂唱诗班唱歌的情景，除此之外我们就几乎无话可说。但我相信，希尔加德先生，要是她能见到一位像你这样的人，一位对她感兴趣的人和事都了解的人，那也许会给她一点安慰，这也是她现在能得到的唯一安慰。"

缰绳在查利·盖洛德手中松弛下来，马车在一幢有许多三角墙、顶上有座圆塔、漆得十分华丽的房子前停下。"我们到了。"他掉头对埃弗里特说，"我想我们已经互相了解。"

他们在门口被一个身材瘦削、脸色苍白的女人迎住，盖洛德介绍那女人为"我妹妹玛吉"。玛吉请她哥哥领希尔加德先生去琴房，说凯瑟琳希望在那儿与他单独见面。

埃弗里特一进琴房就禁不住吃了一惊，觉得自己仿佛是从怀俄明耀眼的阳光下步入了他所熟悉的纽约的某间音乐室。他真想知道，在那些位于银行、商店和批发市场等建筑顶层的数不清的音乐室中，这间琴房到底像是哪一间。他用怀疑的目光眺望窗外那片灰蒙蒙的平原，那片向天边高耸的落基山脉延伸的平原。

弥漫在房间里的那种熟悉的气氛使他感到困惑。莫

_____

① 凯瑟琳的昵称。

非这是对他所熟知的某个音乐室的模仿，或者仅仅是音乐室的气氛在怀俄明州的这个地方显得格外具有特性，格外引人回忆？他在一张阅读椅上坐下，怀着极大的兴趣环顾四周。忽然，他的眼光落在了钢琴上方他哥哥的一帧大幅照片上。这下他恍然大悟，这简直就是他哥哥的房间。阿德里安斯在世界各地装修出了许多这样的音乐室，且往往等不到油漆干透他就会因生厌而离去，如果这间琴房不是对那些音乐室中的某一间惟妙惟肖的模仿，它至少也具有同样的格调。每一个细微之处都那么明显地展示出阿德里安斯的情趣，连房间里似乎都散发着他的气息。

墙上的照片中有一幅是凯瑟琳·盖洛德的，照片摄于埃弗里特与她相识的那个年代，在那时候，她眼光之闪亮和裙边之飘动都足以令他这个少年心旌荡漾。甚至在现在，面对这幅照片他也有点局促不安。照片上那个女人在花蕾初绽时就已经成熟，就完全失去了天真并有点冷漠，她那张脸似乎在讲述她哥哥称之为的"她的奋斗"。她坦诚而自信的目光所流露的那种友情被她嘴边的笑纹和嘴唇的曲线所淡化，她的嘴角有一种哀伤和怀疑的意味。她对这个世界的善意无疑多于她对这个世界的信任，她夸张的微笑也未能掩住她不满不安的阴影。正如埃弗里特所知，这个女人最迷人之处在于她风致韵绝的身姿和含情脉脉的眼睛，她的目光像阳光一样温暖、能哺育生命，总闪出一种对这个世界永恒的祝福。埃弗里特记得她美丽的头颅总是傲然扬起，她身上总是透出那么一点点威严，现在她照片上的姿态使他旧有的印象又变得栩栩如生，他仿佛又看见她当年是多么勇敢地卓然独立。

埃弗里特背着手，偏着头，静静地站在那幅照片跟前，这时他听见开门的声音。一位身材高挑的女人伸出一只手朝他走来。她刚要开口说话，却轻微地咳嗽了几声，然后他笑了笑，用一种深沉、爽朗、略显嘶哑的声音说："你瞧，我来了个传统的玛格丽特①式的亮相——咳嗽着登场。你来了真好，希尔加德先生。"

埃弗里特敏锐地意识到，她朝他说话时压根儿就没有看他，他一边说他为能来看她而感到高兴，一边也暗自高兴自己能趁她不看他之际镇静下来。他没有料到疾病的蹂躏会在她身上留下那么明显的痕迹。她那件多褶宽松式白色长袍本是特意做来掩饰她形销骨立的身躯，但疾病已在她身上打下了烙印，明显、丑陋、刺眼的烙印，这个无情的事实没法遮掩，无法回避。她优雅的双肩已耷拉下来，她的步态已不再平稳，她的双臂似乎显得太长，她的手异常苍白，握起来冰冷。不过她脸上的变化倒不甚明显；那

---

① 指《茶花女》中那位身患肺病、经常咳嗽的女主人公玛格丽特。小仲马曾把自己的小说改编成话剧（于 1852 年 2 月在巴黎首演），话剧剧本于 1856 年被译成英文，该剧于 19 世纪后期在美国广受欢迎。

种高昂着头颅的姿势，那双清澈而多情的眼睛，甚至连她双颊上那种柔和的红晕，都不屈不挠地保留着，尽管是以一种低调——更老成，更哀伤，更柔和的方式。

她坐到长沙发上，开始不安地摆弄靠垫。"我知道我这副模样不宜见人，但你对此必须坦然，必须体谅，并马上习惯这副模样，因为我们已没有时间可浪费。要是我有点烦躁，你不会介意吧？——因为我今天比平时更紧张。"

"如果你觉得烦，那我今天就不打扰了。"埃弗里特用劝慰的口吻说，"我完全可以明天再来。"

"天啦，不！"她反对道，语气中透出一丝他所记得她曾具有的那种幽默感。"我厌烦得要死的只是孤独，只是孤独和那些格格不入的人。要知道，那个不满足于为病人念念祷辞的牧师今天早上刚刚来过。他碰巧骑自行车经过这儿，于是觉得进来看看我是他的责任。当然，他并不喜欢我的职业，而且我还觉得，他理所当然地认为我有段见不得人的过去。最可笑的是，他谈话中始终在试图原谅我从事的职业——宽恕它，你知道——试图让我重新获得良心的平静，方法是把被他好心地称之为的'我的天资'适当地用于高尚的用途。"

埃弗里特哑然失笑。"哈！恐怕我不该在这样严肃的一位先生之后登门——我可没法维持严肃的场面。我最得意时也只能扮演滑稽戏里的角色。你是否已经决定要献身哪一种高尚的用途？"

凯瑟琳挥手作了个否认的姿势，大声说："那种用途我一个也不胜任，哪怕是起码的高尚。我没有学过那种用法。"

她神经质地笑了笑，继续说："其实那牧师并不坏。他的英语也从不令我讨厌，而且他还读过吉本的《罗马帝国衰亡史》，五卷都读了①，那可是了不起的事。再有就是他去过纽约，那就更了不起了。不过我们瞎扯这些简直是在浪费时间！你给我讲讲纽约的情况吧，查利说你刚从那儿来。它现在看上去怎样，品味起来怎样，闻起来怎样？我想泽西渡口的一缕气息就抵得上我吃好几瓶鱼肝油。如今丽都街②是谁在走红？他们都穿戴些什么？麦迪逊广场上的树还那么绿么？它们是否已经变黄并满是灰尘？经历了那么多季节变幻和风吹雨打，花园剧场顶上那位贞洁的狄安娜③是不是还保持着她贞洁的誓言？④现在是谁拥有你哥哥那间旧音乐室？卡内基音乐厅周围的贫民窟里有多少被误导的追求者在练习音阶？今天人们上剧院都看些什

---

① 爱德华·吉本（Edward Gibbon, 1737—1794 年）的《罗马帝国衰亡史》（1776—1788）共分 6 卷。

② 纽约百老汇的剧院区。

③ 美国雕塑家圣 - 高登斯（Augustus Saint-Gaudens, 1848—1907）雕塑的一尊狄安娜女神像于 1892 年至 1925 年矗立在纽约麦迪逊广场花园的塔楼顶上，当时花园剧场位于塔楼底层。

④ 此句双关之意在于狄安娜在希腊罗马神话中是一位发誓要守身如玉的处女神。

么？他们在那儿都吃些什么，喝些什么？你瞧，我对那儿的一切都非常怀念，从炮台公园到滨河大道。哦，就让我死在哈莱姆区吧！"一阵剧烈的咳嗽中止了她的发问，这让埃弗里特有点尴尬，连忙滔滔不绝地谈起了他夏天在纽约碰到的文艺界人士，谈起了冬季音乐会的情景。他还用铅笔在一个从衣袋里找到的旧信封的背面画图，跟她讲解《莱茵黄金》①上演期间将在大都会歌剧院使用的某种新的机械装置，这时他忽然发现她正目不转睛地望着他，而他似乎是在对墙壁说话。

凯瑟琳朝后倚躺在靠垫之间，眯缝着眼睛凝望着他，好像一名画家在看一幅画。他草草结束了那番讲解，把信封放回衣服口袋。此时只听她轻声说："你长得多像阿德里安斯啊！"这话让埃弗里特觉得，刚才仿佛是遭遇并度过了一场危机。

他笑了笑，抬眼望着她，眼中露出一丝使他显得有点孩子气的骄傲。"是呀，这是不是很滑稽？这几乎就像长得像拿破仑一样令人尴尬——不过这毕竟也有利可图。这让他的一些朋友喜欢我，我希望这也能让你喜欢我。"

凯瑟琳嫣然一笑，扬起睫毛意味深长地瞥了他一眼。"噢，很久以前的确曾那样。那时候你是个多么矜持而拘谨的青年，你常常爱盯住别人看，可当人家回眼看你时你

① 瓦格纳四联歌剧《尼伯龙根的指环》之第一部。

却红着脸掉头看别的地方。还记得那晚你从排练场送我回家吗，一路上几乎没对我说一句话？"

"那是一种无声的赞美。"埃弗里特辩解说，"很笨拙，很幼稚，但也很真挚，而且让人很痛苦。也许你曾怀疑过那种感觉？我记得你当时认为老练世故些更好。"

"我认为，我当时怀疑那是一种姿态，就是大学生通常在女歌星跟前装出的那种。'某个土里土气的穷学生爱上红歌星，'这你知道。不过你那副样子曾令我诧异，因为你肯定见过你哥哥的许多学生。莫非你当时有一种见谁爱谁的习性，总能够随机应变，对付自如？"

"别要求一个男人坦白他年轻时的傻念头。"埃弗里特说着露出了一丝苦笑，"即便是今天，我对当时的某些傻念头仍很敏感。但我并不像你想象的那么世故。当时我的确常见我哥哥的学生来来去去，但仅此而已。偶尔我被唤去伴奏，偶尔在排练场临时顶缺，偶尔又去为某位愤然放弃其角色的女高音叫辆马车，但她们除了注意你所说的我和我哥哥相像之外，从来没在我身上花过时间。"

"是呀，"凯瑟琳若有所思地说，"我当时也注意过这点，但随着年岁的增长，你更像他了。你俩一直过着完全不同的生活，这种相像就更显奇妙。要知道，你俩的相似之处不仅是一般的血缘相貌特征，而且是一种可以互换的个性特征，因为从你的脸上可以联想到另一个人的个性，就像一首变了调的乐曲。不过我并不试图说明什么，那远非我的能力所及，因为这实在是非同寻常，而且有点——对啦，有点不可思议。"她说完这段话后发出一串笑声。

"我记得，"埃弗里特认真地说，与此同时他的头向后一仰，指间转弄着那支铅笔，眼睛则从卷起了一小截的遮光窗帘下望着窗外，望着窗帘随风摆动时展现出的荒原那幅耀眼的全景图——那片晃眼的黄色原野，平坦得就像死寂的海面，星星点点地散布着一些紫色的阴影；而在远方，可见群山高低起伏的青灰色轮廓和像白云一般的雪峰——"我记得，当我还是个小家伙的时候，我就对此非常敏感。我并不认为它当时完全让我感到不快，也没觉得如果可以的话我应该是另一副模样，我只觉得，它对我来说就像是一种胎记，或者说是某种不该轻易谈起的东西。人们总是自然而然地更喜欢阿德[①]，而我则习惯于常常感到反射光的寒意。它甚至也渗入到我与母亲之间的关系。你知道，阿德还非常年轻就出国留学，母亲为此伤透了心。她对我俩都尽到了责任，但我和母亲之间有一种心照不宣，那就是为了阿德，她在任何情况下都可以把我牺牲掉。那时候我还小，当她夏日傍晚独自坐在门廊上时，她常常把我叫到她跟前，捧起我的脸

----

① 阿德里安斯的昵称。

朝向从窗口漏出的灯光，亲吻我，而那时我就知道，她是在想她的阿德。"

"可怜的小家伙，"凯瑟琳说，声音显得稍稍比平常嘶哑。"人们总是那么喜欢阿德里安斯！现在跟我讲讲他最近的情况。除了通过报纸，我已经有一年多没听到过他的消息了。他当时在阿尔及利亚，在谢利夫河谷，穿着阿拉伯人的服装，没日没夜地骑在马上，又像通常那样满腔激情地决心要改信伊斯兰教，并尽可能地变得像一个阿拉伯人。我真想知道他移居过多少国家，改信过多少宗教？也许他一直在扮演天涯浪子的角色。我记得有一次在佛罗伦萨，他还当过几个星期十六世纪的公爵。"

"唉，那就是阿德里安斯。"埃弗里特笑着说。"他几乎只有在填写支票和裁缝替他量衣服尺寸时才会成为他自己。他当阿拉伯人那段时间我没收到过他的信；我不知道他那时的情况。"

"他当时正在写一组钢琴演奏的阿尔及利亚组曲。作品现在肯定已到了出版商手中。我一直病得厉害，没法给他写回信，从此便跟他失去了联系。"

埃弗里特从口袋里掏出一封信。"这大约是一个月前收到的。信中主要是说他新写的歌剧，新歌剧将于冬天在伦敦上演。你有空读读吧。"

"我想我该留下这封信，作为一种抵押，这样我就能肯定你会再来。现在我想请你为我弹支曲子。随便弹什么都行，但要是这世界上有什么新曲子，可怜可怜我吧，让我听听。因为除了《在前面的行李车里》①和《她是我孩子的母亲》，九个月来我没听到过任何新曲。"

他在钢琴前坐下，凯瑟琳则坐在他旁边，专注于他与他哥哥之酷似，竭力想发现他们的相像到底在于什么。她暗自认为，那就像是某位雕塑家的杰作被人用木头粗糙地进行了复制。他的身躯比阿德里安斯更魁梧，他的肩背宽阔而结实，而他哥哥则身材颀长，相当娇气。他的脸也是同样的椭圆形，但却脸色苍白，而且嘴边因天天刮胡子而显得发青。他的眼睛也同样具有四月天那种多变的颜色，但它们总在沉思且黯然无光；而阿德里安斯那双眼睛总是炯炯有神，总是每天都闪露出不同于昨天的意味。但她仍然难以看出为何这个一本正经的人会老让人联想到那个热情奔放的人，这张如此庄重的脸为何会让人联想到那张年轻快活的脸。尽管阿德里安斯年长十岁，尽管他的头发里已出现银丝，但他却有一张二十岁青年的脸，那张脸上的表情非常丰富，所以不待他开口他的心思就已显露在脸上。一位因滥用发音方法和感情而出名的女低音曾经说，

---

① 美国黑人歌曲作家古西·戴维斯（Gussie Davis, 1863—1899）于 1898 年创作的一首叙事流行歌曲，内容是一位怀抱婴儿的年轻父亲告诉车厢里抱怨婴儿哭泣的其他乘客，孩子的母亲刚刚去世，躺"在前面的行李车里"的棺材里。

那些在滕比河谷 ① 歌唱的牧童肯定都长得像年轻的希尔加德，这个比喻曾被上百个喜欢鹦鹉学舌而又更腼腆的女人引用。

那天晚上，埃弗里特坐在通洋旅店的走廊上吸烟，完全沉浸于对往昔的追忆。他对凯瑟琳·盖洛德的迷恋虽说是想入非非，但却是他青春时代最认真的恋情，多少年来一直惊扰着他单身汉的梦。凡是对那种与情感有涉的事他都胆怯得令人痛苦，而他的痛苦使他一直避开了与女人的交往。那段迷恋早已完结，早已成为了过去，那个女人自那之后就一直生活在他的生活之外，这个事实令他感到失落，感到压抑，觉得自己已经衰老。他想起了自己曾在书中读到过的一句话"坐在火炉边毫无激情地回忆着一张张女人的脸"，他觉得自己已经活了八十岁。

他回想起自己暂住在哥哥的音乐室、而凯瑟琳又在那儿工作的时候，回想起当时自己是如何变得痛苦不堪，满腹愁绪。他还记得阿德里安斯在纽约举行最后一场音乐会那天晚上，自己曾如何伤害哥哥。当时他坐在包厢里，而他哥哥和凯瑟琳则在唱完最后一曲后一次又一次在谢幕，他眼望着一束束玫瑰花抛过脚灯，直到堆有半架钢琴那么高，而他阴沉而年轻的心中则思忖着台上那两人为各自的

---

① 奥林匹斯山和奥萨山之间一风光秀丽的河谷，维吉尔在《农事诗》中曾加以描绘。

工作所感到的骄傲——正互相鼓励去攀登声乐界最高最美的目标。脚灯仿佛成了一条耀眼的界线，把他们的生活与他的生活截然分开；灯光仿佛凝聚成了一道光环，罩在那些光彩夺目的天才头上。他独自一人走回旅馆，坐在窗台上凝望麦迪逊广场，直到午夜过去好久，他决心不再去敲那些他决不可能进入的门，他比以往更加清醒地意识到，那些美妙角色的辉煌世界离他这样的人有多遥远。他暗暗告诉自己，他与这个女人的相同点仅仅在于生活中更世俗的层面。

在夏延逗留一周的计划拖延成了三个星期，而埃弗里特看不出有任何脱身的希望，除非发生他害怕发生的那件事。怀俄明秋天明媚多风的日子过得很快。信函电报不断发来，催他赶快启程去西海岸，但他毅然推迟了他的那些业务约会。上午他或是出去骑查利·盖洛德的矮种马，或是到山里去钓鱼，晚上他在自己的房间里写信或者读书。下午他通常都在完成自己的使命。他认识到，命运似乎非常清楚人们适合扮演的角色种类。场景会变换，薪金可增减，但到头来我们总会发现，自始至终我们都一直在扮演同一类角色。埃弗里特这一生都在演替身的角色。他记得小时候钻进一座镜子迷宫的情景，当时他试了一条通道又一条通道，结果总在拐角处让鼻子撞上自己的脸——其实那不是他自己的脸，而是他哥哥的脸。不管他的使命是什么，无论他向东还是向西，任凭他走陆路还是海路，他都肯定会发现他是在替他哥哥跑腿，过着一种有助于替阿德里安斯·希尔加德增光添彩的附庸生活。尽他最大的能力去安慰被他哥哥以走马灯的速度抛弃并忘却的伤心女人，这对他来说已不是第一次。他并没尝试去分析具体情境，也不试图用精确的语言把它说清，但他感觉到了凯瑟琳·盖洛德对他的需要，而他也认可这种需要，并将其作为他哥哥交派的一项使命——帮助这个女人度过生命中最后的时日。他觉得她对他的需要一天比一天更迫切，一天比一天更强烈，更明确。他每天都感到在他与她的特殊关系中，他自己的个性正越来越不重要。他已经看出，他安慰她的能力仅仅在于他与他哥哥生活的联系。他完全明白自己长相酷似哥哥对她意味着什么。他知道她坐在自己身边时总是在留意某种习惯性的动作、某种熟悉的措辞、某种光影造成的错觉，在那种错觉中，自己会显得完全像阿德里安斯。他知道她靠这活着，靠这治病，而且这能勾起那些令她一想到就会发抖的记忆。他还知道，在她死亡意识的骚动让她精疲力竭之时，她会睡得又香又甜，会梦见青春，梦见艺术，梦见在佛罗伦萨某座古老的花园中度过的日子，梦中不会有痛苦和死亡。

令他最感困惑的问题是，"我应该知道多少？她希望我知道多少？"在第一次会见凯瑟琳·盖洛德几天之后，他曾发电报请他哥哥给她写信。他电报中只说她已经病入膏肓；他能指望阿德里安斯措词恰当——那是他天性之一部分。阿德里安斯通常所言不仅恰当，而且是恰到好处，精当熨帖，娓娓动听。他的言辞总能切时切实，所以听起来绝不会有敷衍恭维或陈词滥调的味道。他总能捕获每一时刻的诗情，总能逮住每一地点的画意。更有甚者，他通常也只做恰当的事，恰如其分、高雅得体并爽心悦目的事——除了当他做非常残酷的事情之时——对令他动心的人，他会一心一意地使其快活，就像他一心使自己的物质环境优雅舒适一样；对亲近他的人，他会慷慨地施予他奢侈天性的全部温暖和光芒，献上一个抒情诗人的全部殷勤，而当那些人不再亲近，他就将其忘掉——因为那也是阿德里安斯天性之一部分。

埃弗里特发出电报三星期后，当他又像每天下午那样走进那座漆得十分华丽的农场住宅时，他发现凯瑟琳像个中学生一样笑逐颜开。"你想到过没有，"他一进琴房她就问，"我们的这些会谈多像海涅那篇《佛罗伦萨之夜》，只是我没像海涅那样让你有机会一个人垄断谈话？"她欢迎他时手握得比平时更久，而且很专注地望着他的脸。"你是天底下心肠最好的男人，心肠最好的。"她轻声补充道。

埃弗里特抽回手时，他苍白的脸上微微露出了红晕，因为他感觉到这次她是在看他，而不是在看一幅他哥哥的临摹画。"哟，我今天做了什么？"他不解地问，"我记得昨天之后我没给你送过什么走了味道的糖果或香槟。"

她从一本书里抽出一封盖有外国邮戳的信，笑盈盈地递到他跟前。"你叫他写了这封信。别说你没叫，因为信是直接寄来的，而我上次给他的地址是佛罗里达的一个地方。如果老天公正，等我进了天堂，这桩善行将被记在你头上。但有件事不是你叫他做的，因为你对此并不知道。他寄来了他最近的作品，这首新创作的奏鸣曲，他迄今所写出的最能表现他志向的东西，你应该马上给我弹一遍，尽管它看上去相当复杂。但先来看看信，我想你最好读给我听。"

埃弗里特在窗座对面的一把软椅上坐下，凯瑟琳斜倚在窗座里，身后垫着一堆靠垫。他打开信，垂下长长的睫毛，满意地看到那封信写得很长；即便考虑到阿德里安斯对仆人、马夫、老船工以及替他向圣人祷告的女募捐人都很温柔，那封信的温柔得体也令人惊叹。

信寄自格拉纳达，写于爱尔汗布拉宫，当时他正坐在林达拉克萨庭院的喷泉旁边。空气中弥漫着西班牙南部温煦的馥郁芬芳，耳边回响着淙淙溅溅的流水声，那情景就像很久以前在佛罗伦萨某座古老的花园。天空是一块被加热得发亮的绿松石。令人叹为观止的摩尔式拱门在他四周投下美妙的蓝色阴影。他还在信纸边上勾勒出了那些拱门的轮廓。阿拉伯风格的精巧装饰对他来说是一道邪恶的咒符，而哥特艺术粗暴的夸张则是一场容易忘掉的噩梦。爱尔汗布拉宫本身从一开始在他眼里就显得非常熟悉，而且他知道他肯定曾漫步于那个光滑、顺从的棕色庭院，比斐迪南二世攻入安达卢西亚还早若干个世纪。信中洋溢着他对自己事业的信心，巧妙地提及了他们过去一块儿学习和交往的美好时日，并暗示说人们对她的成就依然记忆犹新，无论他走到哪里都能听到人们的赞赏。

埃弗里特重新把信折好，他认为阿德里安斯猜到了此信之必要，并以他自己的精彩方式作出了反应。这封信从头至尾言必称我，在他看来甚至有点盛气凌人，然而这正是她所需要的。埃弗里特深深地体会到了他哥哥情感之炽热、魅力之巨大。他感觉到阿德里安斯所经之处的旋风烈火不仅烧毁别人，而且更断然地烧毁着他路上的一切和他自身。于是他垂眼去看倚躺在他跟前的那位已被烧过的苍白的女人。"像他，不是吗？"她平静地问。

"我想我不会给他回信，但你下次见到他时可替我做这件事。我想请你替我捎许多话，但千言万语可归为一句：我希望他完全成长为他自己，最完美最伟大的自己，即便以他可爱的稚气为代价，以他对你我都极具魅力的可爱的稚气为代价。你明白我的意思吗？"

"我完全明白你的意思。"埃弗里特若有所思地回答，"我自己对他也常有这种感觉。但是为那些人开处方非常困难，因为开任何处方都几乎不起作用。"

凯瑟琳用胳膊肘支起身子，热切和认真使她满脸绯红。"可我说的是他自身的荒废，因为他在为那些愚蠢透顶、完全不理解他的人浪费精力，直到那些人以他们的看法来接受他。他能让大理石燃烧，能从油灰中打出火花，但这样付出的代价值得吗？"

"好啦，好啦。"惊于她的激动，埃弗里特劝道，"新的奏鸣曲在哪儿？就让他来替自己辩护吧。"

他在钢琴前坐下，开始弹奏第一乐章，这的确是阿德里安斯的声音，是他亲口在说话。迄今为止，这首奏鸣曲是他所写出的最奔放而雄浑的作品，标志着他纯粹的抒情风格已转向一种更为深厚、更为崇高的格调。埃弗里特的弹奏表现了他对乐曲的深刻理解，表现了他与作者的心灵感应，而对那些讨人喜欢但却未能在某一特殊领域取得成功的男人来说，这种感应尤为强烈。

"他已经多么成熟！"她惊呼道。"过去的三个年头都给了他些什么！他以前只习惯写感情的悲剧，但这却是灵魂的悲剧，是与灵魂共存的影子。这是奋斗与失败的悲剧，是济慈所称之为的'最痛苦的经历'[①]。这是我的悲剧，因为我筋疲力尽地躺在这儿，躺在跑道旁边，听着奔跑者们从我身旁跑过的脚步声——啊，上帝！多急促的脚步声！"

她背过身去，用微微发抖的手捂住脸。埃弗里特急步

---

① 济慈在其长诗《恩底弥翁》（*Endynion*，1818）序言中说："最痛苦的经历莫过于在追求伟大目标的过程中遭受失败。"

跨到她跟前，一下跪倒在她脚边。在他与她相识的所有日子里，除了一次偶然的打趣说笑，她从来没有表露过她因失败而感到的痛苦。对他来说，她的勇气一直是种骄傲的象征，看见她失去勇气令他非常难受。

"别这样。"他喘息着说，"我受不了，我真受不了，我为此非常难过。我们不再谈那个话题了。它太令人伤感，而且也太空泛。"

她重新转过身来时，脸上露出了一丝世故而勇敢的冷笑，看上去比她欲哭无泪的样子更为凄苦。"对，我不该这么小气，我该在晚上睡不着觉又没人陪伴时再去想这些。现在，你可以再去给我调一杯酒。从前，我指的不是我是否应该唱布伦希尔德①那个时候，而是我完全应该唱那个角色的时候，我总是让自己饿肚子，总是考虑我该唱什么，不该唱什么。但摔碎的八音盒想唱什么就唱什么，没有人在乎她们是否会失去苗条的身段。请把那段主题音乐再从头弹一遍。至少它不是什么新东西。多年前我们在威尼斯时那旋律就在他脑子里浮现，他常常在吃晚餐时从酒杯上敲出它的节奏。晚秋来临时他刚开始动手要把它写出，可亚得里亚海的灰暗令他感到压抑，于是他决定去佛罗伦萨过冬，结果一场大病使他丢失了这个主题。你还记得那些可怕的日子么？所有爱他的人都没有足够的力量去

---

① 瓦格纳四联歌剧《尼伯龙根的指环》之第三部《齐格弗里德》中的女主角。

救他！当得知他病倒在佛罗伦萨的消息时，我正受聘在尼斯参加一场音乐会演出。他妻子从巴黎匆匆赶去看他，但我先赶到他的住处。我是黄昏时到的，当时正风狂雨猛。他们在那儿租了一座古老的宫殿过冬，我找到他时他正在书房，那是间又长又暗的屋子，堆满了古老的拉丁文图书，还有笨重的家具和青铜雕像。他当时正坐在屋子一头的柴火旁，看上去，哦，看上去那么疲乏，那么苍白！就像他通常生病时那样，这你知道。哦，你知道这些真好！甚至他那件红色睡衣也没能让他脸上有丝血色。他首先告诉我的不是他前些日子病得怎样，而是那天上午他病情好转，让他写下了他的《秋日回忆》总谱的最后几个音符，而他正如我最喜欢记住的那样，那么平静，那么满足，那么疲倦；并不快活，和他平时一样，仅仅是为一篇佳作终于完成而感到心满意足，感到精疲力竭。当时外面大雨倾盆，风在为全世界的痛苦而呻吟，在瑟瑟发抖的橄榄树枝丛间鸣咽，在荒凉凄迷的宫墙周围啜泣。我是多么经常地想到那个夜晚！当时屋子里没有点灯，只有那堆柴火像炼狱之火的反光映照着但丁铜像生硬的面部，在我俩身边投下长长的黑影，而稍远几步就是穿不透的沉沉黑暗。阿德里安斯坐在那儿凝望着火堆，眼中露出他整整一生的疲劳，以及所有那些渴求并甘愿过他那种生活的人一生的疲劳。挟带着全世界痛苦的风不知怎么吹进了屋里，冰冷的雨点打进我们眼中，我俩心中突然同时涌起那种感觉——

那种莫可名状、人所共有的痛苦，那种对生活、死亡、上帝和希望之隐隐的恐惧——就像大海中沉船后同在一块木板上的两名遇险者，我俩倚偎到了一起。这时我们听见大门打开，卷进来一股甚至晃动了墙壁的狂风，仆人提着灯匆匆跑来，禀报说夫人已经回家，'那天晚上我们就没再读那本书。'①"

她引用这句古老的诗行时，语气中透出一丝解嘲的意味，脸上露出一种生硬但粲然的微笑，一种犹如华丽的衣衫多少年来一直包裹着她的软弱的微笑。那种长期被当作面具戴的讥讽的微笑已逐渐改变了她的面部轮廓，以致她照镜子时看见的不是她自己，而是她严厉的批评家、俏皮的旁观者和刻薄的讽刺家。埃弗里特垂下头，一只手托着腮帮，坐在那儿盯着地毯。"你一直都那么在乎！"他说。

"啊，是的，我在乎。"她说着闭上双眼，宽慰地吸了一口长气，静静地躺在靠垫上继续说道："你想象不出，让你知道我在乎是怎样一种安慰，能向人吐露这点是怎样一种解脱。在许多我不能入睡的漫漫长夜，我常常想对着这世界大声喊出这点。我觉得我不能带着它死去。它需要某种表达。现在你已经知道这点，可你简直没法想象，它

---

① 语出但丁《神曲》第 5 歌第 138 行，是坠入地狱第 2 层的弗兰契斯卡（又译"弗兰采斯加"）的灵魂向游历地狱的但丁和维吉尔讲述她生前与丈夫的弟弟保罗通奸时说的一句话（弗兰契斯卡是中世纪欧洲拉文纳公国大公之女，"那本书"指中世纪传奇《湖上的兰斯洛特》）。

在我心中造成的痛苦减轻了多少。"

埃弗里特仍然不知所措地盯着地面。"开始我不能确定你想让我知道多少。"他说。

"哦，那天你同查利一道来的时候，我第一眼看见你这张脸的时候，我就打算让你知道了。我自以为只要我愿意，我就能一直能瞒住这点，尽管我估计女人们总会那么去想。善于观察的人也许早已看出，但善于观察的人一般都谨慎而宽厚，因为我们在开始变得精明之前通常都流过一点血。但是我想让你知道，因为你长得那么像他，告诉你几乎就像是告诉他本人一样。至少现在我觉得他总有一天会知道这点，可那时我已完全不需要他的怜悯，因为我们谁也不敢去怜悯死者。既然这一点是我生命的主要意义，我当然很想让他知道。总而言之，我并不为此感到羞愧。我已经打了一场漂亮仗。"

"可难道他从来都一无所知？"埃弗里特用一种沙哑的声音问。

"哦！若按你指的那种方式，他一无所知。当然，他总是习惯于看女人的眼睛，从女人的眼睛里发现爱。当他没在那里发现爱时，他会认为肯定是自己有礼仪不周之处，并会为此而痛苦。对每一个不傻、不老、不丑或是不阴郁的女人，他都是真心真意地喜欢。只要你年轻而快活，又有那么点机敏，阿德里安斯通常都会高兴看见你在他身边。我和其他人一块儿分享他，分享他的微笑，分享他的殷勤，还有他有趣而简短的说教。那很像是主日学校的一次野餐，我们都穿上最漂亮的衣裙，露出最甜蜜的微笑，抓住每人一次的机会。最残酷的正是他的温存。承受惩罚已耗尽了我的生命。"

"别说了，你会让我恨他的。"埃弗里特呻吟着说。

凯瑟琳哈哈大笑，开始神经质地玩弄手中的扇子。"这一点都不能怪他，最奇怪的地方就在于此。其实，早在我遇上他之前，那就已经开始了。我当时竭尽全力挤到他身边，贪婪地啜饮我命运的鸩酒。"

埃弗里特站起身来，犹豫不决地说："我想我得走啦。你应该安静一会儿，我觉得现在我不能再听你说下去了。"

她伸出手来，开玩笑似地拉住他的手。"你在这事上已花了三个星期，不是吗？好吧，这也许不是你在这世间的什么荣耀，但这却是上天对我的怜悯，对一个命运永远比你糟得多的人来说，这应该是结清欠账了。"

埃弗里特再次跪下，结结巴巴地说："我留在这儿是因为我想和你在一起，这就是全部原因。自我年轻时在纽约遇上你之后，我从来没有留意过别的女人。你是我命运的一部分，即使我想忘掉你也忘不掉。"

她将双手摁在他肩上，摇着头说："不，不，不要告诉我这些。上天知道，我已经看够了悲剧。现在大幕即将落下，别再让我看。不，不，那仅仅是一个少年的幻想，不过是你的惋惜和我的可怜又一时把它唤回。亲爱的朋友，谁也不会去爱垂死的人。如果你多少还保留着那种少年时代的幻想，这次见面会帮你把它除去，那样就好啦。现在走吧，只要还有明天，你还会来的，不是吗？"她握住他的手，脸上露出微笑，那是一种揭开了心灵面纱的微笑，那微笑既是勇气也是绝望，包含着无限的忠诚和柔情，只听她轻声念道：

　　　永远永远，再会吧，凯歇斯；
　　　若能再相逢，我们将相视而笑；
　　　否则今朝分手就是我们的永别。[①]

　　当他出门之时，她眼中闪出的勇气在他看来就犹如一颗星星明澈的光芒。

　　就在阿德里安斯·希尔加德在巴黎举行首场音乐会的那天晚上，埃弗里特坐在怀俄明州那座农场住宅里的那张床边，正在观看灵魂与肉体一刀两断，永远从肉体解脱之前那最后一场与肉体的搏斗。有时看上去她安详的灵魂已经离去，已经找到了某个躲避暴风雨的地方，只剩下执拗的肉体在与死亡抗争。有一次她楚楚可怜地被一种妄想困住，以为她正坐在普尔曼式豪华车厢里前往纽约，去重新

---

① 莎士比亚《裘力斯·凯撒》（第 5 幕第 1 场结尾处）中勃鲁托斯（通译布鲁图）在刺杀凯撒后对同党凯歇斯说的诀别词，此后不久凯歇斯阵亡（第 5 幕第 3 场），勃鲁托斯自杀（第 5 幕第 5 场）。

投入她的生活和事业。她偶尔也从昏迷中醒来，可那只是为了请列车员在车到泽西城之前半小时把她叫醒，或是朝他抱怨车走得太慢，一路上太颠簸。半夜里只有埃弗里特和护士留下来陪她。可怜的查利·盖洛德已躺在了门外的一张长沙发上。埃弗里特坐在床的下首一端，两眼盯着毕毕剥剥的灯花，直到灯光晃痛了他的眼睛。他一头扑在床沿上，昏沉沉地进入了不安的睡眠。他梦见了阿德里安斯在巴黎的音乐会，梦见了那位抒情歌手，梦见了他的微笑和温文尔雅，梦见了他那张孩子气的脸和他头发中的银丝。他听见了欢呼喝彩，看见一束束玫瑰花抛过脚灯，直到堆有半架钢琴那么高，有花瓣落地并散开，斑斑点点地铺成了一条通道，顺着这条红色的通道。阿德里安斯迈着他年轻的步伐走来，牵着他的首席女歌手：这次是一位皮肤浅黑的姑娘，有一双西班牙人的眼睛。

那名护士碰了碰他的肩头，他猛然惊醒。护士用手遮住灯。埃弗里特看见凯瑟琳已醒来，有了意识，身子正在微微挣扎。他慢慢将她扶起，让她靠在他臂上，开始为她扇风。她双手轻轻地摸着他的头发，目不转睛地望着他的脸，她那双凝视的眼睛似乎从不曾哭泣过或者疑惑过。"哦，亲爱的阿德里安斯，亲爱的，亲爱的。"她喃喃道。

埃弗里特出去叫她哥哥，但当他俩回屋时，艺术的疯狂对凯瑟琳来说已经结束。

两天之后，埃弗里特在站台上来回踱步，等候西去的列车。查利·盖洛德走在他身边，但这两个男人互相无话可说。埃弗里特的旅行袋已堆在推行李的小车上，他踱来踱去的步子相当急促，当他一次又一次地顺着铁轨眺望火车的踪影时，他的眼中充满了急切的神情。盖洛德的急切并不亚于他，这两个已非常亲密的男人，如今在一起已成了一种不能忍受的痛苦，他俩都急不可耐地盼着告别的时刻。

当火车到站时，埃弗里特挤在下车的人群中使劲握了握盖洛德的手。一个德国歌剧团途经此地去西海岸，那帮人发疯似地从他俩身边冲过，想抓住停车的机会吃顿早餐。埃弗里特听见有人用德语喊叫了一声，接着一个女人朝他跑来，那女人身躯高大，紧身胸衣难以约束她执意要挣脱约束的体形，一头金发被风吹得乱七八糟，手上紧紧地绷着一双手套。她跑上前又惊又喜地抓住了埃弗里特的衣袖。

"天哪，阿德里安斯，亲爱的朋友。"她情绪激动地呼喊道。

埃弗里特飞快地抽回手臂，红着脸行了一个脱帽礼。"请原谅，女士，我看你是把我误认成了阿德里安斯·希尔加德。我是他弟弟。"他镇静地说完这段话，转身离开了那位沮丧的歌手，急急忙忙钻进了车厢。

花园小屋

当卡罗琳·诺布尔的朋友们听说雷蒙·德斯凯雷在乘船去伦敦参加歌剧节的演出前将要来她家，并在她靠近海湾的庄园里住上一个月时，她们都认为那是事情反常之又一惊人例证。那个月是五月，而且是中海岸多年来所知的气候最温和、花草最茂盛、天最蓝、云最白的一个五月，但这只是加深了那些人错误的感觉。她们后来又获悉，德斯凯雷是被安置在苹果园那幢小屋，正好就在卡罗琳那座瑰丽的花园前边，而且传闻说几乎在任何时候，都可以听见那位男高音歌唱家的歌声和卡罗琳伴奏的琴声从敞开的窗口飘出，缭绕在繁花似雪的苹果树枝丛间。从那幢小屋凭窗眺望，点缀着白帆的深蓝色海湾非常壮丽。小屋左边的花园和右边的苹果园都从不曾有过如此盎然的春意，双双百花吐艳，盛极一时，仿佛是为了顺应卡罗琳的心境，尽管卡罗琳无疑被认为是最不可能具有弗蕾娅①的魔力和魅力的女人，因为正如她的朋友们断言，她是最不可能欣

① 弗蕾娅是北欧神话中的丰饶女神，是春天的象征。瓦格纳四联歌剧《尼伯龙根的指环》第一部《莱茵黄金》中有弗蕾娅被巨人劫持、诸神用黄金指环将其赎回的剧情。

赏那位著名男高音歌唱家的女人，也是最不适宜在他逗留期间陪衬他的女人。

当然，她们也承认卡罗琳有音乐天赋——好吧，她应该有那种天赋！可她在音乐方面就如同在任何方面一样，永远是头脑冷静，不易冲动，而且令人厌恶地讲究实用。在音乐方面也如同在其他所有方面，她总是令人恼火地能把握住自己。当然，也正是在任何情况下都能把握住自己的她，才不会为大歌唱家的莅临感到丝毫的飘飘然，才会一如既往地继续指挥她那些花匠和工匠，所以请到他的人正该是她。或许有些人觉得这正是她请到他的原因，而这个原因偏偏惹她们更加生气。

卡罗琳的冷静、能干和大体上的成功，都让那些人格外恼怒，因为她们觉得，她已经在很大程度上使自己能随心所欲，她已经漠然地开始顺应生活的需求，并着手为自己营造舒适的环境和专横的地位。人人都说，那就是她嫁给霍华德·诺布尔的动机。凡是日子过得不如卡罗琳那么好的女人，凡是没法同财产或丈夫相处得那么好的女人，凡是觉得自己身体没那么健康，或容貌没那么俏丽，或孩子没那么好管教，或是在其他各个方面与她有此类差别的女人，全都喜欢说卡罗琳是个实利主义者，都对她进行严厉的指摘。

冷静的深谋远虑，确定的行为准则，这就是卡罗琳给人的印象，而这绝非一种错误的印象；不过有一点得在此替她说明，那就是有些情有可原的情况，连她的朋友们也不得而知。

即便卡罗琳决意固守中庸之道，即便她对任何倾向于过激的行为都容易持怀疑态度，那也并不是因为她除自己的准则外不知道其他标准，或者说她不曾见识过生活的另一方面。她出生在布鲁克林区一幢又小又破的房子里，在她父亲优柔寡断的管教下长大。她父亲是名音乐教师，但通常却疏于执教，而去谱写这个世界似乎并不特别需要的管弦乐曲。他的心灵被强烈的报复心理和幼稚的自我怜悯所扭曲，一生都瞧不起带给他面包的那种劳动，而是令人可怜地献身于那种只为他带来失望的工作，谱写出一些缺乏旋律但却需要全部管弦乐器参加演奏的冗长的乐谱。

对于一个成长于其中的小女孩来说，那不是一个令人愉快的家。母亲把父亲当作未来的音乐大师加以崇拜，把自己的一生都用来操持家务，终日同扫帚簸箕打交道，没完没了地对肉店老板和杂货商说好话，缝制她自己和卡罗琳的衣服，并且还要用心哄慰被丈夫奥古斯特丢在一边的学生。

卡罗琳唯一的哥哥海因里希是名画家，他继承了父亲全部的报复心理，但却缺乏他那种没有创造性的专心致志。他三楼上那间小画室里常常挤满了和他一样运气不佳的年轻人，他们聚在那儿尽情嘲笑这个或那个其勤勉和愚蠢使之得到公认的艺术家。如果海因里希真正工作的话，他的新闻素描每星期能挣二十五美元。但他太懒散，太彷徨，不能认认真真地搞他的艺术；他性情太暴躁，太怕难为情，不能正正经经地挣钱谋生；由于无节制地读诗和服用安眠剂，他大白天太多地躺在床上，以致于除了痛苦之外他不可能有任何明确的感觉。他二十六岁那年在一阵癫狂中开枪自杀，这一不幸事件彻底摧毁了他母亲的健康，最终导致了她的死亡。卡罗琳一直很喜欢她哥哥，可当他一旦不再头上戴着土耳其便帽、细长而颤抖的指间夹着香烟在那幢房子里转悠并嘲笑其破旧时，她多少有点如释重负的感觉。

　　母亲死后，卡罗琳接替她管理那份债台高筑的家业。当时丧葬费尚未支付，奥古斯特那些学生又被相继而至的灾难和笼罩在那幢房子的不祥气氛所吓跑，而奥古斯特本人则正在写一首题为《伊卡洛斯》① 的交响诗，以纪念他死去的儿子。卡罗琳受命面对这个烂摊子时年仅二十岁，但她实事求是地回顾了家里的情况。那幢房子一直被作为理想主义的神殿，朦朦胧胧、使人痛苦且未能得到满足的向往已经使它破败不堪。母亲三十年前与她的音乐教师私奔，双双离开了德国，从此便把自己关进厨房，终日料理单调乏味的家务。打卡罗琳记事起，那幢房子里的法律就

————————

① 伊卡洛斯是希腊神话中巧匠代达罗斯之子，和父亲一道逃离克里特岛的迷宫时因飞得太高，其父为他装的蜡翼被太阳融化，坠入爱琴海而亡。

始终是一种对某些虚无缥缈、难以捉摸、可望而不可及的东西之神秘崇拜。全家人一直生活在一阵阵激情的迸发之中，总是在谈论艺术大师和他们的名篇杰作，只有面对水煮羊肉或必须翻洗饭厅地毯这些冷酷的现实之时，那种激情才会降低，那种谈论才会中止。所有这些情感炫耀的结果只是对他人的妒忌、对责任的疏忽，以及对街角那家小杂货店的畏惧。

卡罗琳从小就憎恶这种丢人现眼、朝不保夕的生活，憎恶那种能言善辩的舌头和空空如也的腰包，憎恶那种富有诗意的理想和污秽不堪的现实，憎恶那种用纸玫瑰装饰的懒惰和贫穷。甚至当她还是个小姑娘的时候，虽然也有缥缈的梦幻对她进行诱惑，虽然她也想在床上多躺一会儿以便沉溺于那些梦境，虽然她也会因街边那些被煤烟熏黑的小树在阳光下抽出了白生生的新芽而想跳跃，想歌唱，但她也总是握紧小手，去帮母亲用海绵揩拭父亲背心上的油渍污点，或是熨烫海因里希的裤子。凡是奥古斯特和海因里希认为该做的事，她母亲从不允许有丝毫的质疑，但自从卡罗琳能够真正思考时起，她就忍不住认为家里有许多事都不对劲。譬如说，她知道父亲不该让学生们等上半个小时，而自己却与某位满脸胡须的社会主义者趴在油渍斑斑的桌布上就着一碟鲱鱼讨论什么叔本华。她知道海因里希不该在海涅的诞辰纪念日请朋友吃饭，同时却拖欠洗衣女工的工钱长达一月，而且还经常向母亲要钱去乘有轨电车。毋庸置疑，卡罗琳已经以学徒身份了解了理想主义，了解了这种主义有时候必然会产生的令人尴尬的矛盾，于是她决定拒绝这种主义对生活中的尖锐问题所作的解答，拒绝接受其冗长而无效的解答。

当她一旦管理起自己和那幢房子，她便拒绝接受任何进一步的音乐教育。曾一心想把她培养成钢琴演奏家的父亲，在他那份记录其失望和对这世界之不满的长长的一览表上又记下了这一笔欠债。她年轻漂亮，可是她一直穿改缝的衣裙，戴脏兮兮的手套和随便凑合的帽子。她希望自己也能像别人一样，希望自己从头到脚都值得尊敬，希望自己可以没有什么需要遮遮掩掩，甚至包括长袜上的小洞，而且她愿意以劳动来实现她的希望。她在那幢不幸的房子外面租了间工作室，开始招生授课。她经营得很好，而且她是那种人们乐于帮助的姑娘。家里的欠债逐渐还清，奥古斯特继续谱他的曲子，只在她不肯让她的学生继续使用他谱的钢琴练习曲时才感到愤慨。她开始受聘在纽约的一些独唱会上担任伴奏。她穿上了漂亮衣裙，使自己讨人喜欢，而且也为自己创造了一种机会。她绝不允许自己去展望明天，总是以全部的意志力去看待周围的现实，在光天化日下正视它们。有两种情况比贫穷还更令她恐惧：一是建立起一尊偶像，二是对这尊偶像顶礼膜拜。

卡罗琳二十四岁那年与霍华德·诺布尔结婚，当时他是一名四十岁的鳏夫，但作为华尔街一名有影响的人物已有十年历史。于是她平生第一次歇下来喘了口气。直到她弄清自己的安全就像他的金钱、他的地位、他的能力以及他充满活力的健壮体魄一样实实在在，不容置疑，她才终于相信自己已彻底安全。这下她稍稍松弛下来，觉得她与那个充满梦幻、困境和失败的世界之间已有了一道屏障。

当雷蒙·德斯凯雷上他们家小住时，卡罗琳结婚已有六年。他之所以来他们家小住，主要是因为卡罗琳就是卡罗琳，同时也因为他偶尔也觉得需要溜出克林佐那座魔园①，随便到什么地方客居一阵子，靠近一种温和的性情、一个冷静的头脑和一只有力的手。他在花园小屋度过的那些时辰，是他在其火热沸腾的生活中很少在别处感受到的能全神贯注地沉思默想的时辰。而正如他对诺布尔所说，卡罗琳很欣赏这种工作的严肃性。

德斯凯雷乘船离去两星期后的一个傍晚，卡罗琳在书房里向她丈夫陈述她为花匠们安排的工作。她总是亲自监督照料那座庭院。实际上，她的花园差不多已成了她生命的一部分；就像衣服和首饰一样成了一种美丽的附属品。那是一个最令人惬意的场所，诺布尔为此感到非常自豪。

"卡罗琳，"他问道，"要是把花园小屋拆掉，在露天柱廊的尽头新建一幢消夏别墅，你认为怎么样；一座乡村

_____

① 瓦格纳三幕歌剧《帕西发尔》（1882）中的恶巫士克林佐创造的一座用魔法使人产生幻觉的花园。

式的大别墅，仲夏时你可以在那儿品茶？"

"花园小屋？"卡罗琳飞快地看了他一眼。"喔，看来似乎不该把它拆掉，你说呢，在德斯凯雷住过它之后？"

诺布尔放下手中的书，露出一丝逗趣的微笑。

"你是要为它伤感一番啰？哈，我倒真愿意牺牲整座花园，好看你伤感一回。可我不相信你的多愁善感能持续一个小时。"

"我也不相信。"他妻子说着嫣然一笑。

诺布尔重新捧起书，而卡罗琳则去琴房练琴。她并不情愿让那幢小屋被拆掉。自从德斯凯雷离去两星期以来，她每天都要去那儿静静待上一个小时。那是她平生允许自己纵容的最纯粹的柔情。她为此感到羞愧，但又孩子气地不愿将其割舍。

在丈夫就寝之后，卡罗琳也很快上了床，但却不能入睡。夜又闷又热，预示着暴风雨即将来临。窗外的风已停息，沉睡的大海平静得像是沙漠。她翻身下床，把脚伸进拖鞋，披上一件睡衣，推开了丈夫卧室的房门。他正在酣睡。她步入大厅，下了楼梯，然后从一道侧门溜出房子，走进了那条被藤蔓覆盖的通往花园小屋的柱廊。静止的空气中，六月红散发的香味很浓，透过薄薄的拖鞋底，柱廊地面铺的石块令人感到凉爽惬意。聚在海面上方的一团团乌云边上不断迸出不伴雷声的闪电，可海岸依然沐浴在月色之中，越过海岸，海湾的水面静静地泛着柔光。卡罗琳掏出那幢小屋的钥匙，她开门时房门吱嘎了一声。她走进了那个长长的、低低的、月色朦胧的房间，月光从弓形窗户射入，在打蜡地板上形成了一个银色池塘。就连房间里藏在阴影中的部分也被月光照得半明不暗，钢琴、烛台、画框和白色的物件在影影绰绰中显得非常清晰，就像花园里的梧桐树和黑叶杨在静静期待的夜空衬映下分外引人注目。卡罗琳坐下来思考所发生的一切。德斯凯雷走后两星期以来，她每天都要到这儿来沉思，但是，她非但一直没能想出一个结果，反而只是迷途在一座记忆的迷宫——她的记忆有时候完全乱作一团，有时候又清晰得过分精确——那座迷宫里没有道路，没有线索，也没有任何到达终点的希望。她意识到，自己已经违背了一条毕生固守的准则，自己正在为不知不觉地陷入了那种甚至还是个小女孩时就毅然摒弃了的奢侈梦幻而感到惊惶失措，自己正在以一种惊人的速度建起一尊偶像并要对它顶礼膜拜。

她甚至觉得，邀请德斯凯雷上他们家完全是一个错误。她感到有点生气，因为她当初请他本来是怀有几分自我挑战的用意，是为了最终摆脱自己那种对他本能的恐惧，那种一直使自己烦恼困惑的恐惧。她知道自己在他来之前曾审视过自己；但由于她对那么多的事从来都能应付自如，结果她丝毫没怀疑自己这次也能从容对付。实际上，她几乎是怀着傲慢的心情相信了自己的韧性和耐力。她曾经有那么多次都把握住了自己，所以她终于认为没有什么事她不能把握；就像过分勇敢的游泳者，他们相信自己的体力和游泳技能，但却忘了他们的对手大海之喜怒无常。

德斯凯雷是一个不可低估的男人。现在卡罗琳在这一点上并不欺骗自己。她非常谦逊地承认了这点，自从送别他以来，她还没有过不感觉到他那种可怕力量的时候。这种感觉成了她意识中的潜流，无论她在做什么或是在想什么，这股潜流都在涌动，就像她的呼吸一样不受意志控制。有时潜流会涌上来，直到她突然感到窒息。今晚就有这样的瞬间，卡罗琳忽然颤抖着站起身来，在蓝色的阴影中四下环顾那寂静的房间。她先前不曾在晚上来过这小屋，屋里的气氛比起在宁静的午后似乎更令人不安，更咄咄逼人。卡罗琳向后拂了拂搭在湿额上的头发，走到那扇弓形窗跟前。朝上推开窗之后，她在躺椅上坐下，把头靠上窗台，然后松开了她睡衣的领口。她眯缝着眼睛凝望窗外不安的夜晚，凝望片状闪电在杨树树梢之间的团团乌云上闪耀。

是的，她知道，她知道得非常清楚，这种魔力是用什么样的荒谬编织的。她嘲笑，不过她同时也畏缩。她知道他的力量并不那么在于他实际上拥有的任何东西——尽管他拥有那么多——也不在于他实际上是什么样的人，而在于他使人产生的联想，在于他似乎将要拥有的或将要成为的——而那无论是什么，恰好都是一个人愿意去相信或期求的。他的魅力越是只对想象力起作用，越是像那些尤能蛊惑女人的理想主义的偶像一样模糊不清，不具人格，那它就越是具有说服力和诱惑性。他所拥有的力量在于，他仅仅以他的存在就能刺激并多少满足某种说不清道不明的东西，而对女人而言，没有那种东西，生活简直就没有实质性的内容，而且女人大多数的过失、不幸和糟糕得令人吃惊的交易都是由于对那种东西的渴望。

德斯凯雷已成了一场运动的中心，而大都会歌剧院则成了一尊偶像的神庙。当他经不住劝诱，越过大西洋而来，纽约的歌剧节就大获成功；而当他不能前来参加，歌剧节的经营者就赔钱蚀本，而每个人都知道这些。人们还知道，他超凡的艺术与他特殊的地位之间关系极不相称。女人们总是以这种或那种方式打破应有的平衡，连剧院、乐队乃至他自己辉煌的艺术也要以成为他的附属品作为代价才能获得成功，正如布景、服装、甚至那位女高音歌唱家，全都只是在制造气氛，只不过是那个美丽梦幻的陪衬。

卡罗琳了解这一切；今晚也不是她第一次这样感受。她曾在其他人身上发现过同样的感觉。当他一晚接一晚地在她家歌唱之时，她曾在朋友们身上观察过这种感觉，并老老实实地让自己设身处地，从数以千计的他人角度研究过这种感觉。

德斯凯雷在初冬季节到来是女人大批涌向纽约的信

号。他登台演唱的那些晚上，女人们纷纷从住宅、饭店、打字桌、教室、商店或试衣间云集到大都会歌剧院。这些女人千姿百态，各不相同：有像喝香槟酒一样为了品味而欣赏他的老于世故的女人，有怀着虔诚之心仰慕他的仁爱会修女和过分劳累的女店员，有透过棱镜眼镜悄悄崇拜他的形容憔悴的女博士，也有住单套公寓、平时拒男人于千里之外的职业女性、女实业家和女强人。她们全都沉浸于同一种浪漫气氛中，全都做着同一个像梦幻曲一样色彩多变的美梦。他一登台她们都同样呼吸加快，而他一退场她们又都同样感到挤在人群中的沉闷与痛苦。

她们中甚至还有伤残者，有拄着拐杖来的女人，有脸上留有天花疤痕或奇形怪状的胎记的女人。这些女人也随他一道步入魔园。腰圆膀阔的主妇们又变成了苗条纤弱的姑娘，红颜褪尽的老处女又觉得她们脸上泛起了青春时代的娇羞与柔嫩。年轻的和年老的，无论多么丑还是多么美，她们全都敞开了心扉——不管是公开地还是隐蔽地——坐在这感情的圣餐会上，渴望他赐予的具有魔力的面包。

有那么些时候，当剧院里从乐池到楼厢的最后一排都挤满了人，当空气中充满了这种幻想的狂热，他自己也会成为他力量之反射的牺牲品。她们会反过来作用于他，使他感觉到她们那强烈而不可抗拒的吸引力，那种力量会像春天为老树注入活力一样使他兴奋，于是他也会心花怒放。在这种时候，他也会反过来相信并渴望他自己并不知道为何物的某种东西。

但是，卡罗琳觉得最怕他的时候并不是在这些兴奋狂热的时刻。偏偏是在这些狂热迸发之间伴随着他的那种沉默寡言甚至沉闷之中，她感到她的同情心在被无限地消耗，而这种同情心是他俩关系的主要组成部分。正是在成功的魔力之下对失望的默认——正是对自己施魔法的魔术师的困惑迷茫——在她心中唤起了一种女人特有的、不合逻辑的补偿欲望，想给予他补偿。

她曾猛然觉察到，在她心中被唤醒的是她十八岁的青春——是她整天穿着旧衣服、老是对杂货商说好话、压根儿没时间生活的那些岁月。她终于认识到，一个人最好还是允许自己拥有那么点青春，趁一切都自然可爱时，最好还是在狂欢节上跳跳舞，享受一点生活的乐趣，别等到跳舞会令人尴尬、狂欢已力不从心的年岁，再让那些青春时日回来向你讨债。她今晚逐一回顾了她自我剥夺的生活乐趣，回想起由于父亲的前车之鉴，她如何拒绝去满足她对即席演奏钢琴的无邪的爱好，回想起母亲死后她开始授课之时，她如何一个接一个地勾销了自己那些小小的嗜好，从而把生活变成一种严格的程序，像钟表一样按部就班。她似乎觉得，从德斯凯雷跨进她家那刻起，她就一直被一个可怜巴巴的小姑娘的幽灵纠缠，那幽灵如影随形地跟在她身边，悲哀地捏弄着一双小手苦苦地哀求要享受片刻的生活。

暴风雨昧着良心迟迟不来，小屋里的空气令人窒息，窗外的花园在气喘吁吁地等候。一切都仿佛被笼罩在强烈的悲哀之中，四处是一片焦躁不安、难以忍受的期待的寂静。沉寂的大地、忧郁的花儿以及那不断加深的黑暗都在这漫长的等待中喘息。卡罗琳觉得她应该离去，不该继续留在小屋，因为那个时辰和那个地方都像她的思绪一样潜伏着危险。她站起身开始走动，脚步很轻，仿佛是担心会惊醒某人，她衣衫单薄的身影缥缈而苍白。依然不能摆脱沉寂的迷惑，她在钢琴前坐下，开始弹奏《女武神》①第一幕，他俩曾一起排练过他扮演的最后一个主角。她开始弹得无精打采，漫不经心，但后来却越弹越投入，越弹越认真。也许是因为仲夏之夜的沉闷炎热，也许是因为从窗外花园飘进的令人忧郁的气息，但不管因为什么，她越弹越觉得他就在那儿，在她身边，就站在他习惯站的那个位置。当弹到第一幕结尾西格蒙德和西格琳德那段二重唱时，她清楚地听见他在唱："你是我在冬天冰冷的怀抱中渴望的春天。"有一次他唱这句时忽然将她抱住，一只手摁在她胸口下边，另一只手把她拽离了键盘，他像在台上搂住西格琳德那样搂住她，并把她拽向窗边。当时她令人

---

① 瓦格纳四联歌剧《尼伯龙根的指环》之第二部，剧情涉及重逢的西格蒙德和西格琳德不知彼此是兄妹（均为主神沃旦与凡人所生），结果相恋并生下一子名齐格弗里德，西格琳德死于分娩。

惊叹地把持住了自己，既没有反抗也没有顺从。她记得当时她曾为自己能控制住感情而感到欣然——而他似乎也认为她能自持是天经地义的事，尽管他摁在她胸口下边的那只手也许悄悄地提出过一个疑问。"你是我在冬天冰冷的怀抱中渴望的春天。"卡罗琳从键盘上飞快地抬起双手，她将头埋入手中开始啜泣。

风暴终于降临，疾雨打进屋内，直到睡衣被溅湿她才起身去放下了窗扇。然后她一头倒在躺椅上，又开始投身于昔日的那些战斗，而被杀戮者的幽灵仿佛正从恶龙的齿间涌出。平时被轻视被嘲弄的影子都向她扑来，一个个洋洋得意，毫无怜悯之心。这还不够，这种幸福、实用且井井有条的生活并不够。它没有使人感到满足，它甚至并不真实。对，其他的东西，那些影子——它们是真实的。她的父亲、可怜的海因里希、甚至连能在锅碗瓢盆中保持她可怜的浪漫和小小的幻想的母亲，都几乎比她更幸福。她可靠的基础毕竟只是地面，而生活在克林佐魔园中的那些人则更幸运，不管他们从中幻想出乐园的沙地有多贫瘠。

小屋里寂然无声；卡罗琳那阵悲泣已过去。她不再发出声响，室内和外面的花园一样笼罩在暴风雨的黑暗之中。只是偶尔有道闪电映出一个女人纤弱的身影，她僵卧在躺椅上，脸埋在双手中。

天将破晓，再也听不见偶尔传来的隆隆雷声，打在果园树叶上的雨滴也渐渐稀疏，她睡着了，直到苹果树纠缠的枝丛间透出第一道红彤彤的晨曦时她才醒来。在似睡非睡、似醒非醒的那一刻间，她感觉到她的梦正在消失，正在融化，感觉到她胸口下边的那团温暖正在变冷。似乎有什么东西从她抱紧的双臂间溜走，一声不满的呻吟从她微启的双唇间发出，紧接着她的双手在空中挥舞了一圈。她猛然睁开眼睛，翻身而起，呆坐在躺椅的软垫上困惑地望着她那双冰凉的赤脚，望着她的胸脯在敞开的睡衣下急促起伏。

梦已消逝，但梦中火热的现实仍留在她心间，她挽留着那个梦，就像颤抖的琴弦挽留余音。在梦境的最后一刻，那些影子曾征服了卡罗琳。它们让她看到了时间和空间的虚无、秩序和规则的空幻，以及紧闭的大门和辽阔的海洋之缥缈。她浑身颤栗着想到了那个阿拉伯神话故事，在那个故事中，精灵每晚把中国公主送到熟睡的大马士革王子身边，黎明时又带着她飞回她的宫殿。卡罗琳闭上了她的眼睛，让胳膊肘无力地搭上双膝，并垂下了她的双肩。她的恐惧并不是来自外部，而是发自她的心底。那个梦并非是一种偶然，它是她一直囚禁在内心深处、连她自己都从未发觉的某种东西的表现。它是当看守打盹儿时从深深的地牢里传出的一声恸哭。只有在这样一个魔幻般的夜晚，那东西才有可能被放出来伸展一下四肢，与她较量一番，因为戴在它身上的锁链是那么沉重，它被打入的那个黑牢是那么幽深。德斯凯雷碰巧在世界另一头这个事实也毫无意义，即使他就在这儿，就在她身边，那也决不可能更深地伤害她的自尊。实际上，她甚至不因能抑制了肉体冲动而为自己辩护，即使她三星期前真趁夜来这小屋并自己躺倒在门边那块石板上，她也决不可能比现在更瞧不起自己。

卡罗琳摇摇晃晃地直起身子，怀着负罪的心情走出小屋，战战兢兢地踏上柱廊下那条小径，生怕会惊动了家里的仆人。寒冷的空气使她直打哆嗦，湿淋淋的灌木丛老是擦着她的身体，她的睡衣完全湿透，贴紧了她的四肢。

早餐时她丈夫隔着桌子关切地望着她。"我看你好像很累，卡罗琳。昨晚天气太糟，简直没法让人睡觉。你干吗不到山区住一阵子，等热天过去再回来？哦，对啦，你不让拆那幢小屋是认真的吗？"

卡罗琳淡然一笑。"不，我觉得我并不是非常认真。我的伤感情绪还不足以让我放弃一座消夏别墅。你能叫贝克明天来同我谈谈这事吗？要是我们能举行一次家庭聚会，我倒真想让他立即就动手。"

诺布尔看了她一眼，用半开玩笑半生气的口吻说："你知道我非常失望吗？你要知道，我几乎是一直在希望，这次你会犯几分傻气，哪怕就一次。"

"不会，既然我已经为这事想了一夜。"卡罗琳回答，他俩相视而笑，双双从餐桌边站起。

雕塑家的葬礼

　　一群小镇居民站在堪萨斯州一个小镇车站的站台上，等候夜班车到达，而那班车已晚点二十分钟。先前的一场大雪严严实实地盖住了一切，惨淡的星光下，横过镇南白茫茫草地的峭壁轮廓在清朗的天幕上衬出柔和的灰褐色曲线。站台上那些人不停变换站立的姿势，双手深深地插在裤兜，大衣敞开着，肩膀因寒冷而蜷缩。他们不时朝东南方张望，铁轨在那里顺着河岸蜿蜒。他们在低声交谈并且不安地走动，好像不清楚自己在等待什么。他们中只有一个人看上去像是确切地知道他来此的目的。他与那群人保持着一段明显的距离，一会儿走到站台的远端，一会儿又返回车站出入口，然后再重复这种来往。他的下颏缩在高耸的大衣领子里，魁梧的双肩朝前低垂，步子沉重而执著。这时有个人慢腾腾地从那群人中走出，怀着几分敬意走向他身边。那人又高又瘦，头发灰白，穿着一身已褪色的共和军①制服。他朝前伸着脖子，使其与背脊的角度就

① 南北战争之后由美国联邦军队（北方军）的老兵于1866年成立的一个民间组织。

像一把开了一大半的折刀。

"我看今晚火车又会晚点得厉害，吉姆。"他用一种尖细的假嗓子说，"你看是不是因为这场雪？"

"我不知道。"另一个人面有愠色地回答，话音从一口浓密的胡须中传出，那口浓密的红色胡须像道惊人的瀑布蓬乱地垂下。

瘦高个把嘴里正嚼着的羽毛管牙签换到另一个嘴角，若有所思地继续说："我看不至于有谁从东部随尸体一道来吧。"

"我不知道。"另一个人回答，比刚才更不客气。

"真可惜他没有参加共济会或者其他什么会。我喜欢由团体主持的葬礼。那种葬礼看来更适合有点名气的人。"瘦高个继续说，他尖细的嗓音里透出一种讨好的意味，同时他小心翼翼地把牙签放进了背心口袋。在镇上老兵协会主持的葬礼上他每次都扛大旗。

那个魁梧的男子没有回话，脚后跟一转又开始朝着站台的尽头走去。瘦高个慢吞吞地回到了那群心神不安的人中。"吉姆又喝醉了。"他不无同情地说。

此时一声汽笛在远处鸣响，站台上顿时响起一阵杂沓的脚步声。许多年龄不同但都身材瘦长的小伙子突然出现在站台上，就像一群被惊雷震醒的鳗鱼。他们中有些人是从候车室里出来，刚才他们一直在里边的火炉旁暖身子，或是在长凳上打盹儿；另一些人则从运货车里钻出，或是从四轮推车里溜出；还有两个人是从一辆车尾紧靠站台停着的柩车前座上下来。随着那声清冷而高亢的汽笛鸣响，随着那声对全世界男人的召唤，他们挺直了蜷缩的肩背，扬起了耷拉的头颅，骤然间焕发出的一点活力使他们呆滞的眼睛闪烁出光芒。这汽笛声犹如军号声令他们振奋，就像今晚正回家来的那个男人在童年时曾经常被它激励一样。

夜班快车像一支红色的火箭，从东边的沼泽地带冲出，顺着长长两排守护着草地的杨树，沿弯曲的河岸疾驶而来，车头冒出的一团团灰蒙蒙的蒸汽飘浮在苍白的天空，遮蔽了银河。前灯红色的灯光转眼之间就已射在站台前被雪覆盖的线路上，在两根湿漉漉、黑乎乎的铁轨上闪耀。蓄红胡子那位魁梧男子顺着站台疾步迎向驶近的火车，行进中他摘下了头上的帽子。他身后那群人稍一犹豫，相互交换了一下询问的目光，然后才尴尬地学着他纷纷脱帽。列车停稳，那群人慢吞吞地靠拢特邮车厢，这时车门正好打开，穿褪色军服的瘦高个好奇地伸长了脖子。特邮投送员出现在车门口，同时出现的还有一位穿长大衣戴旅行帽的年轻人。

"这儿有梅里克先生的朋友吗？"那个年轻人问。

站台上那群人局促不安，支支吾吾。银行老板菲利普·费尔普斯庄重地回答："我们来领尸体。梅里克先生的父亲身体很虚弱，来不了。"

"让代理人过来。"投送员气冲冲地说，"叫操办人也来帮个忙。"

棺材从粗糙的外箱里被取出，放到了积雪的站台上。那群人往后退了几步，为棺材挪出足够的空间，然后又拥挤着围成一个半圆，好奇地打量横放在黑色棺材盖上的棕榈叶勋章[①]。 没人说话。行李员站在手推车旁，等着搬从车上取下的旅行箱。机车呼哧呼哧地喘着粗气，司炉工拎着黄色提灯和长嘴油壶在车轮之间闪进闪出，啪嗒啪嗒地开关着一个个主轴箱。护送遗体来的那位波士顿青年是已故雕塑家的学生，他正不知所措地四下张望。最后他转向银行老板，因为他看上去是那群阴郁、不安、耷拉着肩膀的人中唯一可以对话的人。

"梅里克先生的弟兄一个也没来吗？"他疑惑地问。

蓄红胡子那个男人第一次走进了那群人中。"对，还没有来。他们不住在一起。遗体将直接送往他父母家中。"他说着弯下腰抓住了棺材的一个手柄。

"走山边那条远路，汤普森，这样棺材在车上会平稳些。"丧事承办人关上柩车车门，正准备往车夫座位上爬时，马车出租人高声吩咐道。

蓄红胡子那个男人叫莱尔德，是个律师，这时他掉头对那位年轻的外乡人说："我们先前不知道有没有人陪他

---

① 棕榈叶勋章是法国文化教育勋章（又称法兰西金棕榈勋章）的标志。该勋章最初由拿破仑于 1808 年设立，后成为法国政府为在法国文化的传播和研究方面有杰出贡献的国内外人士所颁发的最高奖励。

回来。路很远，所以你最好乘那辆出租马车。"他指了指一辆破旧的单人马车，但那位年轻人固执地回答："谢谢，不过我想我可以跟枢车一道去。"接着他转向丧事承办人，"如果你不反对的话，我搭你的车。"

他俩踩着车轮爬上了枢车，在星光下踏上了那条沿着白雪覆盖的小山通往小镇的长长道路。点点灯光从静悄悄的村落里那些积着厚雪的低矮的屋檐下闪出，而在前方，大平原朝四面八方伸延进与柔和的天空一样寥廓、一样宁静的空旷，被包裹进一种可触摸的白色的沉寂之中。

枢车沿一条木制人行道倒车，停在了一幢没有树木遮掩、已被风雨侵蚀的木板房跟前，这时曾集聚在站台上的那群人已拥挤在大门两边。木板房前院是一块冰冷的湿地，两块已变形的厚木板从人行道伸往木板房前门，构成了一座摇摇晃晃的步行桥。靠一个铰链转动的院门被费力地推开。斯特文斯，那位年轻的外乡人，注意到木板房前门的球形把手上系着一团黑乎乎的东西。

棺材从枢车上往下卸时发出吱吱嘎嘎的声响，吱嘎声引来了屋里的一声尖叫。前门猛然打开，一个高大而肥胖的女人光着头冲到雪地里，一头扑到棺材上尖声哭喊："我的孩子。我的孩子！你就这样回家来看我么！"

斯特文斯感到说不出的厌恶，他打了个冷颤，把头掉向一边，闭上了眼睛。这时另一个女人冲出了屋子，这女人也很高，但却瘦骨嶙峋，全身上下一袭黑装，她攀住梅里克太太的双肩用刺耳的声音嚷道："得啦，得啦，妈妈；你千万不能这样！"接着她转向银行老板，声音变得恭顺而庄重，"费尔普斯先生，灵堂已准备好了。"

护棺人抬着灵柩走过那两块狭窄的木板，丧事承办人捧着棺材架跑在前头。他们把棺材抬进了一个宽敞的房间，房间久无人住，没有生火，散发着一股潮湿和家具漆的气味。棺材被停放在一盏其雕花灯罩会发出丁当声的吊灯下面，在一尊罗杰斯①雕的有菝葜藤缠绕装饰的约翰·奥尔登和普丽西拉②的组像跟前。亨利·斯特文斯有点恶心地环顾四周，深信一定是出了什么可怕的差错，他才莫名其妙地来到了这个不该来的地方。他费力地四下打量那些鲜绿色的布鲁塞尔地毯和厚厚的长毛绒帷幔，目光在那些手工漆的陶瓷饰板、镶板和花瓶间搜寻，想找到某种可辨认的标记，找到某件可以使他相信曾属于哈维·梅里克的物品。最后他看见了挂在钢琴上方的一幅蜡笔肖像画，认出画中一个穿苏格兰短裙式童装并有一头卷发的小男孩儿就是他的朋友，这下他才开始觉得愿意让屋子里那些人靠近棺材。

---

① 约翰·罗杰斯（John Rogers, 1829—1904）是美国雕塑家，其小型群像雕塑多以历史人物或文学人物为原型。

② 约翰·奥尔登（John Alden）和普丽西拉·马林斯（Priscilla Mullins）是 1620 年同乘"五月花号"抵达北美东海岸的 102 名英国清教徒中的两位，他俩的结合是北美殖民地最早且广为流传的爱情故事之一。

"汤普森先生，快把棺盖打开！让我看看我儿子的脸。"年长的那个女人抽噎着哭喊道。这一次斯特文斯用非常担心，甚至近乎于哀求的目光窥视她那张脸，那张在一头浓密乌黑的头发下显得通红并浮肿的脸。他脸一红，垂下了眼睛，接着又充满疑惑地抬眼望去。她的脸焕发着一种力量——甚至可以说是一种野性的美，不过这种美已被狂躁留下了伤疤和皱纹，强烈的感情使那张脸显得红润而粗糙，似乎哀伤从不曾触及过那里。她长长的鼻子张得很开，鼻尖圆而突出，鼻翼两边各有一道深深的鼻唇沟。她额上两道浓密的黑眉几乎连在了一起，她的牙又大又方，排列得很稀疏，是一口能撕咬的好牙。她充满了整个房间，其他人都被湮没，就像一根根小树枝在惊涛怒浪中漂荡，连斯特文斯也觉得自己正被吸入那股旋流。

她的女儿——那个又高又瘦、身着丧服女人——僵直地坐在沙发上。她头发上插着一把哀梳，这使她本来就显长的脸显得更长。她那双因指关节硕大而惹人注目的手交叉在双膝间。她垂着眼皮，耷拉着嘴唇，正肃穆地等着棺材打开。门边站着一个黑白混血的女人，看上去显然是这家的女仆，她举止腼腆，形容憔悴，忧伤而柔和的脸蛋惹人生怜。她正在无声地哭泣，用花布围裙的边角拭着眼睛，还不时强忍着不让长长的哽咽发出声音。斯特文斯走过去站在她的身边。

楼梯上传来轻微的脚步声，一个老人颤巍巍地进了灵堂。他个头很高，身体虚弱，有乱蓬蓬的灰发和微黑的胡须，脸被烟草熏黄，身上散发着烟味。他慢腾腾地走到棺材跟前站住，两手搓弄着一块蓝色的棉织手巾，他妻子毫无节制的悲哀似乎令他伤心，也令他尴尬，弄得他对别的事都毫无感觉。

"好啦，安妮，亲爱的，别再这样。"他用颤抖的声音怯生生地说，同时伸出一只颤巍巍的手，笨拙地拍了拍她的胳膊肘。她大叫一声猛转身扑在他肩上，其力量之猛令他打了个趔趄。他甚至没朝棺材看上一眼，只是用一种呆滞、畏惧、哀求的目光盯着他妻子，好像一只长毛猎犬盯着猎人手中的皮鞭。他深陷的双颊由于令人难受的羞惭而发红发烧。当他妻子冲出灵堂时，她女儿也抿着双唇大步跟了出去。那名女仆溜到灵柩跟前，低下头默默地站了一小会儿，然后悄悄地溜进了厨房，灵堂里只剩下了斯特文斯、那位律师和死者的父亲。老人哆哆嗦嗦地站着俯看他儿子的遗容。在凝固的静止中，雕塑家那颗漂亮的头颅甚至比他生前更显高贵。一缕乌黑的头发搭在他宽阔的前额，那张脸看上去长得不可思议，不过那上面没有人们指望在死者脸上看到的那种美丽而纯洁的安详。两道浓眉皱得太紧，在钩型鼻上方拉出两道深深的皱纹，下巴也倔犟地朝前翘起。这似乎是因为他一直都生活得太艰辛，太紧张，连死亡也不能让他一下子完全放松，不能让他脸上露出恬静与安详——他似乎仍在捍卫某种还能从他身上夺去的珍贵而神圣的东西。

老人的嘴唇在他脏兮兮的胡须下颤动。他恭敬地转向律师，怯生生地问："费尔普斯和其他人会回来陪哈维，是吧？多谢你啦，吉姆，多谢啦。"他把那缕黑发从他儿子的前额上拂开。"他是个好小伙子，吉姆，一直是个好小伙子。他温柔得就像个孩子，而且是最好的孩子——只是我们以前都不理解他。"泪珠顺着老人的胡须慢慢往下流，一滴滴洒在雕塑家的衣服上。

"马丁，马丁。哦，马丁！快到这儿来！"他妻子从楼梯口哭着叫喊道。老人战战兢兢地回答："来啦，安妮，我来啦。"他转过身，又痛苦地停下，犹豫不决地站立了片刻，接着又回转身轻柔地拢了拢死者的头发，然后才蹒跚着出了房间。

"可怜的老人，没想到他还会落泪。他的眼泪似乎早就该哭干了。在他这把年纪，不该为什么事太伤心了。"律师喃喃道。

他语气中的某种东西使斯特文斯抬眼看他。当那位母亲在屋里时，这位年轻人几乎没注意过别人，可现在，当他第一次正眼打量吉姆·莱尔德那通红的脸庞和充血的眼睛，他马上就知道自己已经找到了先前因为找不到而一直令他沮丧的那种东西——那种即便在这个地方也一定存在于某个人心中的感觉和知性。

那个男人的肤色和他的胡须一样红，有一张因酗酒而略显浮肿憔悴的脸，一双目光炽热的蓝眼睛。他的表情显得紧张——一个竭力控制自己的男人的紧张——他正怀着一种激愤之情在扯自己的胡须。斯特文斯坐到窗边，看着他调暗了那盏眩目的吊灯，用一种生气的姿势止住了发出丁当声的垂饰，然后他背着双手站在灵柩旁，朝下凝望着那位雕塑家的脸。斯特文斯禁不住想知道，那件精美的瓷器与这么一块黑乎乎的陶土之间到底能有什么联系。

厨房里传来一阵喧嚷声，这时饭厅门被打开，那声音更加清晰。那位母亲正在责骂女仆，因为忘了为替守灵人准备的鸡丝色拉拌制调料。斯特文斯从不曾听见过这种责骂，那是一种受到触犯时怒气冲天的辱骂，其刻薄和歹毒都挥洒自如，无与伦比，与她二十分钟前表达悲伤一样狂野而毫无节制。厌恶得发抖的律师走进饭厅，关上了通往厨房的那扇门。

"可怜的罗克西正在挨骂。"他一边往回走，一边说。"多年前梅里克家把她从贫民院领回来，如果她的忠心允许的话，我猜那可怜的女人能讲出令你不寒而栗的故事。她就是刚才站在这儿用围裙擦眼睛的那个混血女人。那个老女人是个泼妇，天下就不曾有过像她那样表面虔诚、心肠歹毒的女人。哈维当年在家时，她让他过的是地狱一般的生活。当时哈维为此是既沮丧又羞愧。我实在不能想象，他是怎样保持住了自己的那种温情。"

"他真了不起。"斯特文斯缓慢地说，"真了不起，但直到今晚我才知道有多了不起。"

"不管怎么说，那是真实而永恒的奇迹，那样的奇迹居然能出自这样一个粪坑。"律师大声说，同时做了一个扫荡的手势，似乎是在暗示他所说的粪坑远远不止他们站于其中的那个四壁所围的空间。

"我想我该看看能不能透点风。这屋子太闷，我开始觉得有点儿头晕。"斯特文斯一边嘀咕，一边用力打开一扇窗户。但窗框卡得很紧，窗户推不上去，于是他垂头丧气地坐下来，开始拉扯衣领。律师走到墙边；一拳震松了窗框，把窗扇往上推了几英寸。斯特文斯谢过了他，但半个小时以来一直在慢慢爬上他喉头的那种恶心感使他只剩下一个愿望，一个极其迫切的愿望——他必须带着哈维·梅里克的遗物离开这个地方。啊，他现在终于明白了他曾常常在他老师的唇边看见的那种苦笑！

他记得梅里克有一次外出回家，带回来一件极富情调并引人联想的浅浮雕作品，浮雕上有位瘦骨伶仃的老太太，正坐着在缝她膝上的什么东西，而一个嘴唇丰满、脸色红润、穿着单吊带长裤的小男孩站在她身旁，性急地拉扯她的衣服，要她注意看他捉住的一只蝴蝶。斯特文斯有感于那副瘦削而疲倦的面孔，有感于那副面孔柔和而精细的造型，曾问过老师那是不是他的母亲。他现在还记得当时雕塑家脸上泛起的那种隐隐约约的愧色。

律师仰头闭眼，坐在棺材旁边的一把摇椅上。斯特文斯认真地打量着他，为他下巴的轮廓感到迷惑，很想知道为什么一个男人竟然把如此富有个性的特征藏在那么难看的一蓬胡须下面。律师似乎感觉到了这位青年雕塑家敏锐的目光，突然睁开了眼睛。

"他始终都是一只牡蛎①吗？"律师忽然问。"他总是像孩子那样害羞。"

"是的，他是只牡蛎，既然你用这个字眼。"斯特文斯回答说。"虽然他可以非常讨人喜欢，但他却总给人一种超然物外的印象。他不喜欢激动，总爱沉思，而且相当缺乏自信——当然，对他自己的工作是个例外。他在那方面总是信心十足。他极不信任男人，更不信任女人，但不知为何却又不相信他们的邪恶。实际上，他也曾下决心相信有最美好的东西，但他似乎又害怕去探究。"

"被火烧过的狗总会怕火。"律师冷冷地说，然后闭上了眼睛。

斯特文斯继续他的思绪，试图重现老师那整段悲惨的童年。所有这些粗俗和丑陋就曾经是那个男人的一部分，而那个男人的情趣却高雅得不可思议——他脑海里陈列着取之不尽的美丽印象，而且他那么敏感，连一片在阳光照耀的墙头摇曳的树叶阴影也会永远铭刻在他心中。的

———————
① "牡蛎"喻沉默寡言者。

确，如果说某个男人的指尖上有魔力，那这个男人就是梅里克。他就像那个用魔力对付魔力与女巫较量的阿拉伯王子，不管他触摸到什么东西，他都会揭示其最神圣的奥秘，将其从魔法中解脱出来，恢复其本来的美丽可爱。在他所接触过的任何东西上，他都留下了一种美丽的感受记录，一种微妙的签名：属于他自己的一种气息、一种声音、一种颜色。

斯特文斯现在明白了他老师一生中真正的悲剧因素，那并不是许多人所猜测的酒或爱情，而是比酒和爱情降临得更早、伤害得更深的一种打击，一种并非他造成、但他却摆脱不了的耻辱从他很小起就一直埋在他心里。而外面，是冲突不断的边疆地区，一个孩子的渴望被抛在了一片陌生、丑陋、肮脏的荒原，尽管从传统上说，那是一片纯朴、古老而高贵的荒原。

夜里十一点，那个身穿丧服的瘦高女人进屋，说守灵的人正陆续到达，并请他俩"步入饭厅"。斯特文斯站起身来，律师冷冰冰地对他说："你去吧——那对你无疑将是一次很好的经历。至于我嘛，今晚我不适合同那群人混在一起，我与他们打交道已有二十年了。"

斯特文斯拉上房门时回头看了律师一眼，只见他用手托腮坐在棺材旁昏暗的灯光中。

曾挤在特邮车厢门前的那团模糊的人群慢吞吞地步入了饭厅。在煤油灯的灯光下，人群终于分散，变成了一个个的人。白发黄须的牧师脸色苍白，看上去很虚弱，他在靠边的一张小桌旁坐下，把圣经放在了桌上。穿褪色军服的男人坐在了火炉旁边，身子舒服地往后一仰，让椅背靠在了墙上，然后开始从背心口袋搜他那根羽毛管牙签。两个银行老板，费尔普斯和埃尔德，挑了屋角的一张桌子，坐到靠墙的一面，在那儿他俩能继续讨论新的有息贷款法及其对动产抵押贷款的影响。房地产经纪人是一个满脸堆着假笑的老头儿，他很快就加入了两个银行老板的讨论。煤炭木材商和牛贩子在煤炉旁相对而坐，双双把脚踏在镀镍炉板上。斯特文斯从口袋里掏出一本书并开始阅读。他周围的人在谈论着当地人感兴趣的各种各样的事情，与此同时，整幢房子渐渐安静下来。当那家的主人显然都上床睡觉之后，穿褪色军服的男人耸起双肩，卷起两条长腿，把脚后跟放在了椅子上。

"你看会有份遗嘱吗，费尔普斯？"他用他尖细的假嗓子问。

银行老板干笑了两声，开始用一把柄上镶有珍珠的小刀修他的指甲。

"恐怕没那种必要，你说是不是？"他反问道。

穿褪色军服的人不安地挪动了一下姿势，让他的双膝更加靠拢下巴。"可是，那老头子说哈维近来很发达。"他尖声说。

另一位银行老板开口道："我想，他的意思是说哈维近来不再求他抵押农场，只要他能继续靠教书挣钱。"

"看来我这脑袋瓜子都记不得哈维还没受教育的时候了。"穿褪色军服的人傻笑着说。

人群一阵窃笑。牧师掏出手绢响亮地擤了擤鼻子。银行老板费尔普斯啪地一声合拢了小刀。"真可惜老人那几个儿子没能更有出息。"他若有所思地用权威的口吻说，"他们从来就拧不到一块儿。他花在哈维身上的钱足足可以办起十来个养牛场，而这笔钱他还不如白扔进桑德河。要是哈维能留在家里，帮助照料一些他力所能及的事情，替老人管管河滩牧场的牲畜，那些事情也许可以安顿得很好。可老人不得不把什么事都托付给佃户照料，结果处处上当受骗。"

"哈维绝不可能管好牲畜。"牛场主插嘴说，"他没有那股机敏劲儿。难道你们不记得他买桑德尔那些所谓八岁的骡子，当时镇上谁都知道，那些骡子是桑德尔的岳父十八年前送给他妻子的嫁妆，卖的时候都快老掉牙了。"

每个人都发出咯咯的笑声。穿褪色军服那人则乐得像孩子似的搓着双膝。

"哈维从来不大在乎日常事务，而且他肯定不喜欢干活儿。"煤炭木材商开口道："我还记得他最后在家的时候，就是他离开这里的那天，当时老人去牲口棚帮着手下人拴马套车，准备送哈维去车站，而卡尔·穆兹正在修围栏，哈维忽然从屋里出来站在台阶上，用他柔和得像女人的声音喊道：'卡尔·穆兹，卡尔·穆兹！请来帮我捆一下箱子。'"

"那就是你们的哈维。"穿褪色军服那个人乐呵呵地附和道，"我现在都还能听见他已是穿长裤的大小伙子时的哭嚎声，那时他母亲经常在牲口棚里用皮鞭揍他，因为他从牧场赶牛回家时常常让牛在玉米地里吃出病来。有次他就这样毁了我一头牛，一头纯种泽西奶牛，也是我有过的最好的奶牛。当时那老头子非要替我养着，那天它离开牛群时，哈维正在看沼泽地边的落日，他后来还分辩说夕阳简直太好看了。"

"老人错就错在送这孩子去东部上学。"费尔普斯捋着他的山羊胡，用一种从容不迫的口吻批评道，"他就是在那儿让他的脑子里塞满了诸如去巴黎逛逛之类的傻念头。而当时他最需要的是去堪萨斯城，去上一所第一流的商学院，在所有人当中，只有哈维最需要这个。"

书上的字迹在斯特文斯眼中变得模糊起来。这怎么可能，这些人竟然不懂那棺材上的棕榈叶对他们意味着什么？要不是与哈维·梅里克的名字连在一起在世界各地经常被提及，他们这座小镇的名字也许会永远埋在邮递手册中。当他充血的双肺被确诊没有治愈的可能性之后，雕塑家曾请求他这名学生把他的尸体送回家乡。斯特文斯记得他老师在临死那天对他说的话："当这个世界在运动，在发展，在变得更好的时候，那地方并不是一个令人愉快的安息之地。"他说这话时脸上有一丝勉强能看出的微笑，"不过我们最终似乎都应该回到我们来的那个地方。镇上的人会上我家来看我一眼，而在他们品头论足之后，我甚至用不着过分担心上帝的审判。在那个地方，胜利女神的翅膀①——他无力地指了指他的雕塑室——不会为我提供庇护。"

牛场主又开始发表议论："四十岁就死掉，这对梅里克家的人来说是早了点。他们一般都活得很久。也许他早死是因为威士忌。"

"他母亲家的人并不长寿，再说哈维的身体从来就不好。"牧师谨慎地说。他本来还想多说几句。他曾是那个孩子的主日学校老师，而且非常喜欢他；不过他觉得那不是他说话的场合。原来他自己的几个儿子都不务正业，而就在不到一年前，其中一个在布莱克山区②的一家赌场被人开枪打死，在特邮车厢里完成了他最后一次归家旅行。

"但有一点无可争辩，当美酒艳红，在杯中闪烁色彩时，哈维老爱盯着酒看，正是这点让他成了个大傻瓜。"

---

① 在西方艺术作品中，希腊神话中的胜利女神往往以背生双翼（如现存卢浮宫的《萨莫色雷斯的胜利女神》雕像）、头戴桂冠、手持火炬或橄榄枝的形象出现。

② 布莱克山区（Black Hills），跨美国南达科他州西南部和怀俄明州东部的一片面积约 1 万平方公里的山区，出产黄金、石墨等矿物。

牛场主把问题提到了道德的高度[①]。

此时只听通客厅的那道门哐啷一响，饭厅里的每个人都不禁一惊，待看清只有吉姆·莱尔德一人出现，大家才稍稍松了口气。吉姆那张通红的脸因愤怒而在抽搐，见他充血的蓝眼睛里闪出的怒火，穿褪色军服那家伙不由得低下了头。他们都怕吉姆，因为他虽说是个酒鬼，但却有本事曲解法律去适合他委托人的需要，而这一点在整个堪萨斯西部再无他人能做到，尽管有许多人都曾试过。这位律师把门轻轻关上，然后背靠着门，把双臂交叉在胸前，将头微微偏向一边。每当他在法庭上摆出这副架势，人们总会竖起耳朵倾听，因为这架势通常都预示着一番滔滔不绝的尖刻嘲讽。

"先生们，"他用一种干巴巴的语调开始，"以往你们坐在那些在这座小镇出生并长大的小伙子的棺材旁时，我都和你们在一起，如果我没记错的话，你们为那些小伙子盖棺定论的时候，从来就没有感到过满意。这到底是怎么回事？为什么在桑德镇值得尊敬的青年会像百万富翁一样寥若晨星？这在一个外乡人看来，似乎总会认为你们这座正在发展的城镇多少出了点毛病。为什么鲁宾·塞耶，那个你们培养出来的最杰出的青年律师，大学毕业后回家时

[①] 因为《旧约·箴言》第 23 章第 31—32 节曰："美酒艳红，在杯中闪烁其色彩时，不可盯着看；酒虽入口甘美，但终会像蝮蛇咬你，像蝰蛇噬你。"

那么刚正不阿，后来却会耽于酗酒，伪造支票，开枪自杀？为什么比尔·梅里特的儿子会在奥马哈一家酒馆里死于酒精中毒？为什么这位托马斯先生的儿子会在一家赌场被人开枪打死？为什么小亚当斯会烧掉自己的工厂，诈骗保险公司，结果进了监狱？"

律师稍一停顿，松开了交叉的双臂，一拳轻轻地砸在桌上。"我会告诉你们为什么。因为从他们穿上灯笼裤那天起，你们灌进他们耳朵的就只有金钱和欺诈；因为你们如同今晚在这里吹毛求疵一样对他们百般挑剔，把我们的朋友费尔普斯和埃尔德树起来作他们的楷模，就像我们的祖辈把乔治·华盛顿和约翰·亚当斯作为榜样。可这些不幸的小伙子还太年轻，对你们要他们做的事还没有经验，他们怎么能比得上费尔普斯和埃尔德这样的大师？你们要他们成为成功的流氓，可他们只是失败的恶棍——全部差异就在于此。在这介乎于野蛮与文明之间的边疆地区，只有哈维这个小伙子获得了成功，只有他没有遭到失败，于是你们因为他获得成功而恨他，胜过你们恨其他那些遭受失败的青年。哦，天哪，你们是多么恨他！这位费尔普斯老爱说，只要他愿意，他任何时候都能买下或卖给我们任何东西；可是他知道，哈维对他的银行和全部养牛场根本就不屑一顾，而如此被人看不上眼，这让费尔普斯很痛苦。

"这位尼姆罗德老先生认为哈维酒喝得太多，而这正是因为有尼姆罗德和我这样的人！

"埃尔德老兄说哈维乱花老人的钱——这大概是说他缺乏孝顺。那好，我们都还记得埃尔德老兄在法庭上发誓说他父亲是撒谎者时所用的那种声调，而且我们都知道，那位老人与他儿子散伙时就像一只被剪光了毛的羔羊。不过我这样说也许是在进行人身攻击，而我最好还是尽快说出我真想说的话。"

律师停顿了一下，挺了挺他宽阔的肩头，然后继续说："哈维·梅里克和我一道上学，一块儿去东部。我们拼命认真念书，希望有一天你们都会为我们感到骄傲。我们想成为杰出的人。甚至我，先生们，我还没有失去幽默感，也曾打算成为一个杰出的人。我回到这里开业，而我发现你们一点儿也不想让我杰出。你们只想让我成为一名圆滑的律师——哦，是的！我们这位退伍老兵曾想让我设法为他提高退伍津贴，因为他患有消化不良；费尔普斯曾想在全县范围内重新来一次土地测量，好把寡妇威尔逊太太那块小小的河边农场划入他南边的疆界；埃尔德曾想以百分之五的月息发放贷款，而且还要计算复利；这位斯塔克老先生曾想诱骗佛蒙特州的老太太，想叫她们用养老金来购买连书信纸都不值的房地产抵押债券。哦，你们太需要我了，而且还会继续需要我；所以我今天才不怕揭穿你们的老底。

"好吧，我回到了这里，成了你们希望我成为的该死的油滑律师。你们假装对我怀有某种敬意，但却一哄而起往哈维脸上抹黑，就因为他的灵魂没能被你们玷污，就因为他的手脚没能被你们捆住。哦，你们是基督徒中的一群败类！有那么些时候，一看见哈维的名字出现在东部的某些报纸上，我就会像一条挨了鞭子的狗耷拉下脑袋；可也有那么些时候，我喜欢想到他远在世界的那个地方，完全离开了这个猪打滚的泥坑，想到他正在从事他伟大的工作，在攀登他为自己设立的那个宏大、纯洁而崇高的目标。

"而我们呢？既然我们一直以只有挣扎在一座荒僻苦寒的西部小城的绝望者才懂得的方式在勾心斗角，在撒谎欺骗，在巧取豪夺，在偷盗行窃，在互相仇恨，那我们还有什么崇高可言？即使把你们所获得的一切加在一起作代价，哈维·梅里克也不会出卖你们沼泽地上的那轮夕阳，而你们知道这点。由于上帝那不可知的智慧，不该由我来解释为什么一位天才应该从这个充满仇恨和苦泪的地方被唤走，但我想让这个波士顿人知道，在诸如在座的桑德镇的金融家当中，在这样一群令人恶心、误入歧途、对贫瘠的土地贪得无厌的癞皮狗当中，他今晚在这儿听到的这堆胡话就是一个真正的伟人能够得到的唯一颂词——愿上帝宽恕这座小城！"

律师从斯特文斯身边经过时突然朝他伸出了一只手，而在那位退伍老兵有时间抬起头伸长脖子打量他周围的同伴之前，他早已抓起大厅里的外套，离开了那幢房子。

第二天吉姆·莱尔德喝得大醉，没能去参加葬礼。斯特文斯两次拜访他的事务所都没见到他，最后只好遗憾地动身回东部。他觉得自己以后会收到他的信，便把自己的地址留在了他桌上；但即使莱尔德看到了那个地址，他也决不会给予理会。珍藏在他心中的那种哈维曾热爱的东西想必是同哈维的棺材一道被埋葬了，因为那种东西再没有闪现过。吉姆后来在驱车穿越科罗拉多山区时患了感冒，并因此死去，而他去那里是为了替因偷伐国家木材而在当地被起诉的费尔普斯的一个儿子辩护。

保罗之死

——一份性格研究报告

　　那天下午，保罗必须在匹兹堡中学全体教师跟前为自己的各种不端行为做出解释。他早在一个星期前就被暂停了学业。他父亲已来学校拜会过校长，承认自己对儿子的行为大惑不解。保罗温文尔雅、满脸微笑地进了教员办公室。他的衣服看上去有点小，敞开的大衣领子上的棕色丝绒也已磨损，但尽管如此，他身上仍不乏时髦之处，他那根系得端端正正的黑色活结领带上别着一枚蛋白石饰针，而且他翻领纽孔上插着一朵红色康乃馨。不知何故，老师们都觉得这后一种装饰不适合表明一个被暂令停学的孩子的悔改之心。

　　就其年龄而论，保罗长得很高，但却很瘦，高耸的肩头不宽，胸部也很窄。他眼睛闪着一种引人注目的狂热光芒，而且他总是有意用一种夸张的方式使用那双眼睛，这对一个孩子来说特别令人反感。他那对瞳孔大得异常，仿佛他服用阿托品成瘾，但瞳孔周围的虹膜清澈晶莹，而这并非药物所致。

　　当被校长问及他为何在那儿时，保罗极有礼貌地回答说他想回到学校。这是句谎言，但保罗惯于说谎，因为他真心觉得撒谎是避免冲突之必需。校长请老师们各自陈述对他的指控，而老师们发言时所表现的深仇积怨和痛心疾首充分证明这并非一起普通事件。违犯纪律和目无师长是所列不端行为中的两大毛病，可每个老师都觉得几乎不可能用语言说出毛病的症结所在，因为这症结在于那孩子具有的一种歇斯底里的挑衅态度，在于他们都知道的他对他们的轻蔑，而且他看上去对这种轻蔑丝毫不加掩饰。有一次，他正在黑板前写出一段文章的大意之时，英语老师走到他身边想手把手地对他进行指导，这时他猛然一惊，转过身来，把双手死死地藏到身后。要是他当时给老师一记耳光，那名惊慌失措的女教师也不会感到更伤心，更难堪。这种侮辱纯然出自本能，而且明确地针对个人，所以令人难以忘怀。对他的所有老师，无论男女，他都以这种或那种方式让他们实实在在地感到了同一种厌恶。在一门课上他习惯坐着用手遮住眼睛，在另一门课的背诵过程中他总是望着窗外，在下一门课时他则会故意令人发噱地对老师的讲授加以即席评论。

老师们都觉得，他那天下午的耸肩和那朵轻浮的康乃馨代表了他的全部态度，于是他们都毫不留情地对他大张挞伐，英语老师则一马当先。保罗自始至终微笑着站在那里，苍白的嘴唇微微张开，露出一口白牙。（他的嘴唇总是在抽动，而且他习惯扬起两道神气活现、使人愤怒到极点的眉毛。）在那种炮火的洗礼下，比保罗年长的孩子也曾彻底崩溃，痛哭流涕，但保罗凝固的微笑却始终挂在脸上，他不自在的唯一迹象就是他拨弄大衣纽扣的那只手在神经质地颤抖，拿着帽子的另一只手偶尔痉挛一下。保罗总是在微笑，总是在四下环顾，他似乎觉得人们总是在注意他，总是想探究他什么秘密。由于这种有意识的表情完全不可能出自孩子气的快活，所以它通常被归因于傲慢无礼或者"老奸巨滑"。

在讯问进行的过程中，一位老师翻来覆去地指责这孩子傲慢，于是校长问保罗是否认为对女士说话本该彬彬有礼。保罗微微耸了耸肩头，两道眉毛一阵抽动。

"我不知道。"他回答说，"我既没打算有礼貌也没打算无礼，我认为说话随便是我的一种方式。"

校长是一位富有同情心的人，他问他是否认为最好是摒弃那种方式。保罗咧嘴一笑，说他认为应该。当他被告知可以离去时，他优雅地鞠了一躬，然后离去。他的鞠躬不过是他那朵令人愤慨的红色康乃馨的翻版。

老师们都陷入了绝望。绘画课老师承认，那孩子身上有种他们谁也没法理解的东西，这话说出了大家的共同感受。他补充道："我并不真正相信他的微笑全然是因为傲慢，那种微笑有种忧虑不安的意味。首先，这孩子并不健全。我碰巧知道他出生在科罗拉多，出生几个月之后他母亲就在那儿死于一种慢性病。这孩子多少有点反常。"

这名绘画课老师在观察保罗的长相时早就意识到，人们仅仅看见他雪白的牙齿和他眼中闪出的不自然的热情。一个温和的下午，那孩子正趴在他的绘画板上熟睡，这时他老师惊奇地注意到，那张脸十分苍白，青筋凸现，面容憔悴，眼圈像老人那样周围布满了皱纹，甚至在睡眠中嘴唇也在抽动，紧张地咧开。

老师们离开大楼时都感到遗憾和闷闷不乐，因为他们居然对一个孩子那么怀恨在心，居然用尖刻的语言来表达这种感情，而且大家好像是互相怂恿着参加了这场令人厌恶的谩骂游戏，这使他们感到羞愧。他们中有些人记起了一只可怜的猫在街头被一群虐待狂逼得走投无路的情景。

至于保罗，他冲下大楼前的斜坡时一边用口哨吹着《浮士德》①中那首士兵合唱曲，一边不时地回头张望，看是否有他的老师因看见他轻松愉快而感到难堪。因为那已是下午很晚的时候，而保罗当晚得去卡内基音乐厅当引座员，所以他决定不回家吃晚饭。他到达音乐厅时大门尚未打开，由于外面天冷，他决定上楼去画廊——这时候画廊总是空寂无人——那儿有拉斐利②的几幅明快的巴黎街景画和一两幅朦胧忧郁的威尼斯风景，这些画总让保罗感到兴奋。他高兴地发现画廊里除了那名老警卫外别无他人，

---

① 《浮士德》（*Faust*, 1859），法国作曲家夏尔·古诺（Charles Gounod, 1818—1893）作曲的五幕歌剧。

② 拉斐利（Jean-Francais Raffaelli, 1850—1924），法国画家。

老警卫坐在一个角落，膝盖上摊着一张报纸，一只眼睛蒙着黑色眼罩，另一只眼睛则闭着。保罗把这个地方视为己有，充满自信地在那儿来回踱步，同时轻声地吹着口哨。过了不久，他在里科① 的一幅以蓝色为基调的画前坐下，并沉湎于这幅画中。当他想到看表时已过了七点，于是他一跃而起，朝楼下冲去，一路上他朝正从雕像陈列室往外凝视的奥古斯都② 扮了个鬼脸，并冲楼道上的米洛的维纳斯③ 做了个下流动作。

当保罗冲进引座员更衣室时，那儿已经有六个男孩，于是他开始激动地换上制服。那是他仅有的几件还算合身的衣服中的一件，保罗认为它非常合身——尽管他知道那熨帖而笔挺的制服会突出他狭窄的胸部，而且他对此极其敏感。保罗换制服时总是很兴奋，自始至终都随着琴房那边弦乐器的调音和圆号的试奏而用鼻音哼着曲子；但今晚他似乎兴奋得过了头，不断地逗弄取笑另外那几个男孩，直到他们说他疯了，把他摔倒在地并坐到他身上。

他的自制力使他平静了一点，他冲到音乐厅前面开始安顿早到的观众。他是名模范引座员，总是温文尔雅、满

---

① 里科（Martin Rico, 1835—1908），西班牙风景画家。
② 古罗马雕像《奥古斯都》原件现存罗马梵蒂冈博物馆，但不少博物馆都有这尊雕像的复制品。
③ 古希腊雕像《米洛的维纳斯》（即《断臂维纳斯》）原件藏于巴黎卢浮宫，此处也是复制品。

脸微笑地在过道间跑来跑去，干什么都轻松自如。他传递信息，奉送节目单，仿佛这就是他生活中最大的乐趣，他那个座区的观众都认为他是个可爱的孩子，都觉得他记得他们并尊敬他们。随着场内观众的增多，他越来越兴奋，越来越快活，他的双颊和嘴唇也有了血色。那仿佛就像是一个盛大的聚会，而保罗就是那聚会的主人。正当乐师们出场各就其位之时，他的英语老师进了音乐厅，她要找的是一位著名制造商为整个演出季节包下的座位。她把票递给保罗时露出了几分尴尬，还露出了一种随后就让她感到非常愚蠢的傲慢。保罗先是一愣，接着又恨不得把她赶出去；她有什么权利置身于这些优雅的人们和华丽的色彩当中？他打量了她一番，断定她衣着不甚得体，这身穿戴坐在楼下肯定会丢人现眼。为她放下一个座位时他心中暗想，这票也许是出于仁慈而送给她的，她差不多和他一样没有资格坐在那里。

演奏开始后，保罗在后排一个座位上坐下，长长地松了口气，然后就像先前沉湎于里科那幅画一样陶醉在音乐之中。这并不是因为交响乐本身对保罗具有什么特殊意义，而是因为那些乐器的第一声奏鸣似乎就释放出了囚于他心底的某种强烈的欢愉之情，某种就像那位阿拉伯渔夫发现的瓶中魔鬼在他心中挣扎的激情。他突然感受到了生活的乐趣；灯光在他眼前起舞，音乐厅变得难以想象的辉煌灿烂。当那名女高音独唱歌手登场之时，保罗甚至忘了他老师也在场内这个令人不快的事实，完全进入了这类角色总会让他进入特别亢奋的状态。那名歌手碰巧是个德国女人，她看上去绝非正值妙龄，而且显然是好几个孩子的母亲；但她穿着华丽精美的礼服，戴着冕状头饰，具有那种莫可言状的成功的神态，焕发着那种普照大地的耀眼光芒，这一切使她在保罗眼中成了一名真正的传奇女王。

在一场音乐会之后到睡觉之前，保罗往往总是烦躁不安，而今晚他甚至比以往更焦躁。他觉得自己不可能平静下来，不可能放弃这种美妙的激动，这种唯一称得上生活的激动。最后一曲未终他便退场进了更衣室，匆匆换过衣服之后他悄悄出了侧门，那个女高音歌手的马车就停在那里。他开始急促地在人行道上来回踱步，等着看那名女歌手出来。

透过蒙蒙细雨，远方开阔处高大的申利饭店依稀可见，它十二层楼的窗户都闪出灯光，就像圣诞树下的纸板房窗户闪出灯光一样。一流的演员和歌手来这座城市时全都住在那里，当地的许多大制造商也爱住在那儿过冬。保罗经常在这个饭店周围徘徊，看着人们进进出出，他渴望自己也能进去，把学校老师和沉闷烦忧永远丢在身后。

那位歌手终于出来，陪着她的是乐队指挥，他扶她上车并关上车门，然后用德语说了声再见，这声再见使保罗很想知道她是不是他的一个老情人。保罗尾随着马车去饭店，他走得很快，所以当那位歌手下车时他离饭店入口已不太远，他看见一个戴高顶帽穿长制服的黑人推开了旋转玻璃门，她很快消失在门后。就在玻璃门打开的那一瞬间，保罗感到好像他也走了进去。他似乎觉得自己跟在她身后上了台阶，走进了那座亮堂堂、暖融融的大楼，进入了一个阳光灿烂、波光粼粼、舒适自在且富有异国情调的火热世界。他想到了正被送进饭厅的山珍海味，想到了冰桶里的绿色酒瓶，就像他曾在《星期日世界》增刊中那些豪华宴会图片上所看见过的一样。一阵狂风使细雨骤然变成了大雨，保罗猛然一惊，发现自己仍站在饭店外面泥泞的砾石路当中。他的靴子正在漏水，他那件太小的大衣湿淋淋地绷在身上，音乐厅正面的灯光已经熄灭，大雨正在他与头顶上那些闪着橘黄色灯光的窗户之间垂下一道道水帘。他所向往的一切就在那里——在他眼前，伸手可及，好像圣诞期间演出的童话剧中的仙境，可惜有幸灾乐祸的精灵站在门口把守，当雨点打在脸上时，保罗真想知道他是否命中注定要永远站在外面的黑夜中发抖，眼睁睁地望洋兴叹。

他转过身子，极不情愿地向有轨电车线走去。有时候那结局不得不来临：穿着睡衣站在楼梯口的父亲、那些从来没解释清楚的解释、那些他永远也不能自圆其说的临时虚构的故事、他楼上那个房间及其可怕的黄色墙纸、那吱嘎作响的衣橱和橱内那个滑溜溜的丝绒领盒、他那张刷漆木床上方乔治·华盛顿和约翰·加尔文的画像，以及那句他母亲用红绒线绣成的装在画框里的格言"喂我的羔羊"①。

半小时后保罗下了电车，从主干道慢慢地走进了一条小街。那是一条体面的街道，街边所有的房子都一模一样，房子里那些中等收入的生意人都生养了一大群孩子，那些孩子全都上主日学校，学习简短的基本教义，而且全都对算术感兴趣；他们全都和他们的家庭一样毫无二致，都同样过着千篇一律的生活。保罗一踏上科迪莉亚街就会厌恶得发抖。他家紧挨着坎伯兰神父的房子。今晚他怀着麻木的失败感走近家门，绝望地感到他正永远地坠落回他每次回家都会坠入的丑陋和平庸。拐进科迪莉亚街的那一刻，他感到头顶上的雨点很密。在每一次那样的狂欢之后，保罗都会体验到紧随放荡而至的生理上的抑郁：对体面床榻之反感，对普通食物之腻味，对充满厨房气味的房子之厌恶，对那群日常生活中平淡无奇的庸碌之辈之突如其来的憎恨，对清凉的风、柔和的光和新鲜的花之病态的向往。

越是走进那幢房子，保罗就越是强烈地感到他不想看见那房子里的一切：他那间丑陋的卧房、那个冷森森的浴室、浴室里污秽的锌皮浴盆、裂缝的镜子和漏水的龙头、

---

① 在《新约·约翰福音》第21章第15—17节中，耶稣三度吩咐门徒约翰的儿子西蒙·彼得"喂我的羔羊"。

站在楼梯口的父亲，以及他那两条从睡衣下伸出的多毛的腿和那两只穿着毛毡拖鞋的脚。他今晚比平时回家要晚得多，肯定有一番盘问和训斥在等着他。保罗在家门口停住了脚步。他觉得他今晚不能与父亲搭话，不能又在他那张糟糕的床上翻来覆去。他不想进屋。他会告诉父亲：他没有乘电车的钱，雨又下得那么大，所以他去一个朋友家住了一夜。

这时他又湿又冷，便绕到房子后面，试着拉了拉地下室的一扇窗户。窗户没有拴上，他小心翼翼地将其推开，顺着地下室的墙壁爬到了里面。他屏住呼吸站在那儿，为自己刚才弄出声响而后怕，不过他头顶上的楼板悄无声息，楼梯上也没传来吱嘎吱嘎的声音。他找到一个肥皂箱，把它移到从炉门透过来的一团柔和的光中，然后坐了下来。他特别害怕老鼠，所以没打算睡觉，只是惊疑未定地坐在那儿望着黑暗，仍然担心他也许已惊醒了父亲。在这种因过度兴奋造成的疲乏之中，在一次从日程表沉闷的空白中赢得日夜的经历之后，在他的感官都麻木之时，保罗的头脑总是特别清醒。要是他父亲听到了他爬进窗户，下楼来把他当作夜贼一枪打死，那结果会怎样呢？另外，假如他父亲已端着手枪下了楼梯，而他及时地呼叫使自己免于一死，于是他父亲因想到差点儿杀死儿子而感到惊骇，那结果会怎么样呢？再则，倘若有那么一天，他父亲回想起那个夜晚时真希望当时没有那声呼叫制止他勾动扳机，那结果又会怎么样呢？对这最后一个假设，保罗一直琢磨到天亮。

随之而来的星期天是个晴朗的日子，秋日小阳春最后的一闪驱散了十一月的阴冷。和往常一样，上午保罗不得不去教堂和主日学校。在天气宜人的星期日下午，科迪莉亚街的居民总是坐在他们的前门廊上同隔壁门廊上的邻居聊天，或亲热地朝街对面的街坊大声嚷嚷。男人们通常是坐在花花绿绿的垫子上面，垫子则放在伸向人行道的台阶上。女人们都身穿星期日紧腰裙，坐在狭窄的门廊上的摇椅中，一个个装出悠闲自得的样子。孩子们在街上玩耍，他们人数很多，所以那里看上去就像幼稚园的游戏场。台阶上的男人们都只穿着衬衫和没有扣上的背心，他们叉开双腿、挺着肚子坐在那儿，谈论各种东西的价格，或是讲述有关各行各业的老板巨头聪明能干的奇闻轶事。他们偶尔看看那一大群孩子，满怀深情地倾听他们扯开嗓门、带着鼻音的争吵，眉开眼笑地目睹他们自己的脾性在下一代身上重现；这时他们会谈起他们的儿子在学校的进步，谈起他们的算术成绩以及他们在玩具银行的储蓄数额，以此来点缀他们关于巨头老板的传说。

在这个十一月的最后一个星期天，保罗整整一下午都坐在他家门前台阶的最末一级，凝望着街头，而他那些坐在摇椅中的姐妹则一直在对隔壁神父的女儿们讲她们上星期做了多少件连衣裙，在上一次教堂募捐晚餐会上某人吃了多少个蛋奶烘饼。碰上天气暖和而且他父亲心情又特别好的时候，姑娘们总会制作柠檬汽水，汽水永远是装在一个红色玻璃罐里被端出，那玻璃罐上饰有蓝色彩釉的勿忘我花。姑娘们认为罐子很漂亮，可邻居们却总是取笑罐子那可疑的颜色。

保罗的父亲今天坐在台阶的最高一级，一直在同一位老是把一个不安的婴儿在双膝上移来移去的年轻人说话。此人碰巧就是父亲整天要保罗学习的榜样，他父亲最殷切的期望就是保罗能够步其后尘。这个年轻人面色红润，有两片扁平的红嘴唇和一双暗淡无光的近视眼，戴着一副镜片很厚的眼镜，镀金脚架挂在两只耳朵上。他是一家大钢铁公司某位巨头的文书，在科迪莉亚街被视为一名很有前途的青年。关于他有这样一段故事，大约五年前——他现在只不过二十六岁——他还有点放荡，但为了抑制其欲望，为了省下放荡不羁的结果也许会耗费的时间和精力，他听从了他老板对雇员们的一再忠告，在二十一岁时娶了能分享他命运的第一个女人。那女人碰巧是个瘦骨嶙峋、比他年长许多、而且也戴着近视眼镜的学校老师，如今已经为他生了四个孩子，四个孩子都同她一样是近视眼。

此时那年轻人正在讲他老板，说眼下正乘着自家游艇在地中海漫游的那位老板是如何像在家里一样对生意行情了如指掌，对办公时间安排有方，而且其"雷厉风行的工作方式足以使两名速记员忙个不停"。保罗的父亲随之讲了他们公司正在考虑的在开罗铺设电车轨道的计划。听到这儿保罗咬紧了牙关，因为他生怕在他能去开罗之前他们就毁了那座城市。不过他很喜欢听那些关于巨头大亨的故事，那些在星期天和节假日被一再重复的故事，因为那些关于威尼斯的宫殿、地中海的游艇，以及在蒙特卡罗一赌千金的故事都令他神往，而且他对那些一举成名的送款员的成功也很感兴趣，尽管他并不想扮演送款员的角色。

吃过晚饭并帮着擦干盘子之后，保罗怯生生地问父亲他是否可以去乔治家补习他的几何，并且更加怯声怯气地问他父亲要乘电车的钱。这后一个要求他不得不重复了一遍，因为他父亲原则上不喜欢听到别人向他要钱，无论要的钱是多是少。他问保罗能不能去某个住得近一点的孩子家，并告诉他不该把学校里的功课留到星期天来做，不过他还是给了儿子十美分。他并不是穷人，可他怀有一种值得尊重的雄心，一种要在这世界出人头地的雄心。他之所以允许保罗去当引座员，唯一的理由就是他认为一个孩子应该去挣点儿钱。

保罗蹦蹦跳跳地上了楼，用他所憎恶的气味难闻的肥皂洗去了手上油腻腻的洗碗水气味，然后从一个藏在抽屉里的瓶中往手指上洒了几滴紫罗兰香水。他腋下夹着几何课本大摇大摆地出了家门，就在他拐出科迪莉亚街并登上一辆开往市中心的电车之时，他甩掉了两天来的沉闷抑郁,重新开始了生活。

有个剧团常年在市中心一家剧场固定演出,剧团里演少年主角的那个演员叫查利·爱德华,他与保罗早已相识,并一直邀请保罗在方便时尽可能地去参加他星期日晚上的彩排。一年多来,保罗把他星期天晚上所有方便的时间都消磨在了查利·爱德华的化妆室里。他在爱德华的追随者中赢得了一席之地,这不仅仅是因为那个雇不起服装管理员的年轻演员常常觉得保罗有用,而且还因为他在保罗身上认识了某种近似于牧师们所说的"天职"的东西。

只有在那家剧场和在卡内基音乐厅时,保罗才在真正地生活,其余时间则"只是沉睡和遗忘"①。这是保罗的童话,这童话对他有一种神秘爱恋之全部魅力。当他在布景后面吸入那种由油漆和灰尘混合的气味之时,他就像一名刚出狱的囚犯呼吸新鲜空气,而且他会感到他有能力去做辉煌灿烂的事情,或是说出诗一般美的话语。当狂热的乐队奏出《玛尔塔》②之序曲,或是奏出《利哥莱托》③中的

---

① 语出英国诗人华兹华斯《颂歌:永生的启示》(*Ode: Intimations of Immortality*,1807)第 58 行(第 5 节第 1 行):"我们的诞生只是沉睡和遗忘"。

②《玛尔塔》(*Martha*,1847),德国作曲家弗洛托(Friedrich von Flotow,1812—1883)创作的四幕歌剧。

③《利哥莱托》(*Rigoletto*,1851),又译《弄臣》,意大利作曲家威尔第(Giuseppe Verdi,1813—1901)创作的三幕歌剧。

那首小夜曲之时，所有的无聊和丑陋都会从他身边悄悄溜走，这时他的感觉会非常美妙，然而是在美妙地燃烧。

也许正是因为自然事物在保罗的世界里几乎总是呈现出丑陋的外表，所以某种人工造就的环境才在他的眼里成为美之必需。也许正是因为他在别处的生活经历中充满了主日学校的郊游野餐、微不足道的节俭措施、如何成功的箴言忠告，以及驱之不去的厨房气味，所以他才觉得这种生活是如此令人向往，这些衣着漂亮的男男女女是如此具有魅力，这些在聚光灯下终年四季繁花盛开的苹果园才如此令他感动。

很难令人信服地表达清楚，为何那个剧场的舞台入口对保罗来说就是进入传奇世界之实实在在的大门。那个剧团里当然没人觉察到这点，查利·爱德华更是浑然不知。这很像过去流传在伦敦的关于那些犹太巨富的传说，那些犹太人拥有地下厅堂，地下厅堂有棕榈树、清泉和柔和的灯光，还有从未见过伦敦日光的衣着艳丽的女人。就像那样，在那座烟雾笼罩的城市之中，沉迷于那些体形身姿和肮脏的幕布，保罗拥有了他的秘密神殿和如意飞毯，拥有了他那一片永远沐浴着阳光并涌动着碧波白浪的地中海海岸。

保罗的几位老师有一种看法，认为保罗的想象力已被花里胡哨的小说扭曲，但事实是他几乎从来不读小说。他家里那些书既不会引诱也不会腐蚀一颗年轻的心灵，至于说他某些朋友怂恿他读过几本小说——好吧，可他从音乐中获取他想要的比从小说中去获取要快得多，因为不管是哪种音乐，也无论是来自一个管弦乐队还是一架手摇风琴。只要有音乐的火花，只要有使他的想象力控制他感官的那种莫可名状的激动，他就能自己创造出足够的情节和画面。他并非一心要登台演出也同样是事实——至少他无论如何也不向往通常意义上的登台演出。他没有当一名演员的欲望，也不想非得成为一名乐师。他觉得做这些事都毫无必要；他想要的就是观看和聆听，就是沉湎于那种气氛之中，就是漂浮在其碧波之上，被碧波带走，一程又一程，远远离开他身边的一切。

在布景后面待过一夜之后，保罗会觉得教室更加可憎：那些光秃秃的地板和光秃秃的墙壁；那些从来不穿礼服大衣、或是钮孔上不插紫罗兰的乏味的男人；那些衣裙色彩单调、说话尖声尖气、对后接间接宾语的与格介词认真得令人可怜的姑娘。他片刻也不能容忍别的学生以为他把这些人当回事，他必须让他们明白他认为那一切都微不足道，而且不管怎么说，他之所以在那儿仅仅是在开个玩笑。他有那个剧团每一名演员亲笔签名的照片，他拿出这些照片向同学们炫耀，给他们讲些最令人难以置信的故事：他与这些演员非常亲近，他认识来卡内基音乐厅演出的那些歌手，他与他们共进晚餐，他给他们送上花束。如果这些故事未达到预期效果，如果他的听众感到索然寡味，他便会孤注一掷对所有人说声再见，并宣布他要出门旅行一阵子——去那不勒斯，去威尼斯，去埃及。然后下个星期一他又会悄悄溜进教室，脸上挂着有意识的神经质的微笑，因为他妹妹病了，他不得不把旅行推迟到春天。

保罗在学校里的情况越来越糟。因为一心要让老师们知道他是如何打心眼儿里藐视他们和他们的说教，他在别处是如何受到高度重视，有一两次他曾谈起他没有时间玩弄什么定理；并补充说——说时眉头一扬，露出一种令他们困惑的神经质的虚张声势——他正在帮市中心那家剧团的演员们做事；他们都是他的老朋友。

事情的结果是校长登门拜访了保罗的父亲，于是他父亲让他退学，并给他找了份工作。卡内基音乐厅的经理被告知得另雇一名引座员代替保罗的位置，那家剧场的守门人得到通知不许保罗进入剧场，而查利·爱德华则悔之不及地向保罗的父亲保证他以后不会再见保罗。

当保罗的某些故事传到那个剧团的演员们耳中时，大家都觉得非常有趣——尤其是那些女演员。她们都是些拼命工作的女人，其中大多数还得养活没钱的丈夫或兄弟，得知她们竟激起了那位少年如此热烈而绚丽的想象，她们感到既苦涩又好笑。她们与学校老师和保罗的父亲看法一致，认为保罗的问题非常糟糕。

　　东行列车正费力地穿过一月的暴风雪。当机车在距纽瓦克①一英里处鸣响汽笛时，阴暗的天边刚刚开始发白。蜷缩在座位上的保罗从不安的睡眠中惊醒，他用手擦了擦车窗上的雾气，向外张望。雪花旋转着在白茫茫的大地上方飘洒，田野里和围栏边早已堆起了厚厚的积雪，不过随处可见从雪中冒出的衰草枯茅黑乎乎的长茎。灯光从零零落落的房子里闪出，站在铁路线旁的一群工人挥动着提灯。

　　这一夜保罗睡得很少，他觉得自己蓬头垢面，很不舒服。他乘的是一节硬座车厢，这一方面是因为他衣着寒碜，羞于进豪华卧车，一方面是因为他害怕在卧车里碰上匹兹堡的生意人，他们说不定在丹尼及卡森公司注意过他。就在汽笛声把他惊醒时，他曾飞快地抓紧胸前的口袋，脸上带着一种难以捉摸的微笑四下扫视了一番。但那一小群身上溅满泥污的意大利人仍在呼呼大睡，过道对面那几个邋遢女人正张着嘴沉于梦乡，甚至连一直在啼哭的几个脏兮兮的婴孩也暂时止住了哭声。保罗重新蜷缩起身子，尽可能地控制住焦躁。

　　车到泽西城站时，他匆匆吃了早饭，此时他露出明显的不安，机警地四下张望。在第二十三街站下车后，他向

_____

① 此处的纽瓦克指美国新泽西州东北的港口城市，东距纽约曼哈顿区14公里。

一位出租马车车夫问路，随之便乘马车到了一家刚刚开门的男子服饰品商店。他在那儿待了两个多小时，非常仔细地进行了一番选购。他在试衣间里穿上了新买的街头便装，一股脑地把礼服大衣、正式礼服和衬衣衬裤塞进了马车。接着他去了一家帽店和一家鞋店，然后又到蒂法尼珠宝店选购了银器和一枚领带夹针。他说他不想等他的银器刻上标记。最后他让马车停在了百老汇大街的一家箱包店跟前，把他买的东西装进了几只式样不同的旅行箱。

午后一点稍过，他到了沃尔多夫饭店，与马车夫结清账后他便进了大厅。他登记时声称来自华盛顿，说他父母去了国外，他是来纽约等他们的船到达。他花言巧语编出的故事没遇到任何麻烦，因为他自愿提前付账订下他的房间：一套有卧房、客厅和浴室的房间。

为此番纽约之行，保罗筹划过不止一次，而是上百次。他曾与查利·爱德华一起考虑过每一个细节，一遍遍地翻过他家里那本剪贴簿，剪贴簿里有他从《星期日周刊》上剪下的关于纽约各家饭店的介绍。当他被领进八楼上的那套房间时，他一眼就看出一切都与想象的一样，房间里只有一个细节与他心目中的画面不符，于是他摇铃唤来侍者，叫他马上下楼去买花。他一边不安地走来走去等着侍者返回，一边拿出他新买的亚麻布衬衫，欣喜地用手指轻轻抚摸。鲜花买回来后，他匆匆将其插入水中，然后躺进了热气腾腾的浴缸。不一会儿他从洁白的浴室里出来，身上穿着闪闪发光的丝绸内衣，手指抚弄着红色浴袍上的流苏。此时窗外风雪交加，他几乎看不见街对面，但房间里的空气却柔和温馨。他把紫罗兰和黄水仙放到床边的小柜上，然后长舒了一口气，在床上躺下，盖上了一条罗马绒毯。他完全累坏了；在过去二十四小时内，他经历了那样的匆忙，挺住了那样的劳累，并赶了那么远的路，所以他现在想回味一下这一切到底是怎样发生的。窗外的风声、室内的温暖，以及花儿的幽香使他松弛下来，他昏昏欲睡地陷入了深深的回忆。

事情简单得惊人。当他们不让他再进那个剧场和音乐厅之时，当他们抽掉他的主心骨之时，整件事情实际上就已经决定了。剩下的就仅仅是等待时机。让他惊讶不已的只是他自己的勇气——因为他非常清楚，他一直在受着恐惧的折磨，最近一些年头，就像他被自己用谎言编成的网缠住一样，有一种恐惧把他缠得越来越紧。直到现在他也想不起他何时不曾怕过某种东西。甚至当他很小的时候，那东西就总是在他周围——在他身后，在他前方，或是在他左右两侧。他身边总有他不敢去看的阴森森的角落和黑洞洞的地方，但从那些昔兄角落却似乎总有某种东西在盯着他看——而保罗知道，他做了一些看起来并不光彩的事。

但现在他有了一种如释重负的奇妙感觉，仿佛他终于开始向角落里那个东西挑战。

然而仅仅在一天前，他还绷着脸受制于人。就在昨天下午，他还像平时一样奉命带着丹尼及卡森公司的存款去银行——不过这一次他奉命把账簿留在银行结算。于是他从公司的钱里取出了两千多美元的支票和将近一千美元现金，将其悄悄揣进了自己的腰包。在银行时他重新填写了一张存款单。他头脑冷静得足以允许他回到办公室，在那儿他干完了当天的工作，然后以一个绝对充分的借口为第二天（星期六）请了一整天假。他知道，银行账簿在星期一或星期二之前不会返回公司，而且他父亲下个星期将不在城里。从把钱揣进腰包到登上开往纽约的夜班火车，他没有过一分一秒的犹豫。在惊涛骇浪中行船，这对保罗来说已不是头遭。

这一切容易得令人惊讶！他已经在纽约，大功已经告成，而这一次他不会被唤醒，也不会有人站在楼梯口等他。他望着雪花在窗前飞舞，直到他终于入睡。

他醒来时已经是下午三点。他吃惊地从床上一跃而起。宝贵的时日已过去了半天！他花了一个多小时来梳洗打扮，对着镜子审视了他装束的每一细节。一切都非常完美，他完全成了他一直想成为的那种人。

他下楼叫了辆马车，拐上第五大道向公园驶去。雪下得稍稍小了一点，出租马车和运货马车无声无息地在冬日的暮色中匆匆来去，戴着羊毛手套的男孩们正在铲除门前台阶上的积雪，衬映着洁白的大街，来往的车流形成了一串美丽的色斑。街角随处可见卖鲜花的铺子，其玻璃柜下开放着整座整座的花园，而玻璃柜外则有雪花在碰撞，在融化。紫罗兰、红玫瑰、康乃馨以及幽谷百合——不知怎么地，全都因这般不合时令地开在雪中而越发可爱，越发迷人。公园本身则是一幅奇妙的冬景图。

当他返程之时，短促的暮色已经消失，街头的情调也已变换。此时大雪纷纷扬扬，灯光从各家饭店射出，这些高达十余层的饭店在暴风雪中巍然屹立，傲视从大西洋刮来的疾风。由车辆组成的一条长长的黑色潮流顺着大道涌动，不时与横向流淌的潮流相交。他住的那家饭店入口处约有二十辆马车，他的车夫不得不停车等候。身着制服的侍者在伸过人行道上方的天篷下进进出出，在从大门一直铺到街边的红地毯上来来去去。四面八方、里里外外都是一派热闹的景象，有成千上万和他一样追求欢乐的人在奔忙，在激动，他的前后左右都高耸着金钱万能之耀眼的证明。

保罗在一阵顿悟中咬紧了牙关，抱紧了肩头。所有戏剧的情节、所有传奇的内容，以及所有感觉的本质都像雪花一样在围绕着他旋转。他像风暴中的一块干柴在燃烧。

当保罗下楼用晚餐时，乐队奏出的音乐飘上电梯通道传入他耳中。他跨入拥挤的走廊时感到一阵头晕，于是他坐到墙边的一把椅子上想缓一口气。一时间他突然有种感觉，觉得自己受不了这些灯光、人声、香味和令人眼花缭乱的色彩。不过这种感觉转瞬即逝，他告诉自己，这些都是他自己的人。他慢慢地走过一条条走廊，穿过一个个写字间、吸烟室和会客厅，仿佛他是在查看一座为他而建、为他而挤满了人的魔宫。

保罗走进饭厅，在靠窗的一张桌子边坐了下来。娇美的鲜花、洁白的桌布、五光十色的酒杯、女人们艳丽的衣裙、拔瓶塞时发出的噗噗声，以及从乐池飘出的《蓝色多瑙河》那起伏波动的旋律，全都闪着迷人的光彩涌入保罗的梦幻。当玫瑰色的香槟被斟上——当那种冰冷而昂贵的液体在他杯中冒着气泡——他不禁为世上居然有老实人而感到惊讶。他想这才是世人为之奋斗的生活，这才是所有奋斗想要达到的目的。他怀疑自己的过去是否真实。难道他真知道一个叫科迪莉亚街的地方，真知道一个辛劳的生意人乘早班车的地方。那些人在保罗眼中不过是一台机器上的铆钉，一群令人作呕的男人，他们的衣服上总沾着孩子们的头发，他们身上总散发出厨房的气味。啊！科迪莉亚街，那属于另一个时代，另一个国家。啊！他难道不是打记事起就一直这样生活？他难道不是夜复一夜都坐在这儿心事重重地看着眼前这些丝裙缎袍闪闪发光，看着这种酒杯的柄脚在他拇指和中指间慢慢旋转？他仿佛觉得自己从来就是这样。

他丝毫没感到局促或者孤独。他也没有特别的欲望去认识或了解这里的任何人，因为他想要的一切就是旁观和揣度的权利，就是观赏这华丽场面的权利。舞台道具就是他为之奋争的一切。晚上他坐在大都会歌剧院的包厢里时也不感到孤独。此时他完全摆脱了恐惧不安，摆脱了装腔作势的咄咄逼人，摆脱了想显示自己与环境格格不入的迫切欲望。他现在觉得环境说明他的身份。谁也不会质问穿紫衣红袍的显贵，他只消乖乖地穿着这身华服。他只消低头看它一眼就能确信，这儿不可能有任何人会让他丢丑。

那天晚上他觉得很难离开他漂亮的客厅去上床睡觉，于是便久久地坐在客厅，透过转角窗观看外面的暴风雪。他上床睡觉时让卧室的灯全都亮着，这一方面是由于他过去的胆怯，一方面则是为了万一他半夜里醒来，不至于有片刻的疑惑，不至于又想到那可怕的黄色墙纸，或想到床头上方的华盛顿和加尔文。

星期日早晨，整座城市都被大雪覆盖。保罗很晚才吃早餐，下午他偶然认识了一位爱冒险的圣弗兰西斯科青年，一名耶鲁大学的一年级新生，他说他是趁星期天来纽约寻求"一点小小的刺激"。那个年轻人表示愿意带保罗去见识见识这座城市的夜生活，于是他俩用过晚餐便出了饭店，直到第二天早上七点才返回。他俩出门时是一对推心置腹的朋友，但在电梯里分手时却异常冷淡。那名大学新生打起精神去乘火车，保罗则回房间睡觉。下午两点他一觉醒来，感到口干舌燥，头昏眼花，于是他摇铃要来了冰水、咖啡和匹兹堡的报纸。

　　就饭店方面来说，保罗没有引起他们的任何怀疑。在此必须为他说明，他非常自信地穿着他用赃款买的服装，一点儿也不惹人注目。即便他有几分醉意时也绝不失态，尽管他觉得美酒就像能创造奇迹的魔术师的魔杖。他的贪婪主要在于他的耳朵和眼睛，他的过度行为并不招人讨厌。他最大的乐趣就是在冬日灰蒙蒙的暮色中，在他的客厅里静静地欣赏他的鲜花、他的衣服、他宽宽的沙发床、他的香烟和他的能量。他记不得自己何时曾感到过这样的宁静。仅仅是免除了必须天天撒谎就恢复了他的自尊。即便是在学校，他撒谎也绝非是为了取乐，而是为了引人注目，让人钦佩，是为了坚持他与科迪莉亚街的其他孩子有所不同；既然他现在已无需再装腔作势地自吹自擂，既然他现在已能够像他那些演员朋友常说的那样"装扮角色"，他也就觉得自己比以往任何时候都更具男子气概，比任何时候都更正派诚实。不感到自责是他的特点。他的黄金时日没蒙上一丝阴影，他尽可能地让这每一天都十全十美。

　　在到达纽约后的第八天，他发现整件事情已在匹兹堡的报纸上连篇累牍地披露，各家报纸都表现出了只有当轰动性的地方新闻处于低潮时才会有的那种不厌其详。丹尼及卡森公司宣布那孩子的父亲已偿还了被盗之全部款项，所以他们不打算起诉。坎伯兰神父接受了采访，表达了他要继续感化那个没有母亲的少年的信心，而他主日学校那位女老师则宣称她将为此目的而不遗余力。匹兹堡已有传闻说，有人在纽约的一家饭店看见过那孩子，他父亲已赶往东部寻找，不日就会带他回家。

当时保罗刚进屋想换装去吃晚餐，读完报后他双膝无力地坐进一把椅子，双手紧紧地抱住了头。这甚至要比进监狱还更糟糕，因为科迪莉亚街温吞吞的水终将把他永远淹没。那些单调乏味、令人绝望的岁月又展现在他的眼前：主日学校、青少年集会、糊着黄色墙纸的房间以及湿淋淋的擦碟毛巾，又全都生动得令人作呕地浮现在他的脑际。他又体验到了音乐戛然而止、演出到此结束时的那种颓丧的心情。他脸上突然渗出了汗珠。他猛地跳起身来，带着那种不自然的苍白的微笑，朝四下里张望了一阵，并冲着镜子里的自己眨了眨眼睛。怀着几分相信奇迹的幼稚信念，怀着那种他过去对功课一无所知却坦然去上学时常常怀有的信念，保罗穿好礼服，吹着口哨穿过走廊进了电梯。

一走进餐厅，一听见音乐的节奏，他的回忆便立刻被他过去那种今朝有酒今朝醉的灵活性给冲淡了。他周围夺目的光彩和那纯粹的舞台布景再一次，也是最后一次发挥出了它们超自然的力量。他会向自己证明他有勇气，他会体面而壮观地演完这出戏。他比以往任何时候都更加怀疑科迪莉亚街的存在，而且他平生第一次毫不节制地开怀畅饮。说到底，难道他不是那些天生就该穿紫袍的幸运儿之一？难道他不仍然是他自己？难道他此刻不是在他自己的位置？他和着《丑角》①的音乐神经质地敲击出一串伴奏，同时他一边环顾四周，一边一遍遍地告诉自己，这已经值了。

起伏跌宕的音乐和冰凉芳醇的酒浆使他昏昏欲睡，昏昏欲睡中他想到他本来还可以把这事干得更漂亮一点。他本来可以搭上一条去国外的船，在此之前就远走高飞，到一个他们找不到他的地方。可当时世界的另一边似乎显得太遥远，而且也太捉摸不定，他不可能等待那么久，因为他的需要太迫切。如果他必须再次做出选择，那他明天会再做一遍同样的事情。他深情地扫视此刻已蒙上一层金雾的餐厅。啊，这的确已经千值万值！

第二天早上，保罗被头和脚的一阵阵抽痛唤醒。原来他昨晚没脱衣服就横着倒在了床上，而且是穿着鞋睡了一夜。他的肢体和双手重得像铅块，他的舌头和咽喉干得像在燃烧。一阵特别清晰的思绪致命地向他袭来，只有当他体力耗尽且心神不定之时才会有这般清晰的思绪。他紧闭双眼静静地躺着，任凭思绪的浪潮随意汹涌。

他父亲已来纽约。他想他是"住在某个小客栈里"。

---

① 《丑角》（*Pagliacci*, 1892），意大利作曲家莱翁卡瓦洛（Ruggiero Leoncavallo, 1857—1919）根据真实故事改编创作的悲剧性二幕歌剧。

回忆起一个个夏天坐在前门台阶的情景，他觉得就像一盆脏水浇在他头上。他身边还剩下不足一百美元；现在他更加确信金钱就是一切，是竖在他所厌恶的一切和他所向往的一切之间的一道高墙。此事即将自行结束，他在纽约度过辉煌的第一天时就想到了这点，他甚至早就准备好了了结此事的手段。那玩意现在就放在他的梳妆台上，他昨晚醉醺醺地从餐厅回来时就已经把它取出，但那亮铮铮的金属晃他的眼睛，而且他不喜欢它的模样。

他站起身来，非常吃力地来回走动，不时感到一阵要命的恶心。这是被加深了的过去的抑郁，因为整个世界都已变成科迪莉亚街。但不知怎么回事，他现在什么也不怕，而且非常平静，这也许是因为他已经看过并了解了那个阴暗角落。他在那儿所看见的实在糟糕，但从某种角度看，并不比他一直对它感到恐惧那样糟糕。现在他看清了一切。他觉得他已经尽力而为，已经享受了他想享受的那种生活。他坐在那里，把那支左轮手枪盯了足足半个小时，但他告诉自己那不是了结的手段，于是他下楼叫了辆马车前往渡口。

保罗在纽瓦克下了火车，随之又叫了辆马车，吩咐车夫沿宾夕法尼亚铁路线出城。路面和原野都被厚厚的积雪覆盖，只是零零星星地有衰草枯茅的长茎冒出，在白雪之上黑得出奇。完全来到野外后，保罗打发走马车，开始跟跟跄跄地顺着铁路线步行，脑子里交织着各种互不相干的东西。他那天上午所见到的每一形象似乎都在他脑海里留下了一幅逼真的图画。他记得那两位车夫的每一相貌特征，记得途中卖红花给他的那位掉光了牙的老妪，记得卖给他火车票的那位售票员，记得与他同乘一艘渡轮的全部乘客。他那副没法对付手边生死问题的头脑正兴奋且熟练地对这些形象进行分类排列。它们为他构成了这世界丑陋之一部分，构成了他头痛之一部分，也构成了他口干舌燥之一部分。他弯腰抓起一把雪边走边吃，可雪似乎也是热的。他走上一个小山坡，发现铁路钻进了他脚下约三米处一个隧道，于是他停住脚步，坐了下来。

他注意到衣领上的康乃馨正在寒冷中萎蔫，红色的芳华已经褪尽。这让他想到，他第一天晚上所看见的玻璃柜中那些鲜花也肯定早就同样地凋零。尽管鲜花曾勇敢地嘲笑玻璃柜外的严冬，但它们只有辉煌的一瞬。这是一场注定要输掉的游戏，似乎这就是与支配世界的教义背道而驰的结果。保罗小心翼翼地从衣领上取下一朵小花，又在雪地上挖出一个小坑，然后把花埋入了坑中。接着他打了一个盹儿，由于太虚弱，他好像没感到寒冷。

一列火车驶近的声音把他惊醒。他一跃而起，心里只记得他的决定，生怕自己动作太慢。他站在那里望着列车驶来，由于受惊，他牙齿打颤，嘴唇张开，脸上露出一种惨笑。他神经质地朝旁边看了一两眼，仿佛他正被人注意似的。那恰当的时刻来临，他纵身一跳。往下坠落时他的大脑清醒得近乎于残酷，他想到了他这番匆忙的愚蠢，因为他还有那么多未了之愿。亚得里亚海的碧波和阿尔及利亚的黄沙比以往任何时候都更加清晰地闪过他的脑际。

他感到什么东西击中了他的胸膛，他的身体被飞快地抛向空中，越来越高，越来越远，越来越快，与此同时，他的四肢渐渐松弛下来。接着，由于产生心理机制的思维形象被碾碎，那些引起恐慌的幻象闪入了一片漆黑，于是保罗又坠回到万事万物那宏大的模式之中。

菲德拉的婚姻

　　事情的经过是这样的，直到休·特雷芬格尔去世三年之后，麦克马斯特才去瞻仰那位画家的画室。麦克马斯特自己也是一名画家，一名颇具法国风格的美国画家，他在纽约过冬季，在巴黎过夏天，而且他在两地之间的洋面上度过的时日也并非寥寥可数。他曾多次打算趁某次深秋返回美国之机，中途在伦敦稍事停留，但他每次都是在巴黎挨到非走不可之时才动身，结果只好选择最快捷的航路回家。

　　特雷芬格尔死时还相当年轻，因此以前并无急着去看他的必要，直到后来着急也是白搭。此外可能还有个原因，那就是他俩之间虽有过些书信来往，但对去面见一位众说纷纭的活人，麦克马斯特一直都心存疑虑。他那时对特雷芬格尔的作品了解得很深入，感觉十分满意，而且对他的评价也非常与众不同，所以他生怕招惹任何形式的非难。他历来都觉得自己不善人际交往，于是他一直避免那种结局，直到那种结局已用不着再担忧，或者说已不可能再指望。不过那里还保存着特雷芬格尔未能画完的杰作《菲德拉的婚姻》，那幅画从没离开过他的画室，而麦克马斯特的朋友们时常提起那幅画，说它是那位画家最具特色的作品。

　　这位年轻人于傍晚到达伦敦，第二天一早他便去肯辛顿寻找特雷芬格尔的画室。那画室位于荷兰路附近一条难寻的小街，他要找的门牌号嵌在一座花园高墙的门上，花园墙头竖有绿色的碎玻璃，一丛正在抽芽的丁香探过墙头迎风摇曳。门上依然保留着特雷芬格尔的名牌，还有要求"参观者按铃叫管理员"的一张卡片。麦克马斯特按响了门铃，开门的是一位身材矮小、手脚利索的男人，穿着一套显然是为身材更高大的人做的猎装上衣和裤子。他有一张气色很好的脸，眼睛是通常那种灰蒙蒙的颜色，除脸颊两边刚长出的络腮胡外，嘴边的胡须刮得很干净。他看上去很能干，尽管他上衣的肩部过于宽大，可他仍然给人一种整洁而机警的印象。他一只手握着一个大烟斗，另一只手则拿着一份《体育生活报》。在向他说明来意之时，麦克马斯特注意到那人正对他上下打量，其眼光虽说不上无礼，但却十分挑剔。他被让进了一间用粉刷过的石头砌成的小屋，小屋的后门和窗户都朝向一个花园。一本来宾登记簿和一堆目录卡放在一张松木桌上，桌上还有一瓶墨水和一些用旧的笔。小屋的墙上装饰着一些照片和著名赛马的彩色招贴。

　　"画室只在星期六和星期天才对外开放。"那位把自己称作詹姆斯的守门人解释说，"但对来访的画家我们当然例外。埃伦·特雷芬格尔夫人现在大陆那边，但休先生以前吩咐过，说画家可以自由出入这个地方。"他从口袋里挑出一把钥匙，打开了通往画室的门，画室和小屋一样，也是靠着花园的那道高墙而建。

麦克马斯特进了一个狭长的房间，房间用刨光的木板砌壁，四壁被漆成一种淡绿色，即使在五月里那个晴朗的上午，房间里也很阴冷潮湿。屋子里没有任何家具——除非可以把一架活动梯子、一张模特儿坐的椅子和一个塞满皮质文件袋的架子也算作家具——也没有窗户，仅有的开口就是那道门和一个采光的天窗，那幅尚未能完成的画就挂在天窗下面。麦克马斯特从不曾见过特雷芬格尔的那么多画放在一起。他知道那位画家娶了个有钱的女人，因此他能够按自己的意愿保留下这么多自己的作品。这些画连同他所有的复制品和画稿，都已被他留作了一笔共同遗产，留给了他创立的那个画派的更年轻的画家。

当麦克马斯特被单独留在画室之后，他马上走到那幅没完成的杰作跟前，在那张模特儿椅的边上坐下。实际上他正是冲着这幅画来的。起初一阵子他对那幅画完全不能理解，但慢慢地他开始有所领悟。

午后一点时分，麦克马斯特正站在为创作《薄伽丘的花园》而试画的一组画稿前，这时他听见身边有人说话。

"对不起，先生，我这会儿要锁门去吃午饭。你是在找薄伽丘的肖像画稿吧？"詹姆斯恭敬地问，"埃伦·特雷芬格尔夫人把它交给罗西特先生带到牛津去了，他正在那里举办一些讲座。"

"这么说他从来不涂掉自己的画稿？"麦克马斯特迷惑不解地问，"这儿有此画的两幅完整画稿。他干吗把它们都留下？"

"要我说，先生，这我可说不上来。"詹姆斯满脸堆笑地回答，"但那是他的习惯。我是说，他习惯非常频繁地涂掉画稿，不过在他着手最后创作之前，他总是让两幅画稿立在那儿，一幅是水彩，一幅是油画——更不用说他在正式构图之前用铅笔画的所有那些模特儿姿态素描。他就是那样讲究。你要知道，他对自己作品的最后结果，并不像对正确的画法那么关心。他常说，画应该被精心制作，就像任何一件出售的艺术品一样。我可以为你找出那些姿态素描，先生。"说着他开始翻一个文件袋，从中取出六幅素描画。"这三幅，"他继续说，"被他废弃了。这两幅最终被他认可，而这幅则可以说是照原样搬上了画布。"

"那是在巴黎，我记得是，"詹姆斯若有所思地说，"它与《圣塞西莉亚》一道被 H 男爵收藏。你能不能告诉我，先生，他还收藏着它吗？我可不想失去那些画的下落，但自休先生去世之后，它们中有的已经被转手。"

"我相信 H 男爵的收藏品依然很完整。"麦克马斯特回答，"你跟随特雷芬格尔已经很久了吗？"

"我十几岁就跟随他了。"詹姆斯郑重地答道，"他收留我时我还是个小马夫呢。"

"这么说你是他的伙计啰?"

"正是,先生。这画室里的杂事除我之外没人沾过手。他的颜料总是由我调,他还教我帮着他刷清漆,他说英国没有一家画店能把清漆刷好。你还没看过《婚姻》吧,先生?"他突然问,同时疑惑地看着麦克马斯特,并用拇指指着屋子北端天窗下那幅画。

"还没仔细看过。我喜欢从简单一点的看起,因为乍眼一看,那幅画有点令人震惊。"麦克马斯特回答。

"你尽可以那么说,先生。"詹姆斯热切地说,"正是那幅画杀了休先生,正是那幅画毁了他。谁要说不是它让休先生犯了第二场大病,我无论如何也不会相信。"

当麦克马斯特走回大街乘车之时,他为确信了两件事而感到欣喜。他觉得他不仅发现了特雷芬格尔最伟大的作品,而且还从詹姆斯口中发现了一条探究那位画家个性的秘密线索——只要能巧妙地顺藤摸瓜,这条线索将引出许多鲜为人知的东西。

初访画室几天之后,麦克马斯特给玛丽·珀西夫人写了封信,说自己将在伦敦待一段时间,并问自己是否可以登门拜访。玛丽夫人是画家遗孀埃伦·特雷芬格尔夫人唯一的姐姐,麦克马斯特于一个冬天在尼斯与她相识。实际上他对她非常了解,玛丽夫人心直口快,无所不谈,对她妹妹不幸的婚姻从来都直言不讳。

　　玛丽夫人在回复中约了一个下午，届时她将单独在家。她言而有信，麦克马斯特到达时，果然发现她家客厅里空无一人。仆人通报他的到达后，玛丽夫人即刻来到客厅。她是个高挑的女人，身材瘦削，关节僵直；由于这种僵直，她的身子骨在衣袍的褶皱下向外突出。这种僵直感还表现在她指关节膨出的手上，她粗硬的灰色头发上，以及她那张轮廓清晰的长脸上，多亏她那双机警的眼睛，那张长脸才免于显得古怪。

　　"说真的，"玛丽夫人说着在他旁边的一个座位上坐下，透过夹鼻眼镜把他非常仔细地打量了一番，"说真的，我都开始担心再也见不到你了。在尼斯见过你之后，已经过去了四个年头，你说是不是？去年冬天我在巴黎，可却没听到你半点消息。"

　　"当时我在纽约。"

　　"我想也是那么回事。你为什么来伦敦？"

　　"这你还用问吗？"麦克马斯特意味深长地回答。

　　玛丽夫人一声冷笑。"可还为别的什么事，顺带的？"

　　"这，顺带的嘛，我顺便来看看特雷芬格尔的画室和他没画完的那幅画。既然已经来了，我决定在这儿度过夏天。我甚至正在考虑试着为他写一本传记。"

　　"这就是你来伦敦的目的？"

　　"并非完全如此。我来的时候真的没抱有这么严肃的动机。我想是他最后那幅画使我产生了这个念头。这念头降临于我，就像是一种天意。"

"要是我对这样一种仁慈的天意提出质疑，请你别生气。"玛丽夫人干巴巴地说，"写那个题目的书不是已经太多了吗？"

"的确不少。哦，那些书我全读过。"说到这儿麦克马斯特洋洋得意地面对玛丽夫人，笑嘻嘻地又添上一句，"他可完全逃脱了你和蔼可亲的吹毛求疵。"

"我非常清楚你脑子里在想什么，可我敢说我们对艺术都不怎么在行。"玛丽夫人宽容而温和地说，"我们就把它留给那些体质虚弱的人吧。特雷芬格尔曾一度引起轰动，但我们不可能老是欣赏那种令人惊奇的画法。到头来，我们还得回头去看那些我们觉得爽心悦目的画，容易理解的画。我想他曾被认为是一种实验，而现在看来他完全是一种不成功的实验。如果你是怀着一种使命感而来，我们会宽容地以礼相待，但我警告你，我们会偷偷嘲笑的。"

"那根本吓不倒我，玛丽夫人。"麦克马斯特温和地表示，"我告诉过你，我是个负有使命的人。"

玛丽夫人用她沙哑的男中音哈哈大笑。"好啊！这么说，你来见我是要为你的赞美诗寻找灵感啰？"

麦克马斯特有点尴尬地笑了笑。"并不是完全为此目的。不过，玛丽夫人，我要向你请教，为这事去打扰埃伦·特雷芬格尔夫人，如何做才得当。若不求得她某种恩惠，我的举动似乎不太合法，可我担心这整个话题会引起她的痛苦。这我可得全仗你的判断了。"

"我认为她会喜欢你去向她请教。"玛丽夫人明断道，"我弄不明白，她为何容忍让这件伤心事被一再提及，但她总能容忍。她似乎觉得有一种道义上的责任。埃伦对这事一直都非常认真，认真到她能做到的地步，这令我迷惑，似乎她骨子里并非那么宽宏大量。她现在肯定正在试图做她认为正确的事。我会写信给她，等她从意大利回来你就可以同她见面。"

"我非常想同她见面。我希望她在各个方面都已经完全恢复。"麦克马斯特犹豫不决地说。

"不，我不能说她已恢复。她基本上还保持着在休先生死前她就陷入的那种状况。我猜想，他曾践踏过她心中的一切。女人不会从那种伤害中恢复过来，至少埃伦这样的女人不会。她们内心深处会继续流血。"

"你丝毫也没有变得宽容一点。"麦克马斯特大胆地说。

"哦，我对他的看法恰如其分。我同意你的看法，他是个善用色彩的画家，可对结婚来说，那是种模糊不清、不能令人满意的身份，埃伦·特雷芬格尔夫人也这么认为。"

"可是，我亲爱的玛丽夫人，"麦克马斯特争辩道，"要是我涉及到个人隐私，你只管制止我，但我们首先得承认，那肯定是一场他俩共同选择的婚姻。"

玛丽夫人用她粗大的食指稳稳地托住眼镜，她答话时的姿势令人想到临床实验室的演讲。"我亲爱的朋友，埃伦本质上是个爱空想的女人。她不声不响，但却陷得很深。直到我出面反对那场婚姻时我才知道她到底陷得有多深。她像一个小女孩一样总是感到不满，总是觉得什么事都单调乏味，于是他追她那股热乎劲讨得了她的欢心。他是在她第一次在伦敦过社交节时遇上她的。她长得漂亮，很多男人都追她。但我得承认，你那位愁眉苦脸的强盗在那些男人中最别具一格。他求爱就像他做其他任何事情一样，其戏剧性的夸张到了荒唐的地步，可埃伦的幽默感并非她最突出的品质。他有迷人的名声，有男人的风采，为得到他想要的东西可以不惜一切。这种狂热尤其能吸引埃伦那样的女人，吸引那些只能被反射的热能温暖的女人，她完全不可能抗拒这样的狂热。他使她相信她需要他；而她一旦相信，一切都无可挽回了。"

"可即使是在这样一种基础之上，我仍然没法不认为他们的婚姻本来可以更好。"麦克马斯特若有所思地说。

玛丽夫人耸了耸肩继续道："他们的婚姻是建立在一种误会的基础之上。当然，埃伦认为，她答应嫁给他是在做某种超乎寻常的事情，而且她显然曾指望过他后来从未做出过的让步。他婚后便故态复萌，又没日没夜地工作，工作之余的消遣则是聚众狂欢，而且往往都很粗俗。他侮辱她的朋友，又把他的朋友强加于她——而他的许多朋友只会令任何一个有教养的姑娘感到厌恶。他经常带吉利尼回家——那是个无家可归的流浪汉，其谈吐令人不能忍受。请注意，我并不是说他自己就没有苦衷。他也许过高地估计了这姑娘的耐性，而且他让她明白他对她感到失望。只有非常宽宏大量的人才可能容忍他，可埃伦不是那种人。她压根儿不能理解下等人那种自我炫耀的可憎品性，那种摆不脱其根源的平民本性。"

当麦克马斯特驱车返回旅馆时，他意识到玛丽·珀西夫人也许有充分的理由对她妹夫感到不满。特雷芬格尔的确是最不适合与珀西家族联姻的男人。他是一个烟草零售商的儿子，自幼在一家招贴装饰店当学徒。在偶然进入吉利尼有时在那儿兼课的艾伯特联合夜校之前，他一直吊儿郎当，放荡不羁，而且几乎目不识丁。吉利尼是个意大利人，当时因政治流放而漂泊在伦敦，特雷芬格尔从受到他的注意和影响那一刻起，其生活就完全背离了原来的轨道。吉利尼一下就成为了他这名学生的动力、向导、朋友和师长。他从伦敦的街头取得这块泥坯并重新加以塑造。他一眼就透过表面看出了这位少年的潜力所在，于是在培养他的过程中他抛弃了正统教育的所有原则。在他的指导下，特雷芬格尔获得了自己肤浅但却实用的古典文学知识；他曾埋头研读经院式拉丁文和中世纪传奇，这些知识后来赋予了他的作品一种天然孤高的特色。他开始主要画柳枝篱笆、卵石小路、棕色的屋顶构架和结构精巧的建筑，这使他的绘画富有一种华丽的装饰效果。

正如对玛丽·珀西夫人所说，在特雷芬格尔的未完之作《菲德拉的婚姻》中，麦克马斯特已找到了他写那本传记所需要的灵感。他一直认为，了解特雷芬格尔的个性之关键就在于他所受的奇特的教育，在于《玫瑰传奇》①，在于《阿马迪斯》②，在于薄伽丘的《十日谈》，这些名著早一字一句地印进了那位伦敦街头少年空白的头脑，而他正是通过它们才步入了精神的世界。特雷芬格尔一直是个靠想象力生活的人；而恰如麦克马斯特所认为，他的心智、他的理想，甚至他个人的伦理观念都浸透着他早期教育的特色。就像他心中具有天真和自然一样，他也具有不加掩饰的野蛮和十五世纪的宗教神秘主义。在《菲德拉的婚姻》这幅画中，麦克马斯特发现了这种精神之最高表现，发现了特雷芬格尔世界观的最终表达。

一如特雷芬格尔所有古典题材的作品，这幅画的构思也完全是中世纪风格。画面上那位菲德拉③正从丈夫和侍女身边转身去迎她丈夫的儿子，正从半揭起的面纱下怯生生地朝他看第一眼，但这个菲德拉并不是弥诺斯的女儿，

---

① 《玫瑰传奇》（*Roman de la Rose*），13 世纪法国骑士传奇小说。

② 《阿马迪斯》，全名为《阿马迪斯·德高拉》（*Amadis de Gaula*），中世纪西班牙骑士传奇小说。

③ 在希腊神话中，菲德拉是克里特岛国王弥诺斯的女儿，她嫁给了雅典王忒修斯，但却疯狂地爱上了忒修斯与前妻生的儿子希波吕托斯。希波吕托斯虽然拒绝了继母的勾引，但却没将此事告诉父亲。菲德拉因羞愧而自缢，遗书反诬希波吕托斯诱奸了她。

而是异教信仰和早期教会的女儿，注定了要遭幻觉和天谴之罪，注定了要受灵肉相争之苦。那位可敬的忒修斯说不定就是获胜的查理大帝，而菲德拉的侍女们与其说是在克里特宫廷，不如说是在卡斯提尔的布兰奇^①身边。在最初的一些画稿中，希波吕托斯的形象具有更多异教徒的意味，但在后来的一张张草图中，那个光辉的形象渐渐地被剥去了某种安详的潜意识，到了天窗下那块画布上，他看上去好像是一名基督教骑士。这个男性形象和菲德拉的面部在面纱浓浓的阴影下依然神秘地保持着色调，这显然是特雷芬格尔画技之最高成就。他凭什么努力才得以完成此画那看上去令人叹服的构图——二十个人物形象、大量的光和空间，以及透过白色门廊所见之静谧的远景——无数的画稿提供了证明。

根据詹姆斯对这幅画的态度，麦克马斯特不难推测出画家本人的看法。此画在詹姆斯心目中始终占最高位置；在他看来，作为此画的保管人已成了他的职业。当参观者在这幅画前流连之时——如今参观者已不多——他总是露出明显的担忧。"正是《婚姻》杀了他。"他常常说，"说到这一点，它的确就像是我们所有人的死因。"

到逗留伦敦的第二个周末，麦克马斯特已开始起草他

---

① 卡斯提尔的布兰奇（Blanche of Castile，1188—1252），卡斯提尔国王阿方索八世之女，法兰西国王路易八世之妻，其子路易九世执政期间曾两度摄政。

研究休·特雷芬格尔其人其画的那本书。当他的研究偶然驱他去拜访特雷芬格尔朋友们的画室和他昔日的门徒之时，他发现随着特雷芬格尔的个性风格在他们中间渐渐褪色，他们秉承的特雷芬格尔手法也正在消失。他们正一个个悄悄溜回不列颠民族艺术的老路，曾使他们兴奋不已的那种技法已经沉寂。麦克马斯特不再对他们抱有希望，而是越来越专一地把自己限制于那间画室，限制于特雷芬格尔那些有用的信件——大部分信件都异常消极且平淡无奇——限制于他与特雷芬格尔那位伙计的交谈。

要不是渐渐获得了詹姆斯的信任，麦克马斯特不可能一步步走向深入。当然，他为此目的而施的大部分巧计都遭到了不光彩的失败，而不管最终使他俩达成谅解的原因是什么，那原因都肯定是出于他俩的本能和直觉。一旦詹姆斯开始吐露轶事隐私，他说的一字一句都在为麦克马斯特那本书注入气息和血肉。詹姆斯曾长期浸润在那种有渗透力的个性中，所以那种个性在他身上也有所表露。他的许多措辞、习惯和观点都呈现出他与特雷芬格尔朝夕相处时留下的烙印。就像他身上穿着那位画家丢下的衣裤，他心里也继承了特雷芬格尔的衣钵。就算那位画家的书信是客套敷衍，就算他对朋友们说的话华而不实，自相矛盾，而且常常很虚伪，麦克马斯特仍然觉得他并非完全缺乏可靠的原始资料。只有詹姆斯才知道特雷芬格尔的传奇故事，因为只是在与詹姆斯一起时，那人才会抛开他的装模作样。似乎只有单独在他的画室面对他的作品，那人才会真正地是他自己。詹姆斯所了解的他完全处于一种诚实的状态，那个画家唯一可信的真诚就包含在他俩的关系之中。詹姆斯关于特雷芬格尔的讲述没有被艺术眼光的幻觉所歪曲，也没有被他自己的阐释所渲染。他仅仅是说出他的所见所闻。他的头脑就像是一个摄影机暗箱。他的局限使他的讲述更加真实，更加准确。

一天上午，麦克马斯特正坐在《菲德拉的婚姻》跟前，这时詹姆斯像平日一样进来掸尘。

"先生，"他说，"我收到了埃伦夫人的来信，她命令把家里收拾好。我猜想她下星期四或星期五将来这儿。"

"她大多数时候都待在国外吗？"麦克马斯特问，对有关特雷芬格尔夫人的话题詹姆斯一直讳莫如深。

"这个，恐怕你不能说她常在国外，先生。我想她大概是觉得家里有点儿沉闷，所以在这个季节她多半都住在格罗夫纳广场玛丽·珀西夫人家。玛丽夫人是她唯一的姐姐。"詹姆斯稍稍停顿了一会儿，然后一边仔细地掸尘一边断断续续地说，"今天早上我偶然翻出了这枚领带别针。"说着展示了一下那引人注目的玩意儿，"我记得休先生把它给我那会儿正在追求埃伦夫人。我敢发誓，我以前从没见过男人像他那样追女人！他是那么着迷，先生。此前此后他对任何事情都没有那么锲而不舍，直到后来画这幅《婚姻》他才又发过那种傻劲儿——尽管他做事多半都很认真；他三十岁那年出麻疹，厉害得就像患了霍乱，差点儿要了他的命。他不喜欢埃伦夫人那伙朋友，他们对他也有点过于傲慢。他从前是个自由自在的绅士，喜欢和几个朋友一块儿吃饭，他们很快活，不过对你也许会称为风流韵事的那种事，他并不怎么在行。可自从迷上埃伦夫人，他简直完全变了个样。他送掉了他的各式别针，从他房间进进出出的不是裁缝师傅就是男人用品商店的老板。他参加了皮卡迪利大街的一个俱乐部；他身子饿瘦了，脸色愁白了，人完全垮了，紧绷绷的就像一根弓弦。幸好他成了一个赢家，不然我真不知道他拿什么来付账。"

第二个星期，应埃伦·特雷芬格尔夫人的邀请，麦克马斯特于一个下午前去与她共进茶点。他被领进了住宅与画室之间的花园，茶桌早已被安放在一株多节的梨树下。当他走近时，埃伦夫人站起身来——他吃惊地注意到她身材很高——她彬彬有礼地迎接他，说她已从她姐姐那里对他有所了解。麦克马斯特对她产生了几分好感；她那种使人安心的泰然自若、她说话时那种迷人的声调，以及她那双杏眼之懒洋洋的矜持都令他称心。他甚至高兴地发现她那副面孔高深莫测，不过那副面孔冷却了他的热情，使他不可能像先前所希望的那样开门见山，直言不讳。那张脸呈长形，下巴稍尖，眉目十分清秀，但却因一层自我克制的面罩而显得冷漠。麦克马斯特想到，有时候惊人的秘密正是藏在这种五官秀丽、高深莫测的面孔后面。不过那张脸虽说使人感到冷漠，可他仍然觉得特雷芬格尔每每在大事上表现出来的那种明确无误的趣味在他选择妻子时也没有抛弃他，而且他承认，要是让他自己选一个女人的话，那女人看上去将不可能不像特雷芬格尔的妻子。

当他在解释自己为何频繁地来参观画室的时候，她非常谦恭而认真地倾听。"我想所有关于休先生作品的书我都读过了，而在我看来还有许多东西尚未谈及。"他结束解释时说。

"我认为它们很不充分。"她含含糊糊地说。接着她踌躇了片刻，心不在焉地摆弄着她衣服上的丝带，然后眼也不抬地继续道："如果我要求看一看你书中有关休先生个人生活的章节，我希望你不会认为我太苛刻。我一直都要求有这种权利。"

麦克马斯特连忙请她对这一点放心，并补充说："关于他的个人生活，我只打算涉及那些与他的作品直接有关的事实——诸如吉利尼让他受的那种僧侣式教育。"

"我想我明白你的意思。"埃伦夫人大睁着她高深莫测的眼睛望着他说。

麦克马斯特离去时在画室停了下来，在特雷芬格尔的一副自画像前站了一会儿，画上的那个强盗颈粗脸方，短短的上唇被修得很短的胡须遮掩，粗硬的头发耷拉在前额，两排坚实的白牙紧紧咬住一支短烟斗。他完全可以推断，说不定仅仅是这个男人棕红的肤色就会使埃伦那样的女人遭受各种各样的折磨。他还能够猜到，她那种泰然自若第一次蔑视特雷芬格尔的勇敢时他是怎样眩惑，以及他后来对那种泰然之无力的反抗；而一旦占有了那种泰然，他的第一直觉就是既然不能将其融化，那就将其碾碎。

将近夏末的时候，埃伦·特雷芬格尔夫人离开了伦敦。麦克马斯特的工作在迅速地进行，白天他与詹姆斯一块儿度过，他俩的特殊关系中此时已有了许多友谊的成分。除了一个犹太画商经常来画室之外，很少有人来打扰他俩的清静。偶尔会有一伙美国人按响花园高墙那道小门的门铃，但他们通常很快就离开，去参观不远处那个有摩尔画厅和丁当喷泉的伦敦大画廊①。

这个犹太画商名叫利希滕斯坦，生于奥地利，在澳大利亚的墨尔本有家大商行。此人相当识货，第一眼看到《菲德拉的婚姻》就对它产生了特殊的兴趣。他第一次参观画室时就宣称那幅画是传世之作，因此麦克马斯特对他非常热情，十分坦率地同他畅谈。但后来此人可憎的品格和天生的粗俗使他感到厌烦，结果这犹太人越是识货，他就越讨厌他的品味，越觉得他情趣低下。他恼于看见利希滕斯坦在那幅画前踱来踱去，举着他的夹鼻眼镜摇头晃脑，眨巴着他水分过多的眼睛大喊大叫："这岂非一件

---

① 指伦敦的莱顿画楼博物馆，英国艺术品收藏家及先拉菲尔派画家莱顿男爵（Baron Frederick Leighton，1830—1896）的故居，该馆包括一个收藏摩尔风格绘画的"阿拉伯画厅"，底楼大厅有一喷泉。

瑰宝，一件瑰宝！为这样一幅画跑一万英里也值，你说是吧？要让欧洲欣赏这样一件艺术品，那必须趁她打瞌睡时把它弄走。她只有在失去它之后才会觉得它珍贵，不过，"他故意拖长声调，"她会把它买回来的。"

詹姆斯从一开始就不信任利希滕斯坦，哪怕片刻工夫他也决不允许此人单独留在画室。当利希滕斯坦坚持要讨埃伦夫人的地址时，詹姆斯的态度终于变得无礼。"休想，给你也没用。特雷芬格尔夫人从不和画商打交道。"麦克马斯特暗暗后悔自己的轻信，担心因这个心肠冷酷的投机商之故，自己会间接地惹恼埃伦夫人，他懊恼地记起利希滕斯坦早就一点一点地从他口中诈去了他那本书的整体规划，尤其是《菲德拉的婚姻》在书中所占的位置。

此时麦克马斯特那本书的前几章已在出版商手中，他去画室的次数必然大为减少。现在他绝大部分时间都与镌版师们在一起，那些镌版师得按他的要求复制出特雷芬格尔的绘画，以便能用作书中插图。

一天晚上，当与镌版师一道忙乎了一整天后返回旅馆，他发现詹姆斯在他的房间，坐在窗边他那口行李箱上，膝盖上靠着一件用被单裹住的很大的方形物体。

"怎么啦，詹姆斯，出了什么事？"他惊奇地大声问道，同时用探询的目光审视被单裹住的那件东西。

"你没读报纸吗，先生？"詹姆斯冲口反问。

"没有，现在我倒想起来了，我甚至没朝报纸看过一眼。一整天我都泡在镌版厂。我还没有见过一份报纸。"

詹姆斯从口袋里抽出一份《泰晤士报》递给他，并悲哀地指了指社会栏中的一段文字。那不过是埃伦·特雷芬格尔夫人与亚历山大·格雷沙姆上尉订婚的启事。

"哦，这有什么，我的伙计？那无疑是她的权利。"

詹姆斯接过报纸翻到另一版，默默地指着艺术评论栏中的一则消息，那则消息宣称特雷芬格尔夫人已将她已故丈夫画室里的全部作品和画稿捐献给了 X 画廊，只有未画完的《菲德拉的婚姻》除外，这幅画她已经以高价卖给了一名专程来伦敦买特雷芬格尔画作的澳大利亚画商。

麦克马斯特噘起嘴唇坐了下来，外套依然穿在身上。"好吧，詹姆斯，这事就好像是——就好像是一个晴天霹雳，嗯？我压根儿没想到她真会那么做。"

"天哪，你不了解她，先生。"詹姆斯伤心地说，仍然像一条丧家犬似的盯着地板。

麦克马斯特若有所悟地惊跳起来，"詹姆斯，你带到这儿的到底是什么？它莫非是——它不至于是……"

"是的，先生，就是它。"詹姆斯激动地脱口而出，"这就是《婚姻》。它不能去澳大利亚，绝不！"

"可是伙计，你打算把它怎么样呢？现在看来，它已经是利希滕斯坦的财产了。"

"它不是，先生，它不是。老天作证，它不是！"詹姆斯大声叫嚷，气得一时说不出话来。他尽了一番努力才控制住自己，然后用哀求的口吻说："哦，先生，你不会眼睁睁看着它去澳大利亚吧，去那个流放罪犯的地方？"说着他解开包裹，把被单扔到一边，仿佛是要让菲德拉出来为她自己求情。

麦克马斯特重新坐下，悲哀地看着那幅不幸的杰作。詹姆斯带着它冒黑穿越伦敦的意图很激发他的想象力。这种专横的行为肯定别有一番风味。"你是怎样把它弄到这儿来的？"他问。

"我雇了辆四轮马车，就直接冲这儿来了，先生。幸亏我身边碰巧带着点钱。"

"你顺着中央马路，沿皮卡迪利大街，穿过秣市和特拉法尔加广场，然后拐进斯特兰德大街？"麦克马斯特饶有兴趣地问。

"是的，先生。当然，先生。"詹姆斯惊奇地承认。

麦克马斯特乐得哈哈大笑。"这真是一个绝妙的主意，不过，詹姆斯，恐怕我们只能够到此为止。"

"可我正在想这是一个难得的机会，先生，你可以把《婚姻》带到巴黎去藏上一两年，等这件事风声过去？"詹姆斯温和地建议道。

"这恐怕行不通，詹姆斯。我既不是当海盗的材料，也没有本事携赃走私。"麦克马斯特觉得很难开口，他说这番话时眼睛一直盯着灯光。他听见詹姆斯的手重重地砸在箱盖上，而且他还发现自己极不愿意失去他的信任。

"好吧，先生。"詹姆斯沉默了好一阵后终于开口，语气拘谨了许多，"这么说已经别无他法，只有我自己带着它走了。"

"可你的名声会怎么样，詹姆斯？这证据对你会非常不利，即使特雷芬格尔夫人不起诉，你也同样会被指控。"

"毁掉我的名声！你说什么，先生。"詹姆斯一跃而起大声说。"我要名声干什么？我将抛开这一切，让它们见鬼去吧！画室将被卖掉，怎么说我的差事也没了。我打算去当兵，或是去金矿碰碰运气。我和艺术家们在一起生活得太久了，我现在不再满足于替人当差。你知道是怎么回事，先生；我绝不再过那样的生活，绝不。"

有那么一阵子，麦克马斯特差点儿想帮助詹姆斯行窃。他想到曾有人出于不光彩的动机，想让一些画免于那么卑贱的命运，他们在画上刷上石灰，或是将其埋入教堂的地窖，或是藏在宫殿的地板下面。但他接着长叹了一声，摇了摇头。

"不，詹姆斯，这根本不行。自从有这个世界以来，自从有人绘画以来，已经有人再三试过。有人在佛罗伦萨试过，在威尼斯试过，但到头来那些画总是被拿走。你知道这事的困难在于，尽管特雷芬格尔告诉过你这幅画不该怎么样，可他并没有明确地说应该怎么样。你认为特雷芬格尔夫人真正明白他不想这幅画被卖掉吗？"

"这个，先生，好像是这么回事。"詹姆斯说着重新在箱子上坐下，让那幅画再次靠着他的膝盖。"对这一点我的记忆清楚得就像镜子。休先生从第一场大病中恢复之后，他马上就重新开始画《婚姻》。这幅画他以前只是在晚上画一会儿，当时他主要在画《传奇》，那幅画便放在他上午工作的天窗下面。可有一天他叫我把《传奇》取走，把《婚姻》放在那个位置，他一边匆匆披上外衣一边说："詹姆斯，这一次开始就要画完。"

"从那天起他便在上午画这幅夜景画——这完全违背了他的习惯。《婚姻》不是这儿不对头，就是那儿出毛病——休先生一天比一天更没精打采。他试了一批又一批模特儿，可最后不是涂污就是抹掉，菲德拉脸上的阴影部分总不对劲儿。有时候他把它放在了颜料上，便冲着我大骂一通。他让这幅画弄得垂头丧气，而当他心灰意懒时他常常对我说：'詹姆斯，请记住一件事；如果我发生什么意外，别让没画完的《婚姻》离开这画室。它抵得上这一屋子的画，我的伙计，不会因没有画完而不体面。'他一再对我说诸如此类的话。

"他最后一天都还在画这幅画，在他出门去俱乐部之前。他让马车等了将近一小时，而他则画上一笔就退后看上一会儿，然后再画上一笔，非常小心。戴上手套后，他又走回来，从我手中夺过我正要拿去洗的画笔，又在画布上添了一两笔。'它就要成功了，詹姆斯，'他说，'若不成功，老天不容。'说完这话他就走了。后来发生的事非常突然。

"那天晚上我正在屋里整理他的衣服，突然他们把他送回家来。他当时神志还清醒，可当我冲下楼梯帮着把他抬上楼时，我知道他已经不行了。待我们把他放到床上后，他一直焦虑地看看我又看看埃伦夫人，他的一只手一直在抖动。最后他终于举起了那只手，伸出拇指指着墙壁。'他想喝水，摇铃，詹姆斯。'埃伦夫人平静地说，可我知道他是在指画室。

"'特雷芬格尔夫人，'我大胆地说，'他是在指画室。他想说《菲德拉的婚姻》，他今天对我说他不想让那幅画没画完就卖掉。是不是这件事，休先生？'

"他微微一笑，轻轻点了点头，然后闭上了眼睛。'谢谢，詹姆斯。'埃伦夫人平静地说。这时他又睁开眼睛，久久地盯住埃伦夫人。

"'休，我当然会尽力按你的意愿处理那些画，如果你是为这事不放心。'她平静地说。听见这话他又闭上了眼睛，而且再没有睁开。凌晨四点他在昏迷中死去。

"你要知道，先生，埃伦夫人对《婚姻》一直恨得要命。自从它第一次出差错，休先生就经常发脾气。有一天她走进画室看着那幅画，问他为什么不把它丢掉，别再继续折磨自己。他回答得很尖刻，于是她说她看不出有什么必要为此争吵。她说了她对《婚姻》的看法，非常坦率，休先生破口大骂，并将一把画笔砸向他的画稿，埃伦夫人小心翼翼而且非常漠然地提起裙边，昂着头泰然自若地缓步离开了画室。如果说有件事埃伦夫人弄不懂的话，那就是破口大骂的作用。于是《婚姻》成了他俩之间的一根导火索。她异常平静，但也满腔怨恨，这就是埃伦夫人。自那天她提着裙边离去后，她就不再走近画室一步。每当她的朋友来参观，她就借口太累而不陪伴。太累——天哪！"詹姆斯咬咬牙强咽下了他的愤怒。

"詹姆斯，让我来告诉你我要做什么，这是我们唯一的希望。我明天就去见埃伦夫人。这份《泰晤士报》说她今天返回伦敦。你先把这幅画放回原处，我将为它尽我所能。若真能找到任何拯救它的办法，那也必须通过埃伦夫人本人，这一点非常清楚。我不认为她完全清楚这具体情况。你要知道，即使她把画卖了，她也不可能有任何真正的动机——"说到这儿他突然停住话头。不知怎么回事，在昏暗的灯光中，她那张瘦长而高深莫测的脸不祥地浮现在他眼前。他若有所思地揉了揉前额，皱了皱眉头。接着他摇了摇头继续说道："詹姆斯，我坚信用强制手段解决不了问题。格雷沙姆上尉是伦敦最得人心的人物之一，如果我们制造出任何丑闻把他惹恼，他的朋友们会把特雷芬格尔的尸骨撕成碎片——而你提出的这个计划最终必然成为丑闻。埃伦夫人当然有非常正当的权利卖掉这幅画。特雷芬格尔曾花掉了她相当一部分财产，而现在她既然就要与一个没有收入的男人结婚，她无疑会觉得她有权利补充她那份世袭家产。"

他发现詹姆斯虽说仍然满腹疑窦，但却已经被他说服。他下楼走上大街，叫了辆马车，看着詹姆斯带着那包裹钻进车厢。他站在门口，目送马车驶入细雨般的薄雾之中，在湿漉漉黑乎乎的车辆和闪动的车灯间穿行，直到被斯特兰德大街的眩光和混乱吞没。"这真是一个绝妙的讽刺。"麦克马斯特心中暗想，"完全是局外人的他，居然成了真正关心那幅画的人。可怜的特雷芬格尔，"他带着一丝苦笑转身走进旅馆，嘴里喃喃道，"可怜的特雷芬格尔，荣耀就此消失。"

第二天下午，麦克马斯特履行了他的诺言。他到达玛丽·珀西夫人家时看见屋里正在为某种聚会做准备，但他毅然走上台阶，让仆人通报说他有急事。埃伦夫人独自下楼，替她姐姐道了个歉。她穿着迎客的礼服，麦克马斯特从不曾见过她那么漂亮。她两颊的红晕使她那张瘦小而清秀的脸庞焕发出一种柔和的光芒。

麦克马斯特为自己的不期而至道了歉，然后就开门见山地说明了来意。他说他不仅仅是来向她表示最衷心的祝贺，而且是来为一件杰作将离开英国表示他的遗憾。

特雷芬格尔夫人吃惊地睁大眼睛望着他。她说她肯定已按照休·特雷芬格尔先生的遗愿，小心翼翼地挑出最好的画捐给了 X 画廊。

"可难道他——请原谅，特雷芬格尔夫人，不过请先让我脑子平静一下——难道他对这幅画未曾表示过明确的愿望，这幅画在我看来比其他画都更有价值，事实上就是没画完的这幅？"

看得出特雷芬格尔夫人的脸色微微发白，但那不是惊慌失措的苍白。当她重新开口时，她圆润的嗓音中有一种明显的颤抖，一丝使她痛苦的怨恨。"我想他那位伙计是有这种印象，但我认为那毫无根据。我没有发现他对他的任何朋友表达过处理这幅画的任何愿望。令人遗憾的是，休先生对仆人说话从来不谨慎。"

"格雷沙姆上尉到，埃林厄姆夫人和小姐到。"一名仆人出现在门口大声宣布。

大厅里响起一阵轻轻的说话声，麦克马斯特告辞时同笑容可掬的上尉和他的姨妈打了个招呼。

实际上，《菲德拉的婚姻》已经被埋葬在太平洋一块朦胧的大陆，在这个世界另一边的某个地方。

弗拉维娅和她的艺术家们

　　当火车驶进塔里敦^①时，伊莫金·威拉德开始感到纳闷，自己究竟为什么要答应来参加弗拉维娅的家庭聚会。自从离开那座城市以来，她对这种聚会一直不感兴趣，况且她当时正经历着一阵久久持续的意志消沉，感受到一阵令人沮丧的彷徨迟疑，而她就在这种心境下徒然地想找到促使她接受弗拉维娅邀请的那个动机。

　　也许那是一种朦胧的好奇心，想去看看弗拉维娅的丈夫，那个她童年时代的魔术师，她数不清的阿拉伯神话中的英雄。也许那是一种欲望，想见那位鲁先生，那位弗拉维娅宣称的这次聚会上最引人注目的人物。也许那是一种心愿，想在那个女人自己的家里仔细观察一番那个非凡的女人。

　　伊莫金承认，她对弗拉维娅稍稍有点儿好奇心。自己有认真待人的习惯，但不知怎么回事，她发现要认真对待弗拉维娅简直是不可能，因为弗拉维娅要别人认真待她的

---

① 哈德孙河东岸一风景秀丽的小镇，位于纽约市曼哈顿区以北40公里处。

要求非常热切，非常坚决。由于潜心学业，伊莫金近年来很少去见弗拉维娅，不过在弗拉维娅匆匆访问纽约之时，在她从一个工作室到另一个工作室的行程之间——即她同某位必须去参加日常演出的女士共进的午餐和同某位有夜场音乐会的歌手共进的晚餐之间——她可没少来看她朋友的这位相貌端庄的女儿，向她表现一种只有弗拉维娅能够表现的言辞激烈、过分自负的习性。伊莫金已在某些深奥的学术领域展露出相当显著的才华，并且已决定去巴黎国立文献学院一个很有名气的语言分校深造，而这一事实已理所当然地把她归入了弗拉维娅认为与她天生有缘并可合法猎取的那类"有趣的人"之中。

伊莫金刚一踏上站台就被她的女主人吸引住了，她老远就认出了弗拉维娅居高临下的身影和充满自信的装束。她被催促着上了一辆轻便马车，弗拉维娅在她身旁车夫的座位上坐下，非常熟练地操起了缰绳。

"我亲爱的小姑娘，"她一边把车拐上马路一边说，"我还担心火车会晚点呢。鲁先生坚持要乘船来，结果过了七点才到。"

"想不到鲁先生真到这块土地上来了，还受罪去乘那变化无常的内河船！他到底为什么从大老远来呢？"伊莫金怀着极大的兴趣问，"他这种人一离开巴黎就肯定会消散，变成一个影子。"

"哦，我们有一屋子最有趣的人。"弗拉维娅很在行地说，"我们甚至还设法请来了伊万·谢梅兹金。你知道，他巡回演奏结束时，病倒在加州，从海边疲惫不堪地来到这里后，他就一直在我们家休养。另外还有画家朱尔斯·马特尔，有男高音歌唱家多纳蒂先生，有肖特教授，你知道他一直在对亚述古国进行发掘研究，有俄国化学家雷斯佐夫，有文献学家阿尔塞·比松，有小说家弗兰克·韦林顿，还有《妇女杂志》的编辑威尔·梅登伍德。然后是我的远房表妹杰迈玛·布罗德伍德，她去年冬天在皮内罗的喜剧中出尽了风头，还有就是利希滕菲尔德夫人。你读过她的书吗？"

伊莫金坦率地承认，她对利希滕菲尔德夫人一无所知，于是弗拉维娅继续往下说。

"哟，她是个非常了不起的人物，一个标新立异的德国女人，一名打破旧传统的斗士，这一路上的时间也不够我给你讲她的故事。那么精彩的故事！我上次在德国时，整个德国都在谈论她的小说，她有好几部小说一直遭禁——我听说这在德国是一种荣誉。《在谁的门边》已被翻译过来。真可惜，我还读不懂德文。"

"就要见到布罗德伍德小姐，这真让我激动。"伊莫金说，"我几乎一直注视着她所做的每一件事情。她的舞台形象非常可爱。她总令我想起一位整洁可爱、脸色红润的男孩在早餐前冲完冷水澡后红光满面地下楼去跑步。"

"不错，可她情愿把自己局限于那些小角色，那些在这个国家很少有人欣赏的次要角色，这难道不可惜吗？一个人只应该满足于最好的，你说呢？""最好的"是弗拉维娅的口头禅，她说这个字眼时往往会用一种伴有呼吸声的古怪的腔调，而这种腔调总叫伊莫金听起来刺耳，总令她对她产生反感。

"我完全不赞成你这种说法。"她很客气地说，"我想谁都会承认，布罗德伍德小姐的非凡之处就在于她那种令人钦佩的分寸感，而这在她那一行中非常难得。"

弗拉维娅不能容忍被人抢白，她似乎总把这看作是一种失败，通常还会因此而有失身份地面红耳赤。于是她改变了话题。

"你瞧，亲爱的，"她高声嚷道，"那就是利希滕菲尔德夫人，正来迎接咱们哩。她看上去难道不像是刚从瓦尔哈拉宫①里逃出来的么？她的身高居然超过了六英尺②。"

伊莫金看见了一个身躯庞大的女人。她穿着一条很短的裙子，戴着一顶帽沿垂下的宽边遮阳帽，正摇摇晃晃地大踏步走下山坡。这位从瓦尔哈拉殿堂逃出来的流亡者气喘吁吁地走上前来。她那张具有条顿人特征的宽大的脸因剧烈运动而涨得通红，头发在那顶宽边遮阳帽下紧紧地卷曲在额顶周围。她用她那双机敏的小眼睛盯住伊莫金，并

① 北欧神话中主神奥丁（即日耳曼神话中的沃旦）的神殿，也是接纳阵亡武士英灵的殿堂。
② 1 英尺等于 0.3048 米。

伸出两只手来。

"这就是那位小朋友喽？"她用一种低沉的男中音问。

伊莫金实际上和她的女主人一般高，不过她意识到任何事情都是相对而言。弗拉维娅为她俩进行介绍后不无歉意地说：

"利希滕菲尔德夫人，我真希望能请你和我们一道乘马车上去。"

"哦！不用！"那位女巨人大声说，一边用浪漫传奇中女主人公常用的一种夸张姿势把头一垂。"我命中注定不配钻进旮旯角落。我从来就没有体验过小个子们美妙的特权。"

弗拉维娅哈哈大笑着驱动了马车，而那位大个子女人则站在尘土飞扬的马路当中，摘下她那顶宽边帽挥舞着向她们告别，其姿势令人想到一位装束华丽的骑士在行礼致意。

当她们到达那幢房子时，伊莫金非常好奇地东张西望，因为这的的确确是弗拉维娅的杰作，是那个被一再拖延而最终得以实现的希望。她们径直走进一间宽敞的方形大厅，大厅三面被一条画廊环绕，呈画室风格。大厅的一头通往一个荷兰式的早餐室，过了早餐室则是大饭厅。大厅的另一头是琴房，琴房里有一个吸烟室，进去得通过楼梯后面的书房。二楼上的总体布局和楼下一样：中间是一个方形大厅，周围连着客房，或用布罗德伍德小姐的话说，周围连着"笼子"。

伊莫金进到她的房间时，客人们开始从他们各自的午后游览处返回，男佣们端着冰水、盖盘和鲜花穿梭于楼上楼下的大厅，与那些抱着鞋子和衣物的女仆男仆相互碰撞。不过这一切都应和着听不见的铃声，加之仆人们鞋底加有毛毡，而且都屏住呼吸，所以整幢房子里几乎感觉不到混乱。

弗拉维娅终于建起了她的殿堂，劈成了她的"七根支柱"[1]。毫无疑问，计划了那么久的这座天才的庇护所，艺术的疗养院，如今已成了一个既成事实。她的雄心早就大得令她位于草甸大街的那幢房子没法容纳，此外她一直痛苦地抱怨芝加哥的传统与她格格不入。她的计划被一再耽搁，因为阿瑟固执地坚持住在密歇根林区，但弗拉维娅知道得非常清楚，某些"珍鸟"（最好的）是不可能从那座海港城市被诱出那么远的，于是她宣布要来具有历史意义的哈德孙河畔，而且除此之外哪儿也不去。一个纽约事务所的建立，最终攻破了阿瑟的最后防线，答应每年可离开密歇根湖三个月，正如认识阿瑟的人所知道的那样，凡事只要软泡硬磨就能使他让步。

弗拉维娅的房子是她兴高采烈的镜子，是胜利之神的

---

[1] 语出《旧约·箴言》第 9 章第 1 节："智慧建起了她的殿堂，劈成了她的七根柱子。"

一座神庙，是为胜利而建的一座凯旋门。她早年有过一番会令热情不那么奔放或追求不那么执着的人心灰意冷的经历。但她的坚定不移近年来已经奏效，她越来越疏于见到那些其路上总有莫名其妙的障碍并对这个世界总抱着莫名其妙的不满的莫名其妙的人，而那些人曾一度是她草甸大街那幢房子的常客。随着登门者大量减少，她如今为数不多的客人都是经过挑选的"最好的"。在所有那些像珀涅罗珀①家的求婚者一样在她家餐桌上吃过饭的贫困潦倒的门客中，只有阿尔塞·比松还保留着上门的权利。当初只有他一人记住了雄心的背上有个口袋，它只把不求被记住的施舍放入袋中②，而且只有他一人细心得足以去做弗拉维娅希望他去做的事情，并让他的名字具有这个世界上的现行价值。所以正如布罗德伍德小姐所说，"他是她第一个真正的追随者"，而就像穆罕默德一样，弗拉维娅能记住她的第一个信徒。

这幢被布罗德伍德小姐称为"歌唱厅"的房子是弗拉维娅更崇高的计划之产物。一个女人若非要刻意与其微妙的机体保持一致，她也许会试图把这些会发粼光的碎片投

① 珀涅罗珀是希腊英雄俄底修斯忠实的妻子，她在丈夫离家远征的 20 年中曾拒绝无数上门纠缠的求婚者。

② 化用莎士比亚《特洛伊罗斯与克瑞西达》第 3 幕第 3 场第 145—146 行俄底修斯语："时间老人背上有个口袋，他只把不求被记住的施舍放入袋中。"

入家庭生活温暖的浴缸中。但弗拉维娅的认识比这更深刻。这房子必须是一个避难所，应该让那些畏缩的心灵和敏感的头脑在这里感到无拘无束。如果必要的话，想象力的任性在这里比民法法典更重要。她认为阿瑟应该给予她这么多，因为她有时候也做出让步。弗拉维娅甚至还有一大堆名言警句。大意是说我们这个世纪创造了那种能产生神话的坚忍不拔的精神，不过她丈夫的名字每年都被喷涂在上万台脱粒机上这一事实，实际上并没有带给她多大快乐。

阿瑟·汉密尔顿出生在西印度群岛，并在那里度过了他的童年，从身体上看，他没有失去热带生活给他留下的烙印。他父亲在发明了那种以他名字命名的机器之后，便返回美国获得专利并进行生产。阿瑟大学毕业后曾花了五年时间去西部经营农场和到国外旅行。父亲去世后，他立即回到了芝加哥，令他所有朋友吃惊的是，他接管了那座工厂——没有显示出丝毫的热情，但却不露声色地表现出了顽强的毅力、卓越的才干和惊人的勤勉。一个充满自信、不耽女色、不修边幅、而且完全不理会人际关系的三十岁的男子，为什么或怎么会苦苦追求并最终娶了弗拉维娅·马尔科姆，这是一个令比伊莫金更老成的人也困惑不解的问题。

伊莫金正在换礼服时听到一下敲门声，接着一个年轻女人推门而入，她立刻就认出那是杰迈玛·布罗德伍德——她的演出界同仁称她为"杰米"·布罗德伍德。虽说从她不加掩饰的精明能干中透出某些明显的职业气息，但"杰米"那张脸看上去却是一张从不涂抹胭脂口红的脸。她的眼睛敏锐而阴沉，就像四月里刮风时的天空，那对眸子非但没有被舞台聚光灯烧枯，反而会使人去想象，除了长着庄稼的田野和美丽的乡下姑娘外，它们不曾看见过别的景象。她有一头浓密的棕发，头发剪得很短，从旁边分开，这看上去与其说是暗示了她的任性，不如说是与她那张充满青春活力的男孩子似的脸庞保持了绝妙的一致。她向伊莫金伸出一只使人乐于去握的很好看的大手。

"啊！你就是威拉德小姐，我看我就没必要自我介绍了。弗拉维娅说你非常友好地表达了想见我的愿望，而我宁愿单独来见你。我抽烟你介意吗？"

"不，当然不。"伊莫金有点不知所措，手忙脚乱地四下寻找火柴。

"哟，别着急，我总是带着火柴的。"布罗德伍德小姐一边用安慰的姿态消除伊莫金的窘迫，一边从她夜礼服的某个隐秘之处掏出了一个式样古怪的银制火柴盒。她在一把安乐椅上坐下，把她那双牛津漆皮鞋搭在一起，然后点燃了香烟。接着她若有所思地说："这个火柴盒曾属于一名普鲁士军官。他后来在浴缸里开枪自杀了，我是在拍卖他财产的时候把它买下来的。"

伊莫金尚未找到恰当的措辞来回复这番与她毫不相

干的知心话，这时布罗德伍德小姐已热情地把脸转向她："我真高兴你来，威拉德小姐，尽管我还不太清楚你为什么要来。我非常想见你。弗拉维娅曾让我读过你的论文。"

"嗯，真滑稽！"伊莫金脱口而出。

"正好相反。"布罗德伍德小姐说，"我认为她完全缺乏幽默。"

"我的意思是，"伊莫金结巴起来，开始觉得自己就像艾丽丝在漫游奇境，"我的意思是说我认为这很古怪，汉密尔顿夫人居然以为你会对我的论文感兴趣。"

布罗德伍德小姐开怀大笑。"哦。别让我的无礼把你给吓住了。实际上我发现它非常有趣，给人以深刻的印象。你知道，干我这行的大多数人对别的行道都一窍不通，所以他们从来就坚信自己在其他某个行当中也会超群出众。说来也怪，我们格外羡慕和钦佩的就是学问。任何变成铅字的东西都令我们肃然起敬，这就是我们中有那么多人嫁给作家和记者去过悲惨生活的原因。"布罗德伍德小姐看出她已经让伊莫金感到非常尴尬，于是便爽快地改变了话题。"听我说，"她把已熄了一半的香烟抛到一旁，继续道，"要在几年前，弗拉维娅会认为我不配读你的论文，因此也不配来参加她这客人都经过挑选的家庭聚会。我得感谢皮内罗给了我这两种荣幸。不管我是否受欢迎，这一切全靠我正在从事的职业。你知道弗拉维娅是我的远房表姐，所以只要我乐意，无论什么不中听的话我都能说。我非常想有人和我一起笑笑，所以我打算紧紧抓住你不放，因为，我当然不能指望那些外国佬，在那些像吉卜赛人的外国佬当中，有谁会觉得什么事可笑。我并不想破坏你眼下的情绪。可至少我想问，你对弗拉维娅这座艺术救护院有何想法？"

"喔，现在就问我有什么想法还为时太早。"伊莫金说着又转身继续穿她的衣服，"到现在为止，你还是那群艺术家中我见到的唯一一个。"

"他们中的一个？"布罗德伍德小姐重复道。"那群艺术家中的一个？亲爱的，我也许冒犯你了，可我的确不值得你这般抬举。现在请听我说，不管我身上会带有我们那种人的什么标记，可你千万别认为我真把自己当那么一回事。"

伊莫金惊讶而惶惑地从穿衣镜前转过身来，面朝客人在一张椅子的扶手上坐下。"我真看不透你，布罗德伍德小姐。"她坦率地说，"你为什么会不把自己当一回事？兜这个圈子又有什么用？想必你应该知道，在大西洋这边，只有很少的演员懂得那种自然或精巧的喜剧，懂得那种喜剧的真正意义，而你就是其中之一。"

"谢谢，亲爱的。现在关于那篇论文的事咱俩算是扯平了，你说是不是？哦！你不是那个意思？好吧，你是个聪明的姑娘。可你知道，一个人不能自己站在那种角度来看待这件事。如果我们那样看，那我们就会碰得头破血流，就会像凯普莱特①家那位不幸的女儿一样浪费掉我们正在闪光的东西。不过现在我听见弗拉维娅正过来叫你下楼，请记住，我不是他们中的一员；我是说那些艺术家。"

弗拉维娅领着伊莫金和布罗德伍德小姐下楼。来到楼下大厅时，她们听见从音乐厅传来说话声，并看见画廊的阴影中有些模模糊糊的身影，可她们的女主人却径直朝吸烟室走去。六月的傍晚凉飕飕的，壁炉里已经生起了火。透过正在加深的幽暗，火光闪烁在吸烟室墙上挂的各种烟斗和稀奇古怪的武器上，还有一团橘红色的光焰辉映在土耳其挂毡上。吸烟室的一面是一整块玻璃，把吸烟室和温室隔开，温室里被电灯照得如同白昼。幽暗的吸烟室周围使人产生某种联想，觉得那里似乎有些《一千零一夜》中那种朝向栽有棕榈树的庭院的房间。也许部分是因为这种引人回忆的联想，伊莫金隐约看见阴影中那个男人的身影时不禁大吃了一惊，当时那个男人正坐在壁炉旁一张很矮的椅子上抽烟。他个头很高，身材瘦削，皮肤呈棕色。他长长的手臂从椅子扶手边无力地垂下。他的嘴被上唇棕色的胡须遮住，他的眼睛显得呆滞而冷淡。伊莫金进屋时，他懒洋洋地起身并伸出手来，其举止勉强合乎礼仪。

"我很高兴你这么快就到了，威拉德小姐。"他用一种

①《罗密欧与朱丽叶》中朱丽叶家族的姓氏。

冷漠的声调慢吞吞地说，"弗拉维娅还担心你会迟到呢。我相信你这一路上过得愉快？"

"哦，很愉快，谢谢，汉密尔顿先生。"她回答时觉得他并不十分在乎她是否答话。

弗拉维娅解释说她还没来得及换晚餐的礼服，因为她刚才一直在照料威尔·梅登伍德先生，那位先生被一扇卡住的窗户弄伤手后竟昏了过去，解释完后她说了声"请原谅"就离开了吸烟室。她走后汉密尔顿转向布罗德伍德小姐，脸上露出一种无精打采的微笑。

"嘿，杰米，"他说，"我为孩子们带来了满满一钢琴箱烟花爆竹，你认为我们如何才能设法把它们保存到四号①那天？"

"这不可能，除非我们硬起心肠否认这屋子里有那些玩意儿。"布罗德伍德小姐一边说，一边在汉密尔顿椅子旁的一张矮凳子上坐下，把背靠在了壁炉架上。"你见到海伦了吗？她把那颗牙齿的倒霉事告诉你了吗？"

"她在车站碰上了我，当时她那颗牙齿用手巾纸包着。一小时前我和她一起喝过茶。你最好坐下，威拉德小姐。"他起身将一把椅子朝正站着凝望温室的伊莫金推去，"我们定在七点吃饭，不过在八点之前他们很少能到。"

这下伊莫金终于听出，这里的"他们"往往是指那帮

---

① 7月4日为美国独立纪念日。

艺术家。由于汉密尔顿的态度并没有鼓励别人与他进行真诚的交谈，而要是能说他真正注意到了什么人的话，那他的注意力也似乎是在布罗德伍德小姐身上，所以伊莫金面对温室坐下静静地注视着他，心中难以断定他与十二年前在她母亲家里第一次见到弗拉维娅·马尔科姆的那个男人有多少相似之处。他还记得他曾认识她这个从前的姑娘吗？为什么过了这么些年，他的冷漠依然会令她如此伤心？难道她儿时对他的痴情尚未完全泯灭？难道还有残余的情丝活在她意识的某个幽深之处？难道她真希望发现还有重新喜欢上他的可能？突然，她看见那个男人呆滞的眼睛里闪出一种光芒，一种明白无误的关注而愉悦的目光，这令她相当吃惊。她顺着那目光匆匆掉头一看，只见弗拉维娅正走进屋来，她身着晚餐夜礼服，看上去仪态万方，光彩照人。许多人都认为弗拉维娅端庄秀雅，而且谁也不否认三十五岁的她依然风采夺目。她的身材从不曾发胖，她的脸蛋绝不会显得憔悴。那张脸白皙的肌肤就像珐琅一样永不褪色——而且也一样坚硬。脸上通常露出的是一种往往不太自然而紧张的兴奋，这种兴奋使她的双唇神经质地紧闭。布罗德伍德小姐把这种兴奋称为一种滑稽可笑的兴奋，一种完全由不屈不挠的意志力创造并保持的兴奋。无论在什么场合，弗拉维娅的出现都会引起一阵波动，引起某种激动和赞赏，对敏感的人来说，还会引起某种不安。尽管弗拉维娅举止大方，但她肯定总是心神不定，甚至总是焦虑不安。她似乎不敢相信物质世界已经确立的秩序，似乎总担心墙会坍塌，地会裂口，或她编织起来的生活会在解不开的纠缠中随风而去，而且她似乎总在试图掩饰她这种感情。至少这就是伊莫金从弗拉维娅那种明显虚伪的表情中获得的印象。

汉密尔顿投向他妻子的那敏锐、迅疾而满足的一瞥使伊莫金回忆起了关于他们的全部推测。她怀着同情而诧异的心情凝视着他。当她还是个孩子时，她从不许自己相信汉密尔顿会喜欢那个后来从她身边把他带走的女人，而自她重新开始想起他们以来，她也从不曾想到有谁会这样一往深情并不顾一切地依恋弗拉维娅。这似乎就像是在光天化日之下试图将百老汇大街据为己有一样荒谬。

当他们走出吸烟室去饭厅的时候，伊莫金意识到了弗拉维娅不折不扣的胜利。客人几乎全是世界名流，其名声就像君王们一般显赫，这些人的名字都能在普通人脑子里激起传奇般浪漫或音乐般美妙的想象。除鲁先生以外，伊莫金几乎见过他们每一个人，要么是在音乐会大厅，要么是在演讲厅，不过他们看上去显然都比她记忆中的那些人更年长，也更黯淡无光。

坐在她对面的是那位俄国钢琴演奏家谢梅兹金，一个又矮又胖的男子，皮肤有点发紫，脸上有种中风的迹象，一头浓密的铁灰色头发从额前向后高高翘起。坐在德国女巨人旁边的是那位意大利男高音歌唱家——男人中个子最小的一位——他脸色苍白，乱蓬蓬的头发细软且色浅，嘴唇鲜红，手指则被香烟熏得焦黄。一件鲜绿色的夜礼服使利希滕菲尔德夫人光彩夺目，那身礼服与她非常相称，从而夸大了她天生的红润。不过说句公道话，千万别让这位可敬的女士穿得过于朴素，那反倒会产生一种花里胡哨的效果。她左手边坐着亚述学家肖特先生，他的面部被汇聚到一起的头发和胡须有效地遮掩，他的眼镜老是往他的盘子里掉。这位先生在他的发掘工作中比他任何一个同事移动的泥土都多，而他对盘中食物强有力的进攻似乎正暗示了他习惯艰苦劳动之百折不挠的天性。他眼睛很小并陷得很深，而他的额头则像一道骨质的山脊在他眼睛上方高高隆起。他浓密的眉毛最终使人完成他的脸像狮子这一联想。甚至在对他的工作有所了解并十分尊重的伊莫金眼里，他也纯然使人想起石器时代，而完全不是一名合适的晚宴伙伴。实际上，他多少已吸收了他所长期研究的那些早期生活模式中的兽性。

已从哈佛毕业两年并已出版了三本历史小说的堪萨斯青年弗兰克·韦林顿坐在威尔·梅登伍德先生身边，后者由于最近的那番苦痛经历，脸色还很苍白，手上也还缠着绷带。他俩很少加入大伙儿的谈话，但却像那头狮子和那只独角兽一样，一有机会就在私下交谈；他俩一直在讨论，出于对青年读者的考虑，韦林顿先生的作品中有没有应该删去的段落。韦林顿早就被一个庞大的美国报刊集团所控制，该集团非常有效地扶持那些正在奋斗且奋斗方向正确的作者，并已保证要在韦林顿三十岁之前把他捧红。觉得自己处境安全，他便勇敢地奋起捍卫那些对《妇女杂志》那位年轻编辑敏感的神经造成刺激的段落。梅登伍德用最温和的言辞极力主张作家在发轫之初有必要承认某些约束，未经任何邀请或鼓励就加入这场讨论的布罗德伍德小姐赞成梅登伍德的见解，但她尖刻的言语却令这位年轻编辑感到不舒服。这时化学家雷斯佐夫要求大伙儿注意听他讲解他用植物油制造冰淇淋和把药物加进糖果的办法。

晚宴上一直心神不定的弗拉维娅对冻化巧克力的鼓吹者多少有几分冷淡，而对鲁先生突然离去却表示出明显的关切，鲁先生已宣布他明天必须离去。坐在弗拉维娅右手边的埃米尔·鲁先生是个中年人，他头秃得厉害，看上去没有个人虚荣心，不过他的出版商们宁愿只发行他青春时代所拍下的那些照片。伊莫金相当惊讶地发现，他并不像他二十岁时看上去所像的那个身材修长、满头黑发的罗拉[1]。他已经变得俗气，变得冷漠而迟钝，变得未老先衰。不过他脸上有一种稳健而经久不衰的神态，一个已有权发胖并秃顶的男人的神态，只要他愿意，他甚至可以在晚宴上一声不吭。

---

[1] 法国作家缪塞的长诗《罗拉》（*Rolla*, 1833）中那位放荡的主人公。

尽管韦林顿和梅登伍德在整个讨论期间不断邀请他加入他俩的争论，可他却始终保持沉默，既没有显出丝毫兴趣，也没有表露任何鄙夷。自来到这里之后，他几乎就只同汉密尔顿进行过交谈，而汉密尔顿从不曾读过他那十二部著名小说中的任何一部。这使弗拉维娅感到困惑或苦恼。就在他到达的那天晚上，朱尔斯·马特尔曾热情洋溢地宣布，"学院画派有高下之分，风格手法有雅俗之别，但鲁先生却始终都是鲁先生，整个巴黎都根据他的钟对表。"弗拉维娅已经把这段话对伊莫金复述了一遍。这段话一直萦绕在她心头，每次复述她都会重新获得新的印象。

显然是因为怒于她几番诱使那位小说家开口都未获成功，弗拉维娅不大自然地改变了话题，"鲁先生，"她突然开始说，脸上露出她最粲然的微笑，"我还清楚地记得，几年前在你的《妇女研究》中读到过一段话，大意是说你从不曾遇见过一位真正有理智的女人。我现在可否冒昧叩问，那个断言今天是否依然是你的经验之谈？"

"夫人，"那位小说家谨慎地说，"我是在一种非常特殊的意义上谈论理智，就正如我们谈论某些看上去几乎与纯理智功能完全绝缘的男人。"

"那你仍然认为那种真正有理智的女人属于神话人物？"弗拉维娅一边追问，一边鼓励地点着头。

"一个美杜莎，夫人，如果她被发现的话，她会把我们都变成石头。"小说家说着话庄重地欠了欠身子，然后慎重地补充道，"假若她真存在，那我的任务就是找到她，而且她已经让我白白地跑了许多路。就像的黎波里的鲁德尔①，为了找到她我一直在漂越大洋，穿越沙漠。我的确遇见过一些其勤勉令我肃然起敬的有学问的女人，许多人拥有美貌、魅力和令人费解的聪慧，少数人还具有惊人的学识和一种非凡的机敏。"

"那布朗宁夫人、乔治·艾略特和你们的迪德旺夫人②呢？"弗拉维娅怀着她那种奔放的热情追问。凭着这种热情，她有时能谈论一些因其平庸无聊而绝对不可理解的话题——对她的这种技艺，布罗德伍德小姐经常佩服得喘不过气来。

"夫人，虽说理智不可否认地表现在那些女人的作品中，可那不过是紫花芥菜的茎。尽管我要找的女人总躲着我，但我一直在研究她生存的环境和不安的原因，就像天文学家推测他们从不曾见到的天体之运行轨道。如果她存在，也许她既不是一名艺术家，也不是一个负有使命的女人，而是一个迫切需要理智的不起眼的角色，与其说她会创造，不如说她会吸收。"

---

① 鲁德尔（Jaufré Rudel de Blaia），12 世纪普罗旺斯诗人，写有一首赞美天各一方仍生死相恋的著名歌谣。相传他爱上了的黎波里女伯爵，漂洋过海去找她，最后死在她怀中。

② 即法国女作家乔治·桑（George Sand，1804—1876）。

弗拉维娅仍神经质地点着头，用一种不自然的探询目光盯着鲁先生。"这么说你认为她该是这样一种女人，她的第一需要应该是求知，她的天性只应该满足于最好的，她能从别人那里吸收，不过是有鉴赏力的吸收？"

小说家抬起阴沉的眼睛望着他这位对话者，脸上露出一丝捉摸不透的微笑，并且微微耸了耸肩。"正是如此。"接着他用一种冷冷的惊讶口吻补充道，"你真了不起，夫人。"

晚宴之后，客人们都到琴房里喝咖啡，谢梅兹金坐到钢琴前开始弹拉格泰姆音乐①，并表演他有口皆碑的拿手好戏，模仿那位寄宿学校女学生②肖邦式的演奏手法。他断然拒绝演奏任何更严肃的音乐，而且通常只在上午他一个人占用琴房之时才练习那些曲子。汉密尔顿和鲁先生退到吸烟室讨论在法国扩大工业产品税收之必要性——这是最令弗拉维娅气恼的那种交谈之一。

在谢梅兹金装腔作势地用粗俗的手法把钢琴键盘折磨了半小时之后，多纳蒂先生为他结束这番折磨而答应唱歌，于是弗拉维娅和伊莫金双双去请阿瑟为他伴奏。汉密尔顿面有愠色，起身把香烟放在壁炉架上。"好吧，弗拉维娅，我为他伴奏，只要他唱得有腔有调，意大利咏叹调或叙事曲都行，而且这个独唱不能没完没了。"

---

① 流行于 19 世纪后期到爵士乐初期的一种散拍节奏的音乐。
② 指肖邦的学生和崇拜者简·斯特林（Jane Wilhelmina Stirling, 1804—1859）。

"你也跟我们来吧，鲁先生？"

"谢谢，但我得去写几封信。"小说家欠身回答。

正如弗拉维娅对伊莫金所说，"阿瑟的伴奏曲的确弹得很美妙。"听着他的琴声，童年的日子又生动地浮现在伊莫金的脑海，那时候他总习惯到缅因州她母亲家里来度假。对她来说，他具有青年男子有时候会对小女孩儿产生的那种令人神情恍惚的影响。那是一种恋爱的幻觉，一种一厢情愿的想入非非，一种本能的早熟，就像有些小女孩儿对她们的布娃娃所表现出来的那种柔情母性的关怀。但这种孩子气的痴迷却能像真正的爱情一样使人心花怒放或愁肠百结，因为它也有其痛苦的妒忌、伤心的失望和难以对付的任性。

年年夏天她都等着他的来临，并为他的离去而哭泣，与此同时，她对那些把她唤作小心肝并为她所说的每一句话开怀大笑的快活的小伙子们都漠然置之。尽管汉密尔顿从没有说过喜欢她，可她却一直坚信是那么回事。当他带着她划船沿河而上去寻找被低矮的垂柳包围着的那些美丽的沙丘之时，他经常会整整一个小时一声不吭，可她却决不会感到他是厌倦她或者故意不理她。他常常躺在沙滩上吸烟，眯缝着眼睛看她玩耍，而她却总是觉得自己正在让他高兴。有时候他口袋里会揣上一本《爱丽丝漫游奇境记》，没有人能够像他那样读书，读到开心处时，他会用他那双黑眼睛朝她微笑。没有人能够像他那样微笑，只用眼睛，而不动脸上一丝肌肉。虽说他通常是为一些在孩子们看来一点也不好笑的段落而发笑，可她却总是跟着发笑，因为他很少有开心的时候，所以他任何高兴的表示都令她高兴，而且以为这全是她的功劳。她自己所爱好的则是内容严肃、结局悲惨的故事，比如《小美人鱼》，这是他有一次不当心时讲给她听的。当时她患了感冒，在生日之夜被早早地抱上了床，还因为没有生日聚会而伤心痛苦。不过他极不赞成她这种偏好，将其称为一种病态的情趣，每次她要听那个故事，他总是摇着手指拒绝。可当她特别可爱的时候，或是完全没人照看的时候，他偶尔也会心软并给她讲那个故事，而且即便她为他那"悲惨结局"伤心落泪也决不嗤笑她。当弗拉维娅把他带走并一去不回时，她伤伤心心地在家哭了两个星期，没去上学。后来她自己找到了《小美人鱼》这个故事，然后渐渐把他淡忘了。

伊莫金在晚餐时发现，他依然能朝着某个人偷偷微笑，用他的眼睛，而且他还保持着他的老习惯，表面上似乎讨厌你，但同时又让你知道他并非如此。她非常好奇地想知道他对她妻子的真情实感，而她更想知道他是如何在各个方面最终适应了这种生活环境。她禁不住认为，自己也许还有可能探个究竟，只要她能和他在某个地方单独待上一小时，只要那个地方有一条小河，河边有一片被垂柳包围的沙滩，并有一块能透过白梧桐树树枝望见的蓝天。

那天晚上就寝之前，弗拉维娅进了她丈夫的房间，当时他穿着睡衣坐在他最喜欢的一把软椅里。

"我认为，把伊莫金这样一个热情而严肃的姑娘带到这些有趣的人当中，是一种重大的责任。"她若有所思地说，"但毕竟谁也说不准。这些不苟言笑的姑娘自有她们的魅力，甚至对能说会道的人也是如此。"

"喔，这就是你的打算？"她丈夫冷淡地说，"我还正在纳闷你干吗把她弄来呢。她看上去与那些能说会道的人相处得并不好。至少我有这种印象。"

弗拉维娅没有理会这冷嘲热讽，而是继续说，"不会吧，这毕竟不是件坏事。"

"那就把她交给那根摇摆的芦苇吧，那个男高音。"她丈夫打着哈欠说，"我记得她过去常常多愁善感。"

"那就这样吧。"弗拉维娅撒娇卖乖地说，"毕竟我还欠着她母亲这样一份人情。她并不害怕同命运开开玩笑。"

可这时汉密尔顿已在椅子上睡着了。

第二天早上，伊莫金发现只有布罗德伍德小姐坐在早餐室里。

"早上好，我亲爱的姑娘。你起这么早干吗？他们从不在十一点之前吃早饭。大部分人都只在自己房间里喝杯咖啡。来，坐我身边来。"

布罗德伍德小姐今天显得格外精神，她穿着蓝哔叽短裙，没有扣上的外套露出笔挺的白衬衫胸襟，衬衫上饰有几乎看不见的暗色花纹，一条蓝白色相间的领带端端正正地系在宽宽的衬衫翻领下，外套翻领上则插着一朵玫瑰花蕾。她看上去显然比任何时候都更像是一个正在度假的整洁可爱的小伙子。伊莫金正希望她俩能单独共进早餐，这时只听布罗德伍德小姐大声说，"啊，阿瑟带孩子们来了。在这幢房子里，这便是早起的奖赏了，在其他任何时候你绝不会看到这些孩子。"

汉密尔顿进了餐室，身后跟着两个皮肤黝黑的漂亮男孩儿。他怀中抱着的那个女孩儿还很小，像她母亲一样白肤金发碧眼，显得异常娇弱。两个男孩儿上前向客人道早安，其自然和由衷甚至对有教养的孩子来说也非同寻常，可那个小女孩则把脸深深地埋在她父亲肩上。

"她是个害羞的小姑娘。"汉密尔顿一边解释，一边轻轻地把她放进椅子。"我真担心她会像她父亲；她似乎没法习惯与人交往。你呢，威拉德小姐，昨晚梦见大白兔或小美人鱼了吗？"

"哦，都梦见了！那种被遗忘的文明中的所有角色我都梦见了。"伊莫金冲口答道，心里非常高兴他昨晚的冷漠神态已荡然无存，同时她还觉得，不知怎么回事，过去那种亲密的关系在一夜之间已经恢复。

"喂，威廉，"布罗德伍德小姐转向两个男孩中小的一位，"你昨晚梦见了什么？"

"我们梦见，"威廉一本正经地说——他是两兄弟中更自信的一位，总是代表两人说话——"我们梦见车房的地下室里藏着烟花爆竹，好多好多的烟花爆竹。"

他哥哥惊讶而担心地抬眼看他，布罗德伍德小姐连忙用餐巾捂住自己的嘴，汉密尔顿则垂下目光用遗憾的口气说，"要是小孩儿梦见什么，那他们往往就得不到什么。"这话甚至让勇敢的威廉也感到震惊，他紧张地瞥了他哥哥一眼，反问道："可难道仅仅因为被梦见，东西就会突然消失吗？"

"一般说来，这最有可能就是它们消失的原因。"阿瑟神情严肃地说。

"可是，爸爸，人总免不了要梦见什么。"爱德华轻声提出异议。

"哦，得啦！你让孩子们说起话来就像在念梅特林克①的台词。"布罗德伍德小姐笑着说。

不一会儿弗拉维娅走了进来，她手里拿着本书，向他们问过早安后，她用非常动人的声音问："喂，孩子们，今天早上应该是哪个故事？"孩子们欢天喜地地跟着她走向花园。当他们离开早餐室时，伊莫金自言自语道："这么说她还行，有时候还行。"

"哦，行，当然行。"布罗德伍德小姐由衷地说，"她

---

① 梅特林克（Maurice Maeterlinck, 1862—1949），比利时剧作家、诗人，1911 年诺贝尔文学奖获得者，著有六幕儿童梦幻剧《青鸟》（L'oiseau Bleu, 1908）。

每天早晨都在花园里最美的地方给孩子们读一个故事。格拉古兄弟的母亲[①]，这你知道。她说她要这样读下去，直到孩子们都成为她聪明的伙伴。咱们去山上散散步好吗？"

她俩出门时碰见了利希滕菲尔德夫人和须发浓密的肖特先生——这位教授令人惊讶地穿着一双高尔夫球袜——他们刚散步归来，一路上正在激烈地谈论德国小说的趋向。

当她俩绕过马路朝河边走去时，伊莫金叹道："难道他们不是最可爱的孩子！"

"是的，而你千万别忘了告诉弗拉维娅你这么认为。她会以一种吃惊的方式看看你，然后说：'是的，难道他们不是？'而且她也许会马上去把他们找到，与他们一起喝茶，好好地欣赏他们。她最怕失去任何好东西，这就是弗拉维娅。那些孩子在这座'歌唱厅'露面仿佛是一种罪过，而他们设法把自己藏起来的方式则是一个奇迹。"

"可难道那些艺术家都不喜欢孩子？"伊莫金问。

"喜欢，可他们也仅仅是喜欢而已。那个化学家有一天说，孩子就像某些无须实际存在的盐，因为它们的分子式已足以达到实用效果。我看不出弗拉维娅为何能容忍让

---

① 格拉古兄弟是古罗马的两位改革家，其母科涅莉亚（Cornelia Scipionis Africana）是罗马统帅大西庇阿之女，罗马执政官老提比略之妻，她在丈夫死后拒绝了埃及法老托勒密的求婚，悉心抚养并教育子女，被誉为古罗马的妇女典范。

那种男人待在身边。"

"我一直都非常好奇，想知道阿瑟对这一切都怎么想。"伊莫金小心翼翼地问。

"怎么想！"布罗德伍德小姐冲口而出。"哦，我亲爱的，当任何一个男人的房子被变成一家旅店，这旅店里住进一群怪物，这些怪物解雇他的仆人，借他的钱花，还侮辱他的邻居，你说他会怎么想？这地方就像一座人们避之不及的麻风病院！"

"那么，他何必……他何必……"伊莫金想追问。

"哼！"布罗德伍德小姐性急地接过话头，"他何必当初？这就是问题。"

"你是指同她结婚？"伊莫金红着脸问。

"正是这意思。"布罗德伍德小姐尖刻地说，随着话音她猛然折断了她火柴盒的盖子。

"我认为这是个咱俩谁也弄不明白的问题，而且肯定也是我俩不能讨论的问题。"伊莫金说，"不过他在这点上的宽容令我困惑，且不说其他复杂的问题。"

"宽容？你所说的这点正是弗拉维娅。谁能想到她而不想到她的宽容？我不知道这一切将在哪儿收场，但我相信，而且坚信，要不是为了阿瑟，我不会关心这事。"布罗德伍德小姐说完耸了耸肩。

"可事到如今收得了场吗？"

"这种荒唐的局面不可能永远继续。一个男人不会永远看着他妻子胡闹，他会吗？仆人那边已经开始乱作一堆。现在这里同时操着六种不同的语言。你知道，这全都建立在一种虚妄的基础上。弗拉维娅压根儿不懂这些人到底是怎么回事。她既注意不到他们的长处，也看不见他们的短处。从另一方面来说，他们也想象不出她用意何在。这样一来，阿瑟的情况比他们双方都更糟，因为他并非置身于那种他能够看清每一个人物的童话故事中，但他又完全不能像他们看她那样来看弗拉维娅。这下你已经明白了这里的情况。至于他为什么不能像我们这样来看她？亲爱的，这问题一直让我整夜整夜都睡不着觉。这个男人有那么多思想，有那么多经历，而且天生就是一个爱挑剔的人，可他对弗拉维娅的看法几乎就等于她自己对自己的看法。不过，我现在正开始考虑一种令人捉摸不透的现象。与弗拉维娅短时间相处，你根本就不可能了解她那种根深蒂固的自负。那就像圣彼得的自尊，你不可能一下子意识到它的强度。你只有生活在其阴影下才能渐渐对它有所感知。这甚至让埃米尔·鲁这个无怜悯之心的自我主义解剖家也感到费解。她令他大为困惑，因为他一眼就看到了那个他们中许多人没有立即看到的事实，那个在最后审判日的号声吹响之前将会出于仁慈而不让阿瑟知道的事实。那个事实就是：弗拉维娅的艺术家们已做的或将要做的一切，对她来说就完全等于对牛弹琴，没有任何渠道可以把任何艺术工作的意义传达给她。"

"既然是这样，那她为什么操这份心？"伊莫金急促地问。"她漂亮，富有，而且有身份；她干吗要操这份心？"

"这正是鲁先生一直在问他自己的问题。对此我不敢妄加分析。她爱读《巴黎文学里程碑》和《诗人之恋》这类书刊上的文章，爱去芝加哥的各种俱乐部。对弗拉维娅来说，更重要的是被人认为聪明，而不是生活本身，我会努力去了解那个忧郁的法国人的诊断。他一直在用他那双没有表情的眼睛对她进行观察，就像一名生物学家在观察一只从未见过的青蛙。"

鲁先生走了几天之后，弗拉维娅把她的一部分注意力令人尴尬地集中到了伊莫金身上。说令人尴尬，这是因为伊莫金感到她正劲头十足但又缺乏目的地在探究自己。她不知这是为什么。她觉得自己在一台抽气机的球形罩下，正被指望泄露一点什么。当她把谈话局限在一般问题时，弗拉维娅会不快地说她生活中的一项努力就是要让自己适合与朋友们谈论他们最感兴趣的问题。"一个人不给出最好的，那他就没有权利接受最好的，你说是不是？我就希望能够给出……"她含糊其辞地宣称。可每当伊莫金试图满足她的要求，大胆地谈起她下一个冬季的学习计划时，弗拉维娅又变得心不在焉，不时用一些令人吃惊的推论或令人尴尬的问题打断她的话，诸如："这些讨厌的学习对你倒真有魔力。你简直都被它们给埋住了。它们让别的事都显得无足轻重，转瞬即逝。"

"我倒有点觉得我几乎是被骗到这里来的。"伊莫金向布罗德伍德小姐吐露道,"我的确弄不懂她想从我这儿得到什么。"

"咻,"杰迈玛扑嗤一笑,"你还不能胜任与弗拉维娅进行这种倾心交谈。你完全没能把你所置身于其中的那种无忧无虑的快乐气氛传达给她。你必须记住,她自己从事物中找不到任何感觉,她需要你通过某种心灵传导的过程把你的感觉给她。我有一次遇见一位瞎眼姑娘,她一生下来就双目失明,但她能像弗拉维娅那样口若悬河并激情洋溢地谈论巴比桑画派的各种特征。弗拉维娅通常知道如何从别人那里获得她想要的东西,而且她记性特别好,有天傍晚,我听见她正在对利希滕菲尔德夫人讲她对《海达·加布勒》①的大致印象,而那番话是她五年前从我这儿听去的。她当时讲得热情奔放,令人心悦诚服,可我从不曾有过那种激情和自信。我也知道其他一些人会剽窃你的故事和见解,但弗拉维娅不知比这高明多少倍,因为她能吸收你白日梦中的每一缕思绪,可以说能掠走你身上的每一阵激动。"

经过几天不成功的尝试之后,弗拉维娅不再来找伊莫金,而伊莫金发现,自己被冷落的时候总会被汉密尔顿撞上。他似乎专门在等待这种关键时刻,于是他们过去的友

---

① 《海达·加布勒》(*Hedda Gabler*, 1890),易卜生创作的四幕话剧。

情得以恢复，这就像是一件不可避免且精心安排的事。她使自己确信，尽管有最近这些年产生的所有那些疑惑，但自己一直没误解他，而这种信任的重新开始使她的脑子里不只震荡着一个问题。她怀着她那种带有孩子气的怨恨不住地问："他当初怎么会？他现在怎么能？他有什么权利糟踏任何这般美好的东西？"

鲁先生离去大约一星期后的一天上午，午餐之前，伊莫金和阿瑟正散步归来，他俩注意到一群人正全神贯注地围聚在大厅的一扇窗下。肖特先生和雷斯佐夫捧着一份报纸坐在窗前的沙发上，而韦林顿、谢梅兹金和威尔·梅登伍德则围在沙发后从他俩的肩上往下看。他们似乎都看得津津有味，肖特先生不时乐得不知节制地用双拳拍打双膝。但当伊莫金走进大厅时，那群男人却都若无其事地走向早餐厅，清清白白地把那份报纸留在了墙边的沙发上。吃午餐的时候，刚才围在窗边的那群人显得异乎寻常地活跃和讨人喜欢，只有谢梅兹金例外，他的目光比任何时候都更茫然，仿佛除了他自己那份不知不觉的自我专注，鲁先生那层冷漠无礼的阴影也笼罩到了他的头上。威尔·梅登伍德显得局促不安；那位化学家则忙于彬彬有礼地同汉密尔顿交谈。——弗拉维娅没有下楼吃午饭——肖特先生的浓眉下有一丝不怀好意的凶光。弗兰克·韦林顿紧张地宣布，扶持他的那个报业集团送来一封急信召他进城。

午饭后那群男人去了高尔夫球场，伊莫金瞅准第一个机会拿到了那份被留在墙边沙发上的报纸。首先跳入她眼帘的就是这样一条标题，《鲁笔下的一群趋炎附势小人，鲁眼中的那位美国开明女性——好斗·浅薄·虚伪》。整个采访记正好是一篇针对弗拉维娅的颇具讽刺意味的人物性格描写，字里行间颤动着一腔激愤和尖酸刻薄的恶意。谁都不会看错，这篇文章是出自他那支善于人物描写的笔。伊莫金还没读完那篇文章就听有脚步声，她抓紧报纸慌慌张张朝楼梯口走去，这时阿瑟进了大厅。他伸出手来，用探究的目光盯住她痛苦的脸。"等一等，威拉德小姐。"他用不容拒绝的口吻说，"我想看看，我们是否能发现今天上午是什么东西使我们那些朋友那么感兴趣。请把报纸给我。"

当他展开那份报纸时，伊莫金的脸变得煞白。她伸手抓回报纸想把它揉成一团。"请你别读了，请你别读了。"她哀求道，"我不想让你读这种东西。哦！你为什么要读？这不过是一些你没法评论的卑鄙下流的胡言乱语。"

阿瑟轻轻地掰开她的手，让她坐到一把椅子上。然后他点燃一支雪茄，不加评论地一口气读完了那篇文章。之后他走到壁炉跟前，划着一根火柴，把点着的报纸抛进铜柴架之间。

"你说得对。"他往回走时说，一边用手巾擦去手上的灰。"简直没法对其加以评论。通篇都是我们叫不上名的登峰造极的下流话。现在唯一需要做的就是当心别让弗拉维娅风闻此事。这看来似乎是要我采取行动的提示。可怜的姑娘。"

伊莫金泪汪汪地望着他；她只能喃喃道："哦，你为什么要读它！"

汉密尔顿勉强露出笑容。"喂，别为这事难过。你总把别人的不幸看得太严重。你小时候这世界多快活，那时人人都很幸运，可你偏偏要为小美人鱼的不幸而伤心。来吧，和我一块儿去琴房。你还记得有一次我替你为捷波瓦奇那首诗[①]谱的曲子吗？另一天晚上我把它试弹了一遍，那是在你上床好久之后，我确信那首曲子简直和《魔王》[②]一样美妙。我是多么希望能给你一些爱丽丝吃的那种蛋糕，把你重新变成一个小女孩。这样，当你跨过那道玻璃门进入那个小花园后，你也许就能够朝我呼喊，并告诉我那里发生的所有美妙的事情。可你终究长大了，这真是遗憾！"他笑着补充道，而伊莫金也正在想这个遗憾。

那天晚餐的时候，弗拉维娅非常固执地把话题转到了鲁先生身上。她一直在读他的一部小说，并且再次记起了"巴黎根据他的钟对表"。伊莫金揣测她正被这样一种感

---

① "捷波瓦奇那首诗"指英国作家刘易斯·卡罗尔《镜中世界》(*Through the Looking-Glass*，1872，《爱丽丝漫游奇境记》的姊妹篇) 中的《捷波瓦奇》一诗。该诗中虚构的那个怪物就名叫捷波瓦奇。

② 《魔王》(*Erl-King*, 1815)，舒伯特为歌德的同名叙事诗谱写的一首歌曲。

情折磨，那就是她未能在拥有他时充分地欣赏他。当她第一遍提到他的名字，回答她的只是突然笼罩席间的一片寂静。接着每个人又马上开始说话，仿佛是为了改正刚才的错误态度。他们谈起他时都表现出一种慷慨激昂且具有挑衅意味的崇仰之情，一种热情洋溢且包含双重目的的赞美之意。伊莫金觉得自己能看出，他们都因鲁先生所为而感到一种欣慰，甚至包括那些看不起他这样做的人。他们对弗拉维娅产生了一种怨愤，仿佛她一直在欺骗他们，他们也对自己产生了某种藐视，因为他们一直上当受骗。伊莫金想到了那则寓言中人群的愤怒，就是当那个孩子大声说出国王光着身子之时。这些人肯定不比他们先前更了解弗拉维娅，但既然事情已经被人说出，那情况也就不同了。此时弗拉维娅正在座位上和蔼可亲地与人交谈，非常可悲地没有意识到自己正光着身子。

汉密尔顿懒洋洋地靠在座位上，手指转弄着高脚酒杯，眼睛则顺着桌子挨个打量一张张脸，仔细察看它们忸怩作态的不同程度。伊莫金的眼睛不安地追随着他的目光。就在此起彼伏的谈话声中出现一次短暂的平静之时，阿瑟向后朝椅背上一靠，不慌不忙地开口说："就鲁先生而论，正是他的职业使他置身于那类人当中，而对那类人，社会不可能无条件地接受，因为从来就不可能假定那类人具有任何有条理的审美观念。他和他那一类人，以及江湖骗子和耍蛇巫士，仍然是我们文明社会中必不可少的人，但也是还没完全被文明涤瑕荡垢的人；我们可以接待这类人，但不会接受这类人的邀请。"

对弗拉维娅来说真是万幸，这颗地雷没在咖啡端上来之前就爆炸。她的笑声听起来真可怜；那笑声回荡在死寂的饭厅，就像回荡在一座墓窟，与此同时，她用颤抖的声音轻描淡写地批评他丈夫的诙谐，说这种诙谐残酷得就像垂死者讲的一则笑话。没有人吭声回应，她坐在那儿像个机器玩具不住地点头，从牙缝间挤出苍白而生硬的微笑，最后还是阿尔塞·比松和利希滕菲尔德夫人替她解了围。

晚饭后客人们立即退回到他们各自的房间。踮着脚尖上楼时，伊莫金觉得空气中回响着东西破碎的声音。她真想知道弗拉维娅习惯性的不安是否在某种意义上并不具有预言性，并非一种无意识的预感。她坐下来想写封信，可她发现自己那么紧张，头那么热，手那么冷，结果她很快就放弃了这一尝试。她正想去找布罗德伍德小姐，这时弗拉维娅进来，情绪异常激动地把她抱住。

"我最亲爱的姑娘，"她开始说，"你以前听到过这么失礼、这么古怪的话吗？当然，几乎没必要向你解释可怜的阿瑟缺少心眼，他是有口无心。可他们！能指望他们明白么？等他意识他都做了些什么，他会感到难过的。可现在怎么办呢？而且说的偏偏是鲁先生！我们那么幸运把他请来，他也让自己表现得大方随和，我还以为阿瑟很喜欢他呢，以他的方式。我亲爱的，你还不知道那番话的后果。谢梅兹金和肖特先生已叫人告诉我，他们明天必须离去。一个主人竟讲出那么一番话！"弗拉维娅说到此停了一下，痛苦和绝望令她泣不成声。

伊莫金完全仓皇失措；这是她第一次看见弗拉维娅暴露个人感情，而这无疑是真情。她尽可能地安慰道："他们真有必要对号入座吗？那不过是对一类人的泛泛评论……"

"他对那类人一无所知，而且完全没有他们那种感觉。"弗拉维娅打断了伊莫金的话，"哦，我亲爱的，我不可能指望你弄懂。就你对阿瑟的了解，你不可能认识到他完全缺乏审美意识。他在那个方面又聋又瞎，绝对一窍不通。他并非有意冷酷，那只是一种出于无知的冷酷。他们总能感觉到这点——你知道，他们对冷漠而又有影响的人是那么敏感，他们一进这房子就知道了他的态度。我这一辈子都在为他赔礼道歉，拼命想掩饰他的冷漠，可尽管如此，他总是伤害他们，正是他那种态度伤害他们的感情，哪怕他一声不吭。天哪！难道我不知道，这实际上是在不断地对我造成伤害？可从来还没发生过今天这样可怕的事，从来没有！但愿我能想象出他有什么动机，但愿！"

"可是，汉密尔顿夫人，归根到底，这肯定只是表示一种看法，就像我们任何人都有可能对任何问题冒昧地发表自己的看法。比起鲁先生的许多言论，这既算不上人身攻击，也算不上大放厥词。"

"但是，伊莫金，鲁先生无疑有那种权利。那是他艺术的一部分，而这完全是另一回事。哦，这并不是唯一的例子！"弗拉维娅情绪激昂地继续道，"我一直在同那种狭隘而固执的偏见作斗争。它总是在挡我的道。但这……"

"我想你是误解了他的看法。"伊莫金说，此时她感觉到一阵使她耳鸣的激动，"我是说，我认为他比他看上去更有鉴赏力。对那些事情，男人的感情不可能非常外露——如果他是个真正的男人的话。我认为你不该过多考虑去保护那些人的感情，既然他们心胸那么狭隘，狭隘到除了自己的观点竟不承认其他任何看法。"说到这儿她一下停住，发现自己正处于一种难以置信的地位，竟在试图向汉密尔顿的妻子解释她的丈夫；这种解释一旦开始，就需要一个完整的开导过程，而她怀疑弗拉维娅接受开导的能力，并且自己也只能非常勉强地进行这番开导。

"那正是最令人伤心的地方。"这时弗拉维娅开始在屋里走来走去，"正是因为他们都表现出了那种宽容，都用那种不断的体谅对待阿瑟，所以我才没法为他的敌意找到适当的借口。他怎么能对这种友谊的价值视而不见，他即便不为别的，也该为孩子们想想！孩子们在这种友谊中成长是多么有利的条件！即使他对这些事毫不在乎，可也该想到这一点。我真的再没有作为解释的话可说吗？我是指对他们？如果必须有人去向他们解释，他在这些事上是多么令人遗憾地无知……"

"恐怕我不能给你出主意。"伊莫金断然说道，"但至少在我看来，那不可能。"

弗拉维娅抓住她的手并深情地望着她，神经质地点着头说："当然，亲爱的姑娘，我不能要求你对我推心置腹。可怜的孩子，你在发抖，你的手冰凉。可怜的阿瑟！但你绝不能全为这事责怪他；想想他这一生失去了多少。看你抖得多厉害。我会叫人给你送点雪利酒来。晚安，我亲爱的。"

待弗拉维娅关上房门后，伊莫金忍不住失声痛哭。

第二天早上她从痛苦不安的睡梦中醒来。八点钟时，布罗德伍德小姐身穿一件红白条纹相间的浴衣进了她的房间。

"起来，起来，快去看大难临头的景象！"她高声嚷道，眼睛里闪着激动的光芒。"大厅里堆满了皮箱，他们正在打点行李。什么霹雳已经落到了地上？是你，我亲爱的，是你把俄底修斯带回了家，那场大屠杀已经开始！"她洋洋得意地从唇间吹出一口烟雾，重重地坐进了床边的一把椅子里。

伊莫金用胳膊肘支起身子，激动地讲起了鲁先生那篇访问记，布罗德伍德小姐听得津津有味，不时用高兴的感叹声打断她的讲述。当伊莫金讲到烧掉报纸那富有戏剧性的结尾时，布罗德伍德小姐站起身在房间里转了一圈，一边使劲儿甩动她浴衣上有流苏装饰的系带。

"等一等！"她大声说，"你是想告诉我，他有过这样一个能使她醒悟的天赐方法，但却没加以利用？他有过这样一件武器，但又把它给扔了？"

"加以利用？"伊莫金用颤抖的声音说，"他当然没加以利用！他把自己的背暴露给那个折磨者，用他晚餐时的那番言辞让自己独自去承受惩罚，这除了弗拉维娅谁都明白。她昨晚到这儿来了一个小时，全然没意识到别人对她的憎恶已达到极限。"

"我亲爱的！"布罗德伍德小姐高声说，同时以一股在那种情况下显得异常的高兴劲儿抓住她的手，"你明白他所做的吗？这事将没有终止。哦，他已经牺牲了自己去宽恕那种吞噬他的虚荣，往自己平静的杯中倒进了怨恨，把他不朽的灵魂交给了魔鬼，就为了让他们成为国王，让班柯的子孙成为国王！① 他真伟大！"

"难道他不是一直都这样？"伊莫金激动地说。"在这

---

① 在莎士比亚《麦克白》第 1 幕第 3 场中，女巫向麦克白的对手班柯预言："虽然你不是国王，但你的子孙将成为国王。"此处引文出自麦克白之口："若果真如此，那我已为班柯的子孙玷污了自己的心灵……把我不朽的灵魂交给了魔鬼，就为了让他们成为国王，让班柯的子孙成为国王！"

幢充满冒牌货和虚荣心的房子里，在这幢人们用疯人院那种高贵步态走来走去的房子里，在这幢人人都以为自己是国王或教皇的房子里，他就像一根神志健全的支柱，一根规律法则的栋梁。你要是能听到那个女人怎么说他就好啦！她居然认为他迟钝、固执、被中产阶级的偏见蒙住了眼睛。她说他根本没有审美意识，还坚持说她的艺术家一直在宽容他。我不知道这为什么会如此刺激我的神经，真的，可她的愚蠢和自负足以使任何人神经崩溃。"

"是的，要诋毁他非凡的完美，他们也只能那样做。"布罗德伍德小姐认真地说，善解人意地没去看伊莫金的眼泪。"但对于将来，过去的一切都算不了什么。就等到弗拉维娅那群黑天鹅飞走吧！你不该再坚持留在这里，因为这只会使每个人都更难受。要不要我给你母亲去个电话，让她发电报来叫你乘夜班车回去？"

"怎么都行，只要不让她再像那样向我扑来。那会使我陷入一种很难的境地，而他是那么完美！"

"那当然会的。"布罗德伍德小姐有同感地说，"再说那样也没有任何好处。我会留下，因为这种事令我感兴趣；利希滕菲尔德夫人会留下，因为她没有钱离开；比松也会留下，因为他多少觉得自己有责任留下。对我这种只对戏剧因素感兴趣的冷血动物来说，这些错综复杂的事情非常有趣，但对于那些对生活还抱有严肃目的的青年人来说，这些事会让他们困惑沮丧。"

考虑到伊莫金一离去，这个结局中最有趣的戏剧因素就会被删除，布罗德伍德小姐的忠告就显得更加慷慨。"如果她离去，她将摆脱这一切。"布罗德伍德小姐自言自语道，"如果她留下，她将为他而伤心，而这种心灵的创伤也许会深得一生都没法治愈。我不忍心看见她毁掉自己。"她给威拉德夫人打了电话，并帮伊莫金收拾行李。她甚至还自告奋勇地去把伊莫金要走的消息告诉了阿瑟，当时阿瑟一边用无力的手指转动着一支香烟，一边说：

"好，很好。杰米，她同你我这种愤世嫉俗的老家伙一起待在这儿能做什么呢？既然她脑子里充满着日期、准则和其他积极因素，既然她心中充满着幻想，那她就还会在阳光下投下一个影子。你对她一直很好，不是吗？我一直在注视着你。想想吧，等我们下次见到她时，也许一切都过去了。稀世之物的共同命运，你知道。不管怎么说，杰米，你真是个好人。"他说着深情地将手摁在她肩上。

阿瑟和她们一道去了车站。弗拉维娅因客人们一哄而散而大伤元气，只能在她昏暗的卧室里见了伊莫金一小会儿，她情绪非常激动地吻了她，没有抬起她缠着芳香醋绷带的头。在去车站的路上，阿瑟和伊莫金双双把保持体面的这副重担完全抛给了布罗德伍德小姐，而她也高高兴兴地故意装得一本正经。当汉密尔顿把伊莫金的行李拎上车厢时，布罗德伍德小姐让伊莫金在站台上逗留了片刻，紧紧握住她的手低声说："等回到城里我会来看你，而在那之前你若是碰上我们那些艺术家中任何一位，就告诉他们，你已经把凯厄斯·马略留在了迦太基的废墟之中。"①

---

① 凯厄斯·马略（Caius Marius，约公元前 157—公元前 86），古罗马统帅及政治家，在一次政治骚乱中逃往迦太基，在请求迦太基总督庇护遭拒绝之后，他对总督的使者说："请告诉总督，你已经看见被流放的凯厄斯·马略坐在迦太基的废墟之中。"